HEATHER GRAHAM
Más fuerte que el odio

Editado por Harlequin Ibérica.
Una división de HarperCollins Ibérica, S.A.
Núñez de Balboa, 56
28001 Madrid

© 1989 Heather Graham Pozzessere. Todos los derechos reservados.
MÁS FUERTE QUE EL ODIO, Nº 104 - 1.9.10
Título original: Rides a Hero
Publicada originalmente por Harlequin Enterprises, Ltd.
Traducido por María Perea Peña

Todos los derechos están reservados incluidos los de reproducción, total o parcial. Esta edición ha sido publicada con permiso de Harlequin Enterprises II BV.
Todos los personajes de este libro son ficticios. Cualquier parecido con alguna persona, viva o muerta, es pura coincidencia.
™ TOP NOVEL es marca registrada por Harlequin Enterprises Ltd.

® y ™ son marcas registradas por Harlequin Enterprises Limited y sus filiales, utilizadas con licencia. Las marcas que lleven ® están registradas en la Oficina Española de Patentes y Marcas y en otros países.

I.S.B.N.: 978-84-671-8721-2
Depósito legal: B-31101-2010
Impresión: LIBERDÚPLEX
Pareja: LVNEL/DREAMSTIME.COM
Paisaje: BURNING LIQUID/DREAMSTIME.COM

PRÓLOGO

30 de mayo de 1865
Kentucky
Camino a casa

—Es él, te lo digo yo. ¡Es el capitán Slater! ¡El capitán Malachi Slater!

Quien hablaba era un joven que iba sentado en el pescante de la carreta que bloqueaba la carretera. Apenas podía contener su excitación.

—¡Hemos terminado de buscarlo, Bill! —gritó.

Con asombro, Malachi tiró de las riendas de la yegua castaña sobre la que había cabalgado en tantas batallas, y miró hacia delante. Había dos jóvenes centinelas de la Unión vigilando la carretera que llevaba hacia su casa. Verlos allí no le sorprendió; los yanquis habían ganado, y estaban por todas partes. Las cosas eran así.

Por lo menos, ya no tenía que huir. Los días de lucha habían terminado. Volvía a casa. Su unidad se había rendido, y él había firmado un papel en el que juraba lealtad a la bandera yanqui. Debería sentir amargura, pero en aquel momento sólo sentía cansancio. Había visto demasiadas muertes, y se alegraba mucho de que todo hubiera terminado.

Así pues, no debía temer hostilidad por parte de los centinelas. Y demonios, al mirarlos, no podía sentir mucho miedo. Parecía que los yanquis habían estado buscando al fondo del barril a medida que terminaba la guerra, como los confederados. Aquellos chicos eran adolescentes. No debían de haber empezado a afeitarse todavía.

Sin embargo, su manera de decir el nombre de Malachi tenía algo extraño...

—Capitán Slater, espere —dijo el primero de los muchachos nerviosamente.

No deberían conocer su nombre. Su rango sí, por supuesto, porque era evidente en la trenza dorada y desgastada que llevaba en las hombreras del abrigo gris de la caballería. Pero su nombre...

—Está bajo arresto —dijo el segundo muchacho, el que se llamaba Billy.

—¿Bajo arresto? —preguntó Malachi, con su mejor voz de mando—. ¿Y por qué demonios? La guerra ha terminado, chicos. ¿No os lo han dicho todavía?

—¡Es usted un forajido asesino, capitán Slater! —respondió el primer chico. Malachi frunció el ceño, y el muchacho añadió rápidamente—: ¡Señor!

—¿Un forajido asesino? Sé que no les tenéis demasiado cariño a los rebeldes, pero los miembros de nuestra caballería lucharon como soldados, al igual que los vuestros.

—¡Capitán, el cartel que circula sobre usted no tiene nada que ver con la caballería! —dijo Billy—. Se le busca por asesinato en Kansas...

—¡Pero si hace mucho tiempo que no he estado en Kansas!

—En el cartel dice que usted y sus hermanos son parte de la banda Slater, y que entraron en Kansas y mataron a civiles. ¡Sí, señor, queda arrestado!

¿En Kansas?

Demonios.

Llevaba años sin ir a Kansas, pero su hermano Cole sí había estado allí, y había librado una batalla solitaria contra el canalla que había matado a su primera esposa. Sin embargo, Cole tampoco era un asesino. Alguien debía de estar persiguiéndolos. ¡La banda de los Slater! Eso debía de significar que también querían ver muerto a su hermano pequeño, Jamie.

Los chicos de la Unión estaban intentando cargar los rifles. Estaban tan nerviosos que no podían abrir las bolsas de la pólvora, ni siquiera con los dientes.

Malachi llevaba el sable de la caballería a la cintura, y tenía un Colt en una funda, dentro del abrigo. Tenía tiempo suficiente para llenarlos a ambos de agujeros.

—Escuchadme, amigos. No voy a permitir que me arrestéis —les dijo.

Los chicos lo miraron, pero siguieron intentando abrir las bolsas de pólvora. Cuando lo consiguieron, se les cayó una gran parte intentando cargar el arma. Volvieron a mirarlo, con terror, pero continuaron buscando las balas, e intentaron meterlas en el cañón, según el procedimiento militar adecuado.

—Demonios —dijo Malachi con exasperación—. ¿Saben vuestras madres dónde estáis?

Los chicos lo miraron de nuevo.

—Hank, ¿lo tienes?

—No, Billy, todavía no estoy listo. Creía que tú estabas listo.

Malachi suspiró.

—Chicos, por el amor de Dios, no quiero tener vuestras muertes sobre mi conciencia...

—¡Dan una recompensa muy grande por usted, capitán Slater! Hay un tal señor Hayden Fitz en Kansas, que está furioso. Dice que si alguien no les pega un tiro a sus hermanos y a usted, va a llevarlos ante la justicia para que los ahorquen.

—¡Oh, demonios! —gritó Malachi. Desmontó, se quitó el sombrero y se dio con él en el muslo mientras caminaba de un lado a otro frente a los centinelas—. ¡Ya ha terminado! ¡La guerra ha terminado! ¡Yo luché con los jayhawkers de Kansas antes de la guerra, y después he luchado durante todos estos años en la guerra, y estoy cansado! Estoy harto de matar gente. ¡Ya no puedo soportarlo! La recompensa no merece la pena, muchachos. ¿Lo entendéis? No quiero mataros.

Ellos no lo entendían. Se detuvieron y se miraron, pero después siguieron cargando sus mosquetes. Billy empezó a apuntar.

Malachi ya no esperó más. Con un juramento salvaje, arremetió contra el muchacho y desenvainó su sable.

Sin embargo, estaba cansado de matar. Podría haber atravesado a ambos chicos mientras saltaba a la carreta donde estaban sentados, pero no lo hizo. Por algún motivo incomprensible, quería que llegaran a viejos y alcanzaran la suficiente sabiduría como para no volver a cometer una idiotez semejante.

Golpeó el mosquete del chico con el sable y lo lanzó al suelo.

—¡Corre, Bill, corre! —sugirió Hank con inteligencia.

Sin embargo, Hank siguió aferrado a su rifle. Malachi le soltó una imprecación y, de un salto, bajó del pescante. Corrió hacia su yegua y montó, y sólo tuvo que talonearla ligeramente. Como una guerrera de verdad, la yegua se lanzó hacia la carreta, ligera como el viento.

Dio un salto, y los dos volaron. Sin embargo, justo cuando estaban saltando la carreta, Malachi sintió un estallido de dolor en el muslo.

Parecía que Hank había conseguido disparar el rifle y, asombrosamente, había dado en el blanco.

Malachi no se detuvo. La yegua siguió galopando hacia el bosque. Era un buen caballo, una buena compañera, y había estado con él en muchas batallas. Cuando el dolor y el agotamiento lo vencieron, Malachi se apoyó en ella, y el animal continuó avanzando como si conociera el camino a casa, el largo camino a casa.

Por fin, la yegua se detuvo ante un arroyo. Malachi se agarró a ella durante un momento, pero después cayó y rodó por el suelo hasta la orilla del agua. Bebió mucho, y después se desplomó boca arriba. Le ardía la pierna; todo el cuerpo le ardía. Sin embargo, la herida no podía ser tan grave, y él necesitaba continuar el camino. Tenía que ponerse en contacto con Cole lo antes posible.

Parecía que no iba a poder ser aquella noche. Pese a la urgencia que sentía, se le cerraron los ojos.

Tuvo la sensación de que la niebla surgía de la superficie del agua y se elevaba por el aire. Ya no le atormentaba el dolor, ni el cansancio. El arroyo era invitador. Se puso en pie y se quitó el uniforme. Después, se lanzó a la corriente. El agua estaba fría y era muy bella. El día era soleado, y los pájaros estaban cantando. No olía a pólvora quemada, ni se oían gritos de agonía y muerte; estaba lejos, muy lejos de la angustia de la guerra.

Buceó unos segundos, y después salió a la superficie. Entonces, la vio.

Un ángel.

Estaba en la orilla, rodeada de niebla, con el pelo largo, dorado y rojo, suelto por la espalda. Era una diosa, una Afrodita emergiendo de la belleza brillante del agua. Estaba desnuda, y era ágil y bella, con unos ojos azules como el cielo, las pestañas negras, las mejillas de marfil y los labios carnosos y rosados.

Le hacía señas para que se acercara.

Y él lo hizo, sin dejar de mirarla. Anhelaba acariciarla, probar la suavidad de su piel y de sus besos. Ella era su Circe, y le hacía promesas mágicas de placer inimaginable.

Además, la conocía.

Se acercó más y más a ella, más y más...

De repente, empezó a toser. Abrió los ojos.

La única Circe que lo esperaba era su fiel yegua, que estaba relinchando sobre su mejilla empapada. Malachi se levantó con dificultad y se miró el uniforme empapado. Se dio cuenta de que se había caído y de que había estado a punto de ahogarse.

Lo había salvado un sueño de una mujer exuberante y bella, con el pelo dorado, con los ojos de un cielo de verano.

Se tocó la mejilla. Al menos, la frescura del agua le había bajado la fiebre. Podía montar de nuevo.

Tenía que encontrar atención médica para su pierna, pero no podía perder el tiempo, porque debía llegar cuanto antes a Misuri para avisar a su hermano Cole.

—Vamos, Helena —le dijo a la yegua, mientras montaba—. Tenemos que ir hacia el oeste. A casa. Sólo que ya no tenemos una casa. ¿Puedes creerlo? Después de todos estos años, y todavía no estamos en paz. Y me ha disparado un chico al que su madre todavía tiene que decirle que se lave detrás de las orejas. Y sueño con una rubia bella y seductora.

Sacudió la cabeza, y Helena relinchó, como si dudara de la cordura de su jinete.

Quizá ya no le quedara cordura.

Malachi sonrió mientras continuaba cabalgando. Había sido un sueño divertido. Era curioso, porque su Circe le parecía muy familiar. Su cuñada, Kristin, era una rubia muy guapa, pero no era la mujer de su sueño...

¡Era Shannon, la hermana pequeña de Kristin! La hermana pequeña y detestable de Kristin. Terca, caprichosa, orgullosa... ¡Detestable! ¡Y pensar que al terminar el sueño había lamentado perder a su seductora!

En aquel momento, cabalgaba hacia aquella muchacha, y casi podía garantizar que su encuentro no iba a ser dulce, y que ella no iba a hacerle señas para que se acercara, y que no iba a darle la bienvenida.

Si conocía a Shannon, ella no iba a estar esperándolo con los brazos abiertos, sino con un Colt cargado.

—No importa, Helena. ¡Maldita sea! ¿Cuándo terminará esta guerra para mí?

No hubo respuesta. Continuó cabalgando en mitad de la noche.

CAPÍTULO 1

3 de junio de 1865.
Rancho McCahy, en Border Country, Misuri.

Había alguien allí fuera.
Alguien que no debería estar allí.
Shannon McCahy lo sabía. Lo sentía en el cuerpo.
¡Aunque el atardecer fuera tan sereno!
Era sereno, bello, tranquilo. Los colores radiantes atravesaban el cielo, y con dulzura, besaban la tierra. Había silencio, y soplaba una brisa suave y húmeda. La guerra había terminado, o eso decían.
Había llegado la paz...
Shannon ansiaba la paz. Diez minutos antes había salido al porche a respirar el aire nocturno, a intentar sentir la paz, a mirar el paisaje y a reflexionar.
El granero y el establo se dibujaban contra el cielo manchado de rosa. En el corral, una yegua y su potrillo pastaban plácidamente. Las colinas se extendían en la distancia y parecía que la tierra estaba viva con el verdor intenso y la riqueza de la primavera.

Incluso Shannon parecía parte de la belleza etérea de la noche. Era elegante y encantadora. Llevaba el pelo recogido en un moño, y era alta y esbelta, aunque tenía curvas y proporciones femeninas. Llevaba un traje de noche de terciopelo con una tira de encaje color marfil como ribete en el escote.

Iba arreglada para la cena, aunque pareciera raro que se vistieran elegantemente todas las noches. Era como si su padre todavía estuviera con ellas, como si el mundo fuera igual que antes. Se arreglaban para cenar, y tomaban vino con la carne, cuando tenían vino, y cuando tenían carne, y una vez que habían terminado la cena, pasaban a la sala de música, y Shannon cantaba mientras Kristin tocaba el piano. ¡Se aferraban con tanta fuerza a los pequeños placeres de la vida!

No habían podido disfrutar en años. Shannon McCahy había crecido a la sombra de la guerra. Antes de que sonaran en Fort Sumter los disparos que señalaron el comienzo de la Guerra Civil, en abril de 1861, Misuri y Kansas ya habían comenzado su batalla. Los jayhawkers, los guerrilleros de Kansas, entraban a Misuri para acosar y asesinar a los propietarios de esclavos y a los simpatizantes del sur, y en venganza, los bushwhackers, los guerrilleros de Misuri, entraban a Kansas para matar y robar. Shannon McCahy no era más que una niña cuando John Brown había ido por primera vez a Misuri, pero lo recordaba claramente. Él era un hombre religioso, pero fanático, dispuesto a asesinar por su religión. Lo habían colgado por su ataque al arsenal de Harper's Ferry.

Así pues, ella no recordaba un tiempo de paz verdadera.

Al menos, ya no se oían truenos que rasgaran la tierra. Los rifles y las pistolas ya no disparaban, ni las espadas se entrechocaban con furia. La guerra había terminado entre agonía y angustia, y ahora, todas las madres, hermanas, amantes y esposas del país esperaban...

Sin embargo, Shannon McCahy no había salido al porche a esperar a un amante, porque tenía el lujo cuestionable de saber que su prometido había muerto. Incluso sabía dónde estaba enterrado. Había visto caer la tierra, puñado a puñado, sobre su ataúd, y cada suave golpe la había arrancado un pedazo del corazón.

La guerra le había robado prácticamente todo. Los guerrilleros de Misuri, un grupo de la banda de Quantrill, habían asesinado a su padre delante de ella. Y, en el verano de 1862, Zeke Moreau y sus bushwhackers habían vuelto al rancho McCahy a raptar a su hermana, Kristin. Sin embargo, también había sido aquél el momento en el que Cole Slater había aparecido en sus vidas, disparando sus pistolas. Las había salvado del asesinato, y al final, se había casado con Kristin. Después de eso, su apellido los había mantenido a todos a salvo de los bushwhackers, pero la guerra había continuado. Además, irónicamente, los yanquis las habían arrestado a Kristin y a ella por prestarle ayuda a Cole, sólo porque una vez él había cabalgado brevemente con Quantrill.

Shannon se había enamorado del joven oficial yanqui que las había salvado de entre los escombros de su prisión, cuando el viejo edificio se había derrumbado. Y, durante una breve temporada, ella había creído en la felicidad.

Hasta que los bushwhackers habían asesinado a Robert Ellsworth.

Al final, Zeke Moreau y sus guerrilleros habían vuelto al rancho, y Cole y sus hermanos habían acudido para defenderlas, junto a su compañía de caballería confederada, y el hermano Matthew había llevado a sus compatriotas de la Unión. En aquellos momentos no existían el Norte ni el Sur, sólo una lucha valiente y feroz contra la injusticia.

Sin embargo, la guerra ya había terminado.

No... nunca. En su corazón nunca terminaría, pensó. Entonces se irguió, tensa, alerta, cautelosa.

Vio un movimiento cerca del establo. Parpadeó y miró fijamente, y notó una punzada de temor en el estómago, un escalofrío por la espalda.

Estaba segura.

Había alguien, alguien que no debería estar allí.

Alguien que merodeaba sigilosamente por el establo.

—¿Cole? ¿Kristin? —susurró. Carraspeó y volvió a llamarlos, un poco más alto.

¿Dónde estaban su cuñado y su hermana? Deberían estar en la casa, pero nadie respondía. Shannon se mordió el labio mientras se preguntaba qué debía hacer. Había un par de revólveres Colt sobre el escritorio del vestíbulo; Cole los había colgado allí la misma noche en que supieron que la guerra había terminado.

Después de aquella última lucha, Malachi y Jamie Slater habían vuelto a la guerra, sin saber que ya había terminado. Matthew McCahy sí sabía, antes de partir, que la guerra había terminado, porque se había quedado hasta restablecerse de sus heridas, pero después también se había marchado para unirse a su unidad del ejército de la Unión. Quizá hubiera terminado la guerra, pero él sabía que todavía había que asegurar la paz.

Y Cole Slater sabía que, al final, tendría que huir de Misuri. Él había formado parte de la banda de Quantrill, aunque brevemente, y ciertos yanquis poderosos querrían verlo colgado. Sin embargo, Cole quería esperar a que Matthew volviera a casa antes de dejar el rancho. No era seguro dejar solas a Kristin y a Shannon. Él tenía amigos que lo avisarían si acechaba el peligro.

Mientras, Cole había colgado los Colts y le había dado a Shannon algunos consejos severos.

—La mayoría de los hombres que vuelvan a casa serán hombres buenos —le había dicho mientras clavaba los clavos en la pared—, tanto grises como azules. Son hombres que han luchado por sus ideales, y quieren volver a casa. Quieren regresar a sus campos, abrir sus tiendas, poner en marcha sus negocios otra vez. Quieren abrazar a sus mujeres, besar a sus niños, lamerse las heridas y mirar al futuro. Pasarán por aquí. Querrán agua y comida. Y nosotros los ayudaremos en lo que podamos, a los de la Unión y a los de la Confederación.

—Entonces, ¿para qué son esas armas? —preguntó Shannon.

—Porque hay hombres a los que la guerra ha lisiado, Shannon. No el cuerpo, pero sí la mente. Hombres peligrosos. Desertores y buitres. Debes tener cuidado, Shannon. Tú sabes usar esas armas. Úsalas bien. Tienes que estar preparada para defenderte si alguien te amenaza.

—Sí. Sé disparar.

—Pero sólo a los tipos malos, Shannon. No a un pobre granjero con un uniforme gris.

—Cole, yo he dado de comer y he ayudado a los rebeldes que han pasado por aquí.

—Sí, es cierto, pero no con mucho gusto.

—Me retratas como si fuera cruel y poco razonable...

—No pienso eso, Shannon. La guerra nos ha hecho cosas a todos...

Sin embargo, mientras se alejaba, iba sacudiendo la cabeza, y ella se dio cuenta de que Cole pensaba de verdad que no tenía corazón. Sabía que ella nunca podría perdonar lo que había sucedido, aunque el Sur hubiera perdido. Nunca olvidaría a Robert Ellsworth, su amor gentil, su honor sencillo. Ni tampoco podría olvidar su muerte; se había ocupado de enterrarlo. No habían podido celebrar un funeral de cuerpo presente, porque no quedaba lo suficiente de él como para que el enterrador lo preparara. Aquella barbarie la había endurecido, la había hecho fría.

No obstante, Cole se equivocaba si pensaba que ella ya no era capaz de sentir. Sentía mucho, a veces le parecía que demasiado, pero era mucho más fácil ser fría, y era más fácil odiar. Cole se equivocaba si pensaba que ella podía matar a cualquier soldado confederado, pero fácilmente podría pegarles un tiro a los hombres que habían asesinado a Robert y a sus hombres con tanta brutalidad.

Cole estaba desapareciendo por la esquina, y ella tuvo ganas de llamarlo. Lo quería, aunque fuera un rebelde. Las había salvado, a ella y a su hermana, de una violación segura y probablemente también de la muerte, y él era tan querido para Shannon como su hermano de sangre, Matthew. No lo llamó, sin embargo. Era algo que no podía explicar.

Aunque la primera esposa de Cole había muerto a manos de los jayhawkers de Kansas, parecía que él había conseguido aceptar lo que había ocurrido. Quizá Kristin le hubiera enseñado a perdonar. Shannon no sabía cómo perdonar, y no creía que pudiera aprender. Sólo sabía que vivía con la angustia del pasado, que no podía dejarla atrás.

Por Cole, no obstante, se mordería el labio y les daría agua a los rebeldes que volvían a casa. Estaba en Misuri; la mayor parte del estado era confederado. Ella también podía haber sido una rebelde, porque su rancho estaba en la frontera de Kansas y Misuri, y en realidad, al principio, los McCahy se habían inclinado por el Sur. Pero entonces, su padre había sido asesinado, y Matthew se había unido al ejército de la Unión. Todo lo que había sucedido después había contribuido a convertirla en una yanqui de los pies a la cabeza.

Aquello ya no tenía importancia.

Durante los últimos días había estado repartiendo agua y comida a chicos vestidos de azul y a chicos vestidos de gris. Sabía que Matthew todavía estaba volviendo a casa, y quizá alguna chica rebelde le estuviera dando un vaso de agua y un pedazo de pan. Y también esperaba que alguien estuviera siendo buena con los hermanos de Cole.

En realidad Shannon esperaba que alguien fuera bueno con Jamie.

Pero si Malachi pasaba por alguna granja, bueno, entonces, ¡esperaba que le dieran agua salada!

Los dos hermanos de Cole eran rebeldes. A Jamie podía tolerarlo.

A Malachi, no.

Desde que se habían conocido, él la había tratado siempre como si fuera una niña molesta. Shannon no sabía qué era lo que había, latente, entre ellos, sólo sabía que era ardiente, total y combustible. Cada vez que se encontraban saltaban chispas y explotaba la furia.

Ella intentaba no permitir que él la alterara. Era una dama. Tenía orgullo y dignidad. Sin embargo, Malachi tenía la habilidad de despojarla rápidamente de ambas cosas. Shannon podía estar muy satisfecha con su compostura y su calma, pero él sólo tenía que decir una palabra, y ella perdía la serenidad y sólo deseaba echarle un cubo de agua por la cabeza. Y cuando Shannon perdía la paciencia a causa de las provocaciones de Malachi, él seguía pinchándola una y otra vez, ya satisfecho porque había demostrado que ella era una niña, y una mocosa, además.

Pero ya no lo era, se dijo Shannon. Se había convertido en una persona mucho más fría desde la muerte de Robert

Ellsworth. Nadie podría arrancarle una reacción así de nuevo.

Quizá Jamie regresara pronto. Malachi no.

Lo más probable era que Malachi hubiera pensado en unirse al general Edmund Kirby-Smith para luchar hasta el final. Sin embargo, incluso Kirby-Smith se había rendido ya. Tal vez Malachi se dirigiera a México, o a América Central, o a América del Sur. Y ella le deseaba buen viaje. Era difícil olvidar la última vez que se habían visto, el día en que había estallado el infierno y la banda de Moreau había sido vencida. Incluso en aquellos momentos, en mitad del caos, Malachi se las había arreglado para molestarla dándole órdenes, y habían estado a punto de llegar a las manos. En realidad, ella lo había abofeteado, pero Kristin y Cole estaban allí, y Malachi se había visto obligado a calmarse. Shannon esperaba que los federales lo hubieran detenido y lo hubieran metido en un campo de prisioneros. Así se le calmaría un poco el ánimo. Iba a tener que aceptar la verdad.

La Confederación había perdido la guerra. Todo había terminado.

Sin embargo, parecía que para ella no. Había alguien merodeando por el establo.

Shannon no se paró a pensar ni un minuto. Entró al vestíbulo, tomó de la pared uno de los Colt y lo cargó con las balas que había guardadas en el primer cajón del secreter.

—¡Kristin! ¡Cole! ¡Samson, Delilah, alguien! —llamó.

Sin embargo, la casa estaba silenciosa. ¿Dónde estaban todos? No lo sabía. Estaba sola.

Shannon volvió a salir al porche.

Los colores de la noche se habían oscurecido, eran más intensos. El cielo había tomado un color morado, y parecía que la misma tierra se había vuelto azul. La silueta del establo se erguía, negra, contra el horizonte, y las dos ventanas del piso superior parecían los dos ojos oscuros y malvados de un demonio.

Shannon se dio cuenta de que se le había acelerado el corazón. Estaba asustada, sí, pero no tanto como para quedarse esperando a que la agredieran como un corderito. No. Ella iba a dominar la situación.

Salió corriendo desde el porche hasta el corral, y después se detuvo, con la respiración jadeante, y se apoyó contra el cercado. Ella era muy buena con un Colt. Disparaba muy bien, y siempre y cuando tuviera el arma, estaría a salvo.

Respiró profundamente y se apartó de la valla. ¿Dónde estaba Cole? Él había nacido con un sexto sentido, y ya debía de saber que había un problema. Sin embargo, no estaba allí. Shannon no podía depender de Cole. Tenía que depender de sí misma.

Corrió hacia la puerta del establo y, con los dientes apretados, la entreabrió silenciosamente y se deslizó al interior.

La oscuridad era completa. Durante un largo instante, se quedó inmóvil, intentando calmarse y adaptar la visión. Oyó el relincho de un caballo, y después, el resoplido de otro. Trató de imaginarse el establo con luz; había quince boxes frente a ella, grandes y bien construidos. Sin embargo, sólo estaban ocupados nueve de ellos, puesto que los hombres todavía estaban en las praderas con el ganado. La sala de arreos estaba a su derecha, y a su izquierda había un montón de heno fresco y bolsas de grano. Había más heno arriba, en el pajar, sobre su cabeza.

A Shannon se le cortó la respiración repentinamente. Allí era donde estaba el intruso: en el pajar.

Amartilló el revólver y se agachó, y comenzó a caminar, lentamente, hacia las balas de heno, para esconderse. Mientras se movía, oyó un paso suave, cuidadoso, sobre ella. Crujió una tabla, y después, todo quedó en silencio de nuevo.

Shannon esperó.

No hubo más movimientos.

De repente, supo lo que tenía que hacer. Tirar la escalera.

Corrió hacia ella impetuosamente, decidida a dejar atrapado al intruso en el pajar.

—¡Un momento! —le ordenó un hombre.

Ella lo ignoró y siguió corriendo. Empujó con fuerza la escalera, que cayó al suelo con un gran estrépito y dejó al intruso sin escapatoria.

Sonó un disparo. Pasó silbando por encima de la cabeza de Shannon e impactó en la pared, detrás de ella. ¿Era un disparo de advertencia, o acaso el tirador tenía muy mala puntería?

Shannon disparó también, apuntando hacia la voz. Oyó un juramento, y entonces supo dónde estaba su objetivo.

«Si disparas, dispara a matar», le habían advertido.

Había visto mucha sangre, y muchas muertes...

Y sin embargo, vaciló. El hombre estaba atrapado en el pajar. ¿Qué podía hacer?

Mientras se formulaba aquella pregunta en silencio, le llegó la respuesta de la manera más inesperada.

Él saltó desde el piso superior como un fantasma, y aterrizó suavemente sobre el heno.

Shannon gritó, se dio la vuelta, alzó el Colt y apuntó contra la primera bala de heno. El disparo estalló en mitad de la noche. Sin embargo, el intruso no produjo el menor ruido. Ni un golpe, ni un grito, ni un jadeo de miedo, o ira, o consternación. No hubo nada en absoluto.

¿Había matado a aquel hombre?

Shannon dio un paso adelante, moviéndose silenciosamente, lentamente, deteniéndose a cada paso. Debía de haberlo matado, porque no oía nada en absoluto.

En aquel momento, él saltó sobre ella, y cayeron juntos al suelo. El Colt de Shannon salió volando y el intruso aterrizó encima de ella, y a ella le asaltó el olor a cuero y a tabaco de pipa. El asaltante la sujetó con sus brazos largos, musculosos, y cubrió con su cuerpo duro y delgado el de ella. A Shannon se le formó un grito en la garganta.

Él le tapó la boca con la mano.

—Alto —le advirtió en un susurro.

Ella le respondió con una patada salvaje.

Él soltó una imprecación y aflojó los brazos.

Entonces, ella lo empujó con todas sus fuerzas y consiguió escapar. Se puso en pie de un salto y echó a correr hacia la puerta, tomando aire para gritar con desesperación.

—¡No! —gritó el hombre.

La agarró por el codo y la obligó a girarse. El grito se le ahogó a Shannon en la garganta al caer junto a él al suelo de nuevo. En aquella ocasión, él la agarró con fuerza. Echó hacia atrás el abrigo y se colocó a horcajadas sobre ella. Shannon forcejeó con todas sus fuerzas y le golpeó el pecho con los puños.

—¡Ya basta, Shannon!

En medio del pánico, ella no se dio cuenta de que el intruso usaba su nombre de pila. Jadeó de nuevo para gritar e intentó arañarle los ojos.

—¡Ya basta!

Él la agarró por las muñecas y se las sujetó contra el suelo, por encima de la cabeza. Ella comenzó a gritar, pero él le tapó la boca con una mano. Entonces, ella lo mordió. Él soltó un juramento lleno de rabia, pero se limitó a agarrarle con fuerza la mandíbula entre el pulgar y el dedo índice, con tanta fuerza que Shannon no pudo gritar más por el dolor que le causaba.

—¡Por el amor de Dios, ya basta, mocosa!

Shannon se quedó helada. Sólo pudo preguntarse cómo era posible que no hubiera reconocido su voz hasta que él había usado aquel término en concreto.

¡Malachi!

Malachi Slater había vuelto a casa.

CAPÍTULO 2

Shannon dejó de forcejear y lo miró. Debía de haber salido la luna, porque se filtraba algo de luz al interior del establo. Él se inclinó hacia delante, y ella comenzó a distinguir sus rasgos.

Eran unos magníficos rasgos. Eso sí tenía que concedérselo a Malachi Slater. Era un hombre muy atractivo. Tenía la frente amplia y los ojos enormes, de color cobalto. Tenía la boca carnosa y bien definida, y la mandíbula cuadrada bajo la barba rojiza y dorada. Su nariz y pómulos eran marcados, con líneas fuertes y masculinas. Era alto, además, y la guerra le había hecho delgado y duro.

Con su rostro tan cerca, Shannon se dio cuenta de que no llevaba la barba y el bigote tan pulcramente recortados como de costumbre. Tenía ojeras. La lana áspera de su uniforme de la Confederación estaba rasgada en varios lugares, y la trenza dorada, la insignia de su rango de la caballería, estaba casi rota.

Shannon debería haberlo reconocido mucho antes. Se habían peleado bastantes veces, y ella conocía la fuerza de sus brazos, la gravedad de su voz, y la decisión obstinada de su ira. Debería haberlo reconocido.

Sin embargo, aquella noche era distinto. Seguía siendo Malachi, pero más feroz que nunca. Aquella noche parecía brutal. Transmitía tensión.

—¿Vas a quedarte callada ahora, mocosa? —le preguntó él con aspereza.

Shannon hizo rechinar los dientes. ¡El muy desgraciado! Él sabía que era ella. Debía de haberlo sabido desde el mismo momento en que había entrado en el establo, y la había derribado al suelo dos veces. Sin embargo, no se estaba disculpando por ello.

Ella se retorció con insistencia para intentar zafarse. Sin embargo, él la agarró con más fuerza.

—¿Y bien? —repitió—. Shannon, ¿te vas a estar callada ahora?

Entonces, levantó la mano de su boca. Ella sintió los labios hinchados y doloridos.

—¿Callada? ¡Callada! —repitió Shannon, y entonces levantó la voz y explotó—. ¿Callada? Chacal pulgoso y maloliente, ¿qué te crees que estás haciendo? ¡Suéltame!

Él apretó los labios y constriñó los muslos alrededor de las caderas de Shannon.

—Me encantaría hacerlo, y lo haré en cuanto hayas cerrado la boca.

—¡Suelta! —susurró ella, furiosamente.

—¡Shh!

—¡Malachi!

—Shannon, estoy esperando a que te calles.

Ella cerró los ojos y apretó los dientes. Esperó, con el corazón acelerado, sintiendo cómo pasaban los segundos. Siguió esperando, pero él continuó sobre ella, con los brazos cruzados, observándola con los ojos entornados.

Ella esperó hasta que no pudo más.

—¡He estado callada! ¡Ahora quítate de ahí!

En una fracción de segundo, él volvió a taparle la boca y se inclinó hacia ella para susurrarle sobre la cara:

—Llevo luchando contra los yanquis mucho tiempo, y tú eres la peor de todos. Mira, no voy a terminar en la cárcel, ni colgando de una cuerda, por tu culpa, te lo juro. Cállate, Shannon.

—¡No me amenaces!

—¡Amenazar! ¡Voy a actuar, y tú lo sabes!

Hasta aquel momento, Shannon no se había dado cuenta de que estaba tirándole del pelo, y de que le hacía daño. Apretó los dientes, tragó saliva e intentó asentir. Incluso para Malachi, aquél era un comportamiento muy extraño.

Era la guerra; debía de haberse vuelto loco, por fin.

—¡Me callaré! —le dijo, formando las palabras con los labios.

—Eso espero, Shannon, te lo advierto.

Ella volvió a asentir.

Entonces, él se dio cuenta de que estaba haciéndole daño, porque miró la mano con la que le tiraba del pelo y se lo soltó como si fuera fuego que le quemaba. De nuevo se echó hacia atrás y la miró.

—Ni movimientos repentinos, ni gritos.

— Ni movimientos repentinos, ni gritos —repitió ella con solemnidad.

Entonces, aparentemente satisfecho, se levantó, encontró el sombrero de la caballería cerca y se lo golpeó contra el muslo para sacudirle el polvo. Después le hizo una reverencia a Shannon.

—Señorita McCahy —murmuró mientras le tendía la mano para que se levantara—. Por favor, acepte mi ayuda. Admito que he tenido muy malos modales...

Aquello fue demasiado. La había tirado al suelo dos veces, la había sujetado y se había comportado como un loco. Y ahora actuaba como si fuera todo un caballero. Shannon no quería saber nada de él. Tenía que escapar.

Se quedó mirando su mano, y entonces, se levantó de un salto y echó a correr.

—¡Maldita seas!

Él soltó aquella imprecación con furia. En aquella ocasión, cuando la atrapó, no la tiró al suelo. Le tapó la boca con una mano y con la otra la ciñó contra su pecho con fuerza. Después le susurró al oído:

—Shannon, estoy cansado, agotado. Voy a pedirte una vez más que te comportes como es debido. De lo contrario, tendré que hacer algo contigo, lo que mejor me parezca.

Ella ardía de rabia y de humillación.

—¡Malachi Slater, no vuelvas a hablarme así!

—No me obligues. Pórtate bien —dijo, y se quedó mirándola fijamente. Después añadió, con un matiz de asombro—: ¡De veras querías matarme! ¡Lo hubieras hecho de haber podido! Me pregunto si sabías quién era, o no.

Shannon respiró profundamente e intentó contar hasta diez para calmarse.

—Malachi, me encantaría pegarte un tiro. Un tiro en cada rodilla, y después uno entre las cejas. Pero eres el hermano de Cole, y sólo por eso, no se me ocurriría matarte. Además, tú has perdido, Malachi. Yo he ganado —dijo, e hizo una pausa para saborear las palabras—. La guerra, Malachi. Yo soy la vencedora, y tú el perdedor.

Él sonrió lentamente y negó con la cabeza. Se inclinó hacia delante, y clavó sus ojos azules, de fuego, en los de ella.

—Nunca, Shannon. Tú nunca me vencerás en nada.

—Ya has perdido.

—Todavía tenemos que jugar.

—¡Malachi, me estás haciendo daño!

—Y tú querías matarme.

—¡Claro que no! ¡No sabía quién eras! Por aquí pasan todos los desertores, borrachos y asesinos del país. No deberías haberte escondido en el establo. Yo no habría salido si... —entonces, Shannon se interrumpió y frunció el ceño—. ¡Bastardo rebelde! ¡Sabías que era yo! Sabías que era yo, y de todos modos me has asaltado.

—Estabas paseándote por aquí con un Colt. Y yo sé lo que eres capaz de hacer con un Colt, Shannon.

—Podías haberme avisado...

—¿Y cómo sabía que no ibas a estar encantada de usar esa pistola contra mí, y con una excusa tan buena?

Ella sonrió con los dientes apretados, intentando zafarse. Sin embargo, él no la soltó.

—Malachi Slater...

—Ya está bien, Shannon. Te he dicho que estoy agotado. Estoy sangrando, me muero de hambre y de cansancio y...

—¿Sangrando? —le interrumpió Shannon, y entonces se preguntó con irritación por qué le importaba—. ¿Y por qué no has entrado directamente a la casa?

Él la observó desconfiadamente.

—Pensaba que quizá hubiera una patrulla yanqui ahí dentro.

—Viste que era yo...

—Sí, pero no podía arriesgarme a que no te hiciera mucha ilusión verme y decidieras entregarme a la patrulla.

—Vaya, capitán Slater, parece que piensa que lo odio.

—Señorita McCahy, soy consciente de que el amor fraternal que le profesa a mi hermano no me alcanza. Así que, Shannon, al principio tenía que asegurarme de que no me dispararas con gusto, y después tenía que asegurarme de que no tuvieras un montón de barrigas azules esperándome en tu casa.

—Mi hermano es un barriga azul, por si no te acordabas —respondió Shannon con ironía.

—He dicho una patrulla.

—¿Una patrulla yanqui? —Shannon dejó de forcejear y habló con curiosidad—. ¿Por qué? Matthew no ha vuelto todavía. ¿Por qué iba a haber una patrulla yanqui en casa?

—¿No te has enterado?

—¿De qué?

—Júrame, Shannon, que no vas a gritar, ni a echar a correr, ni a intentar pegarme un tiro otra vez.

—Si hubiera querido pegarte un tiro ya estarías muerto.

—Voy a soltarte. Si gritas, o me causas más problemas, te prometo que lo lamentarás. ¿Entendido?

—¡No hay ninguna patrulla en la casa! —le dijo ella. Después bajó la mirada y suspiró—. Te lo juro, Malachi. Estás a salvo, por el momento.

Entonces, Shannon se dio cuenta de que el comportamiento de Cole había sido un poco extraño aquella tarde. Había recibido la visita de un amigo suyo, y después, Cole había mencionado despreocupadamente que quizá tuviera que ausentarse durante uno o dos días para buscar un escondite. Sólo por si acaso, según les había asegurado. Sólo por si había problemas. ¿Cole sabía algo? Él no era alarmista, sino calmado por naturaleza. Le habría restado importancia a cualquier peligro por temor a que Kristin se hubiera empeñado en acompañarlo. Seguramente se había escabullido, y se apresuraría a volver en cuanto supiera que podía mantenerla a salvo...

—¿Qué? —le preguntó Malachi con acritud.

—No hay ninguna patrulla. Es sólo que... Hoy ha venido un antiguo amigo de Cole. Después, Cole ha empezado a comportarse de una manera extraña. Tal vez él sabe algo que no nos ha dicho.

Malachi ladeó la cabeza y la observó con curiosidad, pero pareció que finalmente la creía. La soltó y se dio la vuelta. Con una increíble agilidad, a oscuras, se acercó a la puerta y encontró el farol que había colgado en la pared. Lo encendió y bajó la llama.

Entonces, Shannon vio que Malachi estaba en peor estado de lo que ella había pensado.

Tenía el abrigo hecho jirones, y estaba muy delgado. La fatiga estropeaba sus magníficos rasgos. Tenía una mancha de sangre enorme en la parte superior de la pernera izquierda del pantalón, en la cara interna del muslo.

—¡Te han disparado! —exclamó ella, alarmada—. ¡Oh, Dios mío, te he pegado un tiro!

Él movió la cabeza con impaciencia y se dejó caer sobre las balas de heno.

—No has sido tú. Me disparó un centinela de la Unión cuando estaba atravesando Kentucky.

Aquello no tenía sentido. Seguramente estaba sufriendo mucho, y sin embargo, había hecho un salto espectacular desde el pajar, a pesar de su herida. Debía de estar desesperado de verdad.

Shannon se acercó a él.

—Malachi, la guerra ha terminado. ¿Por qué iban a...?

—¿De veras no lo sabes?

—¿Saber qué?

—No ha terminado. Cole fue a Kansas, ya lo sabes. Mató al hombre que había asesinado a su esposa.

Shannon asintió.

—Sí, lo sé. ¿Y qué? Cole sabe que va a tener que marcharse de Misuri una temporada. Cuando Matthew vuelva a casa, Cole y Kristin se irán a Texas.

—Cole no puede esperar a que vuelva Matthew. No tiene tiempo. Han puesto carteles con una recompensa por su cabeza. El hombre al que mató tiene un hermano, y parece que ese hermano es el dueño de la mitad de Kansas. Controla su parte del estado, y dice que Cole es un asesino. Lo quiere vivo o muerto. Y tiene influencia y dinero para que las cosas se hagan a su manera.

Shannon se quedó hundida. No podía creerlo. Cole había luchado con todas sus fuerzas para tener aquella nueva oportunidad. Había tenido que vencer a un millón de demonios, y había encontrado la paz. Tenía a Kristin y al bebé, y con ellos, la promesa de una vida normal.

Y ahora lo acusaban de forajido, y de asesino.

—Va a tener que esconderse, Shannon —dijo Malachi con suavidad—. Ellos vendrán a buscarlo.

Shannon asintió, pensando que, seguramente, aquélla era la noticia que Cole había conocido por su amigo. Quizá ya se hubiera marchado. En un segundo, iba a ir a la casa a comprobarlo. Al menos, tendría que decirle a Kristin que el mundo de paz y felicidad que acababa de descubrir iba a quedar reducido a escombros por el trueno de la venganza.

—¿Por qué... por qué te disparaban a ti? Tú no fuiste a Kansas con Cole —dijo Shannon.

Malachi sonrió con amargura.

—Pero, cariño, soy hermano del malo. Un Slater. Y según el tipo que nos persigue, formé parte de la banda de Quantrill y maté a la mitad de la población de Kansas.

—Tú nunca cabalgaste con Quantrill. Siempre fuiste de la caballería del ejército —dijo Shannon.

—Gracias por el voto de confianza. Nunca creí que saltaras en mi defensa.

—Y no lo haría —respondió Shannon con frialdad—. Los hechos son los hechos.

Malachi se encogió de hombros y se tumbó, con cansancio, sobre el heno.

—Bueno, de todos modos no tiene importancia. Ve a la casa y avisa a Cole. Nos marcharemos esta noche. ¿Sabes algo de Jamie?

Shannon lamentó tener que dar una respuesta negativa. Le caía muy bien Jamie. Era un hombre tranquilo y callado. El que ponía paz entre los tres hermanos. Los Slater estaban muy unidos, y ella lo entendía. Kristin y ella también estaban muy unidas. En muchas ocasiones, su hermana era todo lo que había tenido...

—Lo siento. No he visto a Jamie —le dijo suavemente.

—Bueno —dijo Malachi, mirando la lámpara—. Jamie no es tonto. No correrá riesgos innecesarios y nos encontrará.

Aquello era una mentira, y Shannon lo sabía. Malachi estaba muerto de preocupación. Sin embargo, ella no dijo nada, porque ninguno de los dos podía hacer nada en aquel momento.

—Estabais en la misma compañía. ¿Por qué no estáis juntos?

—Jamie partió un día antes que yo. Quería pasar a ver a unos viejos amigos que habían perdido un hijo —respondió Malachi, y rechinó los dientes—. Tenemos que huir. Él sabrá cuidarse.

—No vas a marcharte a ninguna parte tal y como estás.

—¿Qué dices?

—Tu pierna.

—De camino al sur encontraré a un médico que me saque la bala.

—¿Todavía tienes la bala dentro?

Él se puso tenso y la miró.

—Sí.

Shannon se dio la vuelta y entró en la sala de arreos.

Allí tenían instrumental médico básico. Era algo necesario en un rancho ganadero.

—¡Shannon! —exclamó él—. ¿Qué estás haciendo?

—Ahora mismo voy.

Encontró el maletín médico en el cajón izquierdo del armario, y se detuvo. No había morfina. Nada para mitigar el dolor. Nadie tenía morfina en Misuri, ni en el Sur.

Abrió el siguiente cajón y encontró una botella de whisky de Kentucky. Tendría que valer.

Entonces, al salir al establo, se detuvo y se preguntó por qué iba a hacer aquello por Malachi Slater.

Quizá no lo odiara tanto.

Sí, lo odiaba. Era el hermano de Cole, y si no le curaba la pierna, quizá lo retrasara en su huida. Sí, debía de ser eso.

Volvió junto a él, y se arrodilló. Abrió el maletín y sacó unas tijeras. Tenía que cortarle los pantalones para ver la herida.

—¿Qué haces? —le espetó él.

—Voy a cortar los pantalones.

—Si crees que voy a permitir que te acerques con eso a...

—Tienes la herida en el muslo, tonto. Toma —replicó Shannon, y le entregó la botella de whisky—. Bebe un poco de eso.

Él no titubeó, y le dio un buen trago a la botella. Cuando terminó, cerró los ojos.

—Esto está bien. Es una muestra de amabilidad inestimable por parte de una yanqui para con un rebelde. Y ahora, olvídalo, encontraré...

—Estate quieto, Malachi, y deja de gimotear.

—¡Yo no gimoteo, Shannon! ¡Shannon, para!

Apretó los dientes, pero cuando iba a agarrarla por las muñecas, era demasiado tarde. Ella ya estaba cortando la tela, y cualquier movimiento brusco habría sido peligroso. Malachi inhaló profundamente.

Shannon hizo una pausa y lo miró a los ojos. Sonrió dulcemente.

—Relájese, capitán Slater.

—Será mejor que tengas cuidado por ahí, Shannon, o lo lamentarás.

—Vaya, capitán Slater, debería tener cuidado con esas amenazas tan tontas en este preciso instante.

Él la agarró del brazo y la fulminó con la mirada.

—Shannon, yo no hago amenazas tontas. Sólo promesas.

—No estás en posición de hacer promesas en este momento.

—Shannon...

—Ten confianza en mí, Malachi.

—Tanta como en una viuda negra, Shannon.

Ella sonrió de nuevo y le miró los dedos, que seguían agarrándola del brazo con fuerza. Entonces, lentamente, él la soltó.

Shannon notó que respiraba profundamente mientras ella seguía cortando con sumo cuidado la lana ensangrentada. Segundos después, apartó la tela de la herida y vio la bala. Estaba hundida lo justo como para que él no pudiera sacársela por sí mismo. Haciéndole un corte con el escalpelo, con un rápido movimiento del fórceps, ella podría extraerla con facilidad. Después limpiaría la herida con el licor y se la cosería, y Malachi tendría muchas oportunidades de recuperarse sin problemas.

—Toma otro trago de whisky —le dijo, mirando la herida, porque no se atrevía a mirarlo a los ojos—. Voy a sacar el escalpelo y...

Entonces, Malachi la agarró con fuerza por la muñeca, y Shannon no tuvo más remedio que mirarlo.

—No me fío de ti con un escalpelo, Shannon.
Ella volvió a sonreír con dulzura.
—No te queda más remedio.
—Si lo acercas demasiado a cualquier parte de mi anatomía que yo considere muy preciada, lo lamentarás hasta el día de tu muerte.
—¡Oh, todas las damas quedarían desoladas! —dijo ella—. Tendré el mayor de los cuidados.
Él le soltó la muñeca y continuó observándola con una mirada de advertencia tan severa, que ella se echó a temblar. Tuvo que apretar las manos.
—Qué demonios —murmuró—. Si dañara alguna parte de tu anatomía que tú consideras muy preciada, lo más seguro es que nadie se enterara.
Fue una buena cosa que el cuchillo todavía no hubiera tocado la carne. Él volvió a agarrarla de la muñeca y volvió a obligarla a que lo mirara a la cara.
—Tal vez algún día, querida, te permita que lo averigües.
Ella dio un respingo.
—Querido, ni lo pienses. Ni en tus mejores fantasías.
—No estarías a la altura, ¿eh?
—No me hagas enfadar en este momento, Malachi.
—Será mejor que muevas las manos con la habilidad de un ángel, ¿entendido, Shannon?
Seguía agarrándola con fuerza, pero no fue el dolor lo que hizo que ella siguiera inmóvil. Era la agonía de Malachi, aunque él intentara disimularla tan bien.
Ella asintió.
—Dame la botella.
—¿Para qué?
—Para esterilizar el escalpelo —dijo. Después, limpió cuidadosamente el pequeño cuchillo con el alcohol, y volvió

a entregarle la botella a Malachi. Él bebió con ganas–.
¿Listo? –le preguntó Shannon.

–Estás ansiosa por clavarme el cuchillo.

–Exacto.

–Y yo estoy ansioso por clavarte uno a ti –dijo él, arrastrando las palabras un poco.

Shannon lo miró. Él tenía una sonrisa ladeada, increíblemente atractiva. Ella cerró los ojos para no verla, para no ver el cobalto de sus iris y el carisma de aquella sonrisa. Aquella noche estaba consiguiendo que ella temblara, y no podía vacilar.

Apoyó el escalpelo contra la carne mientras le agarraba el muslo para mantenerlo inmóvil. Él no se movió cuando ella cortó rápidamente con el cuchillo, pero Shannon notó que se le contraían los músculos, y el poder fue asombroso.

Él no emitió un solo sonido. Cerró los ojos y apretó la mandíbula, y por un momento, Shannon se preguntó si estaba consciente, y deseó que no lo estuviera. Terminó rápidamente el corte, y sacó los pequeños fórceps. Había cortado bien. Agarró con firmeza la bala y la sacó de la carne. Después vertió whisky por la herida y comenzó a vendarla con tiras de lino. No hubo suficiente para terminar el trabajo. Ella le miró la cara. Después se levantó la falda y se rasgó la combinación.

Él abrió un ojo y la observó.

–Gracias, querida.

No estaba inconsciente.

–No quiero que hagas que maten a Cole –respondió Shannon con rotundidad.

Se puso de rodillas y le ató el vendaje alrededor del muslo, moviéndose más y más arriba. Él había abierto los dos ojos y la estaba mirando. Shannon lamentó el hecho de llevar un vestido tan escotado. Malachi le estaba mirando el escote, y no hizo ningún ademán caballeroso de apartar la vista.

—Ya basta —le ordenó Shannon.

—¿Por qué?

—Se supone que eres un caballero del sur —le recordó ella.

Él sonrió, pero en su sonrisa había pena.

—El Sur ha muerto, ¿no te has enterado? Y también los caballeros sureños. Y ahora tenga cuidado, señorita McCahy. Se está moviendo muy, muy cerca.

Era cierto. Apartó los dedos como si se hubiera quemado.

—Has hecho un buen trabajo —dijo entonces Malachi, mientras terminaba de atar las vendas.

—¿Porque todo está intacto? —preguntó ella con sarcasmo.

—Eso te lo agradezco. Pero estoy seguro de que no te habrías atrevido a hacerme daño.

—No estés tan seguro.

Él se rió suavemente.

—Te prometo que algún día haré que merezca la pena tu esfuerzo.

—¿Y qué significa eso?

—Bueno, tendremos que esperar y averiguarlo, ¿no?

—No te hagas ilusiones. Y, además... —Shannon abrió unos ojos como platos, y fingió una gran inocencia—. Todavía soy una niña, ¿no? La mocosa McCahy.

Comenzó a darse la vuelta, pero él la agarró del brazo y tiró de ella. Shannon estuvo a punto de protestar, pero él se movió con una curiosa gentileza, y le apartó un mechón de pelo de la cara. Después volvió a acariciarla con la mirada, desde la elevación de sus pechos, bajo el encaje del corpiño, a las mejillas sonrosadas, y a la curva de su figura, allí arrodillada junto a sus pies.

—Bueno, mocosa, ha sido una guerra muy larga. Creo que tal vez hayas empezado a crecer.

—No tuve elección —dijo ella, y de repente, temió que iba a echarse a llorar. Apretó los dientes y se tragó las lágrimas. Notó que él la estaba mirando fijamente, como si le leyera el pensamiento y el alma.

—Sentí mucho lo de tu capitán Ellsworth, Shannon —dijo Malachi—. Sé lo que te hizo su muerte. Pero ten cuidado. Si no tienes cuidado, te quedarán cicatrices en el alma, como las que tenía Cole cuando los jayhawkers mataron a su esposa.

—Malachi, no...

—De acuerdo, de acuerdo. No hablaré de ese asunto sagrado —dijo él, y sonrió, esbozó aquella sonrisa de diablo, para provocarla y apartarle de la cabeza el recuerdo de su dolor—. Estás madurando, y muy bien. Gracias, Shannon. Has hecho un buen trabajo. Tus manos han sido muy suaves, casi tiernas.

—Te he dicho que...

Él le acarició la mejilla con los nudillos.

—Has crecido, claramente —murmuró.

Ella no supo qué decir. Debería haber dicho algo mordaz, pero no tenía ningún sentimiento cáustico en aquel momento. Sólo sentía, curiosamente, que quería que él la abrazara. Quería estallar en sollozos y quería que él le asegurara que sí, que la guerra había terminado y que había llegado la paz. Quería sentir sus brazos ciñéndola, y sentir el calor de su susurro mientras la acariciaba con ternura y le aseguraba que todo iba bien.

Sin embargo, no tuvo ocasión de responder nada.

En aquel momento, el silencio de la noche se hizo añicos. El sonido de cascos de caballos resonó en el aire como el retumbar de un tambor que anunciaba un peligro nuevo. Incluso a través de la puerta cerrada, Shannon lo oyó perfectamente y se puso en pie rápidamente.

—¡Jinetes, Malachi! ¡Jinetes que van a la casa!

Y, como si fuera la contestación a aquella exclamación de temor, oyó un grito de miedo desde la casa. Shannon corrió hacia la puerta del establo y la abrió de par en par. El grito se repitió. Era agudo, y cada vez más alto.

—¡Kristin! —exclamó Shannon—. ¡Es Kristin! ¡Oh, Dios mío, es Kristin!

—¡Espera! —dijo Malachi.

Shannon no lo oyó, porque había echado a correr.

—¡Shannon!

Ella lo ignoró, sin saber que él le pisaba los talones ordenándole que se detuviera.

—¡Maldita mocosa! ¡Espera!

Shannon no esperó. Siguió corriendo, mirando fijamente hacia la casa. A la luz que salía por las ventanas, vio unos veinte caballos delante del porche, la mayoría con sus jinetes. Sólo habían desmontado unos cuantos hombres.

—¡No! —susurró Shannon.

Mientras seguía corriendo, vio a su hermana. Un hombre alto y fornido, con un gran bigote, la llevaba al hombro. Kristin estaba arreglada para cenar, vestida con un traje de brocado azul claro, del mismo color de sus ojos. Se había recogido el pelo en un moño, pero ahora se había soltado y se había extendido por la espalda del gigante, como un rayo de sol perdido.

Anonadada, Shannon se detuvo y observó la escena con horror.

—¡La tengo! —dijo el hombre—. ¡Larguémonos de aquí!

—¿Y Slater? —preguntó alguien.

Shannon no pudo oír la respuesta, pero notó que se le paraba el corazón. Si Cole no se había marchado, entonces estaba muerto. Si le quedaba algo de aliento en el cuerpo, aquel hombretón no habría podido ponerle las manos encima a Kristin.

Su hermana estaba gritando y luchando furiosamente mientras el hombre caminaba con apresuramiento hacia el caballo. Kristin lo mordió con fuerza.

Entonces, él la abofeteó y, entre imprecaciones, la arrojó sobre el lomo del caballo y montó tras ella.

–¡No! –gritó Shannon, y comenzó a correr, de nuevo, hacia la casa. Saltó una de las cercas del corral. Tenía que detenerlos. Tenía que salvar a su hermana.

De repente, algo la derribó al suelo polvoriento, y ella sintió pánico. Era uno de aquellos hombres, uno de ellos...

–¡Ya basta, Shannon!

¡No! ¡Era Malachi otra vez! Maldito Malachi. La estaba sujetando, cuando aquellos hombres se escapaban con Kristin...

–¡Suéltame, idiota!

–¡Shannon! ¡Son veinte hombres armados! ¡Y estás corriendo hacia ellos con las manos vacías!

–¡Tienen a...!

–¡Cállate! –le ordenó él, y le tapó la boca con la mano.

Malachi los mantuvo a los dos agachados, casi planos sobre el suelo. Había un abrevadero ante ellos, que los ocultaba del campo de visión de los hombres, mientras que ellos podían ver la casa y al grupo que había frente a ella, a unos cien metros de distancia.

–¡Tienen a Kristin! –le dijo Malachi–. Y si te acercas más, te atraparán a ti también. Y si no te callas, nos atraparán a los dos. ¡Así no podemos hacer nada!

Ella se quedó inmóvil y dejó de forcejear.

–Mi única esperanza es poder seguirlos con cuidado –le

dijo Malachi con la voz ronca, y aunque le quitó la mano de la boca, no la soltó.

Shannon lo odió por ello.

Pero tenía razón. Ella no tenía armas. Se había dejado llevar por el pánico, y había salido corriendo aunque no pudiera hacer nada para ayudar a Kristin.

La habrían secuestrado a ella también.

—¡No! —susurró débilmente, al ver que los caballos se alejaban.

Con la misma velocidad y el mismo ruido, se adentraron en la oscuridad de la noche.

Y el polvo rojo de Misuri se elevó formando una neblina fantasmal.

Después, lentamente, lentamente, cayó al suelo.

CAPÍTULO 3

Cuando los jinetes se marcharon, Malachi se puso en pie rápidamente y tiró de Shannon sin mirarla. Sus ojos estaban fijos en la casa. En cuanto ella estuvo en pie, él comenzó a caminar, cojeando, hacia el porche.

—¿Adónde vas? —le preguntó Shannon, siguiéndolo.

No pareció que él la oyera, porque no se detuvo.

—¡Malachi! ¡Tenemos que tomar las armas y los caballos! ¡Tenemos que ir tras ellos! ¡Estás perdiendo el tiempo! ¿Adónde vas?

—Voy a la casa —dijo él—. Discúlpame.

Shannon corrió tras él y lo agarró del brazo.

—¿Y por qué vas a la casa? ¿Es que piensas que tenemos todo el tiempo del mundo? Vamos a descansar. A lo mejor te apetece cenar. ¿Tomar una copa? ¿Qué demonios te pasa? ¡Esos hombres se han llevado a mi hermana!

—Ya lo sé, Shannon...

—¡Cobarde! Dios Santo, ojalá fueras Cole. Él llegó aquí y limpió un ejército por sí mismo. ¡Tú ni siquiera has intentado disparar!

—Ya que hablas de Cole, no sabes lo mucho que me

gustaría ver su cara. Y eso es lo que voy a intentar ahora. Esos hombres se han ido con tu hermana, pero mi hermano estaba en la casa, y yo...

Malachi se interrumpió para tomar aire. Shannon se había quedado pálida y callada. Había olvidado a Cole, en su miedo por Kristin. Malachi no.

–Quiero averiguar si Cole está vivo o muerto –dijo él, y volvió a caminar hacia la casa.

Shannon lo siguió en silencio. Estaba muerta de miedo. Esperaba con toda su alma que Cole ya se hubiera marchado, pero en cuanto supiera algo de su cuñado, iría en busca de Kristin. Tal vez Malachi pudiera dejar a aquellos hombres que se la llevaran, pero ella no.

Malachi la oyó caminar tras él, y habló sin darse la vuelta.

–Voy a ir a buscar a Kristin. Si no te importa, prefiero armarme primero.

–En cuanto... en cuanto encontremos a Cole –dijo Shannon–. Yo reuniré todo lo que necesitamos. Nos iremos...

–No nos iremos. Me iré yo.

–Yo voy contigo.

–No.

–Sí, voy conti...

–¡No!

Shannon quería continuar con aquella discusión, pero no pudo. La puerta del porche se abrió de par en par y Delilah salió corriendo hacia ellos. Era alta, negra y bella, con los rasgos aristocráticos de una princesa africana, más familia que servidumbre, y no había hecho falta ninguna proclamación para liberarla. Gabriel McCahy los había hecho libres a ella y a su marido, Samson, años antes de que comenzara la guerra.

En aquel momento, sin embargo, en su semblante se reflejaba una gran angustia.

—¡Shannon! —exclamó, mientras le tendía los brazos. Shannon corrió hacia ella y ambas se abrazaron. Delilah volvió a hablar, suavemente, rápidamente—. Shannon, ¡he pasado mucho miedo por ti! Se llevaron a Kristin de aquí tan deprisa...

—Delilah —dijo Malachi con urgencia, interrumpiéndola—. ¿Dónde está mi hermano? ¿Qué ha ocurrido? Cole nunca habría... Cole no habría permitido que lo separaran de Kristin.

Delilah negó con la cabeza, intentando contener la emoción.

—No, señor, capitán Slater. Cole Slater nunca lo habría permitido. Él...

—Está muerto —dijo Malachi, y tuvo que tragar saliva.

—¡No! ¡No, no ha muerto! —respondió Delilah—. Se marchó antes de...

—¿Cuándo? —gritó Shannon—. ¡Yo no lo vi marcharse!

—Vamos dentro. Parece que a los dos os vendrá bien tomar algo de beber...

Shannon sacudió la cabeza.

—Yo voy a buscar a Kristin...

—No —dijo Malachi—. Yo voy a ir a buscarla en cuanto esté listo.

—¡No me digas lo que puedo hacer y no puedo hacer, Malachi Slater!

Él se acercó a ella con los ojos entornados de irritación, cojeando.

—Shannon McCahy, eres una tonta y una terca, y sólo vas a conseguir que nos maten a nosotros dos y a tu hermana. Yo te diré lo que puedes hacer, y si no lo haces, te encerraré en tu habitación y te ataré a la cama, ¿entendido?

Ella no iba a meterse en otro pulso con Malachi, y menos en aquel momento.

Tampoco estaba dispuesta a escucharlo.

Alzó la barbilla y dijo:

—Muy bien. Entremos en casa. Voy a darte algún pantalón de Cole, y después nos tomaremos una copa de whisky. Así Delilah podrá contarnos lo que ha ocurrido. Tenemos que darnos prisa.

Sonrió encantadoramente a Malachi, pero él entrecerró los ojos y sonrió de manera cínica. No confiaba en ella, pero no importaba.

Entró en la casa con serenidad y atravesó rápidamente el vestíbulo victoriano hacia el despacho. Había sido el despacho de su padre, pero recientemente ella había comenzado a pensar que era de Cole. Esperaba que, algún día, Matthew lo reclamara. El país se reconstruiría durante la paz, y los hijos de Matthew se sentarían en su regazo mientras él revisaba las cuentas y los salarios.

Delilah y Malachi la siguieron. Ella abrió el cajón del escritorio y sacó una botella de bourbon. Sirvió tres copas y las repartió, y después se sentó en la silla de su padre.

—Bueno, Delilah, ¿qué ocurrió?

Malachi la estaba observando. Se sentó al borde del escritorio y esperó. Delilah no se sentó. Apuró la copa de un trago y comenzó a pasearse de un lado a otro.

—Cole se marchó hace una hora. Vino a hablar con Samson y conmigo, y nos dijo que las cosas iban a ponerse complicadas antes de lo que él pensaba. Hay un tal Fitz que quiere venganza. Cole no creía que Fitz quisiera hacerles daño a los McCahy, pero sí sabía que quería a todos los Slater, así que quería llevarse a Kristin y al bebé rápidamente para que estuvieran seguros. No quería decirle nada a Kristin hasta que hubiera encontrado el lugar idóneo, porque ella no le habría dejado marchar. Él pensaba volver en uno o dos días. No quería que ella se arriesgara, ni tampoco que arriesgara al niño. Yo le di comida, y él me dio un beso y me dijo que volvería y que todo iría bien. También me dijo que no me sorprendiera si lo veía volver pronto a usted, capitán Slater, y que quizá Jamie también estuviera de camino. Dejó una carta para Kristin en su escritorio, y yo se la subí en cuanto él se marchó. Ella supo enseguida que se había marchado. Abrió el sobre y leyó la carta rápidamente, y se quedó sentada, mirándome, con la cara muy pálida. Finalmente, comenzó a llorar. Lloró tanto que hacía daño oírla. Yo le decía que él iba a volver a buscarla en cuanto encontrara un buen refugio...

Shannon asintió. Así que ella tenía razón; Cole no estaba en casa. Él habría oído al intruso del establo. Habría oído los disparos. Habría ido a protegerla. Pero en aquel momento, ya no tenía importancia.

Delilah sacudió la cabeza y continuó:

—Entonces, llegaron esos jinetes.

—¿Y los Red Legs se llevaron a Kristin?

—Entraron aquí por la fuerza, pero Kristin les dijo que llegaban tarde, que Cole se había ido hacía mucho tiempo. Entonces, el canalla de la barba le puso el cuchillo en el cuello. Gracias a Dios que no sabían nada del bebé.

—¡El bebé! —exclamaron Shannon y Malachi al unísono, alarmados.

Delilah sonrió. Si había una cosa en la que Malachi y Shannon estaban de acuerdo, era en su sobrino Gabriel. Ambos lo adoraban, y su temor se reflejó en sus caras.

—Gabe está perfectamente. Está arriba, durmiendo con mi niño. Los dos se quedaron dormidos en la cama, así que los dejé ahí. No creo que esos hombres sepan que existe. Pero sí saben que existes tú, Shannon. Iban a buscarte, a echar la casa abajo, pero el tipo de la barba y el pelo oscuro dijo que debían darse prisa, que ya tenían a Kristin Slater y que no necesitaban a nadie más.

Shannon respiró profundamente. Tal vez había tenido suerte. Si no hubiera estado en el establo con Malachi, tal vez la hubieran secuestrado a ella también.

O tal vez estuviera muerta, porque habría intentado oponer resistencia. Quizá hubiera podido matar a alguno de un tiro, pero eran muchos. Red Legs...

Se puso en pie de un salto, mirando a Malachi con horror.

—Red Legs. Eran Red Legs...

Malachi se encogió de hombros.

—Las unidades de Red Legs forman parte del ejército ahora, Shannon. Lane y Jennison fueron privados de sus comandos hace mucho tiempo.

Sus palabras no fueron de ayuda para Shannon. Ella había aprendido a odiar a los bushwhackers sureños, pero siempre había tenido el sentido común suficiente como para despreciar a los jayhawkers, porque habían matado, agredido, robado y violado tanto como los bushwhackers.

Los Red Legs, como se llamaba a los jayhawkers debido a los pantalones rojos que llevaban, eran famosos por su brutalidad. Ella había visto los uniformes que llevaba aquel grupo de hombres, pero en la oscuridad no se había dado cuenta de quiénes eran. Sin embargo, Malachi los había visto perfectamente, y lo había sabido al instante. Tenía buenas razones para conocerlos. Los Red Legs habían matado a su cuñada, a la primera esposa de Cole.

—Tenemos que rescatar a Kristin —dijo Shannon.

Malachi se levantó.

—Yo traeré a Kristin a casa, te lo prometo.

—Malachi.

—Shannon, maldita sea, tú no puedes venir.

—Soy una tiradora de primera, y lo sabes.

—Y también has sucumbido al pánico hace cinco minutos. Comenzaste a correr tras ellos con la boca abierta y desarmada. Shannon, el único modo que tengo de rescatar a Kristin de manos de esos hombres es sacarla a escondidas de su campamento. No puedo entrar allí disparando. La matarían, en primer lugar.

—Malachi, por favor, déjame...

—No.

—¡Ni siquiera sabes lo que voy a decir!

—Shannon, escucha. Quédate aquí. Cuida de Gabe. Espera. Quizá Cole vuelva, o quizá vuelva Matthew. Quién sabe, quizá tu hermano tenga alguna influencia con esa gente. Él luchó en el ejército yanqui. Si se dirige a las autoridades apropiadas, tal vez consiga liberar a Kristin por medios legítimos.

Ella apretó los dientes.

—Y mientras, ellos podrán matar, torturar o violar a mi hermana.

—Shannon, no puedes venir conmigo.

Ella bajó la cabeza rápidamente, intentando que él no viera su mirada. Estaba haciendo mal las cosas. Conocía a Malachi; era más terco que una mula. No iba a decir que sí, y ella era tonta por tratar de convencerlo.

—Bien —dijo—, entonces, voy a buscar unos pantalones de Cole para ti.

—No te preocupes —respondió Malachi—. Sé dónde está su habitación.

Se dio la vuelta y comenzó a salir del despacho.

—Capitán, será mejor que cene antes de marcharse —dijo Delilah—. Puede lavarse y vestirse antes. Además, le prepararé comida para que se lleve.

—Gracias, Delilah —dijo Malachi, y se inclinó el sombrero en señal de gratitud.

El ala le ocultó los ojos, y Shannon se preguntó qué estaría pensando. Sin embargo, él se fue inmediatamente. Ella escuchó el sonido de sus botas por el vestíbulo, y después, subiendo la escalera.

Delilah miró a Shannon con cautela.

—¿Qué estás tramando?

—Nada, Delilah.

—Oh, claro que sí. Estoy preocupada.

Shannon no le hizo caso.

—Vamos a preparar algo de comer.

—Hay mucha comida en la mesa. Carne asada, patatas y judías verdes. Pondré un plato a calentar junto a la chimenea. Tú ve a empaquetar algo de comida para el capitán.

Shannon siguió dócilmente a Delilah hasta la cocina, y sacó dos paños limpios de un cajón. Puso en ellos lonchas de carne ahumada, de cerdo y de ternera, y las envolvió cuidadosamente. Además, añadió unas gruesas rebanadas de pan recién hecho por Delilah. Cuando se dio la vuelta, vio a Delilah, apoyada contra el quicio de la puerta, observándola fijamente.

—¿Qué estás haciendo?

—Empaquetando la comida.

—Eso ya lo veo. Estás haciendo dos paquetes.

—Malachi come mucho.

—No me tomes el pelo, Shannon. Te he criado. Te conozco. Sé lo que pretendes hacer.

—Delilah, tengo que ir a buscar a Kristin...

Delilah alzó las manos e hizo un gesto de impotencia.

—Shannon McCahy, no puedo detenerte. Ahora eres una mujer adulta.

—Gracias, Delilah.

—De todos modos, no necesito detenerte.

—¿Eh?

—No, claro que no. No necesito hacerlo, en absoluto.
—¿Y por qué?
—Porque, querida, él te lo va a impedir.
—No se te ocurra decirle nada, Delilah.
—No, te prometo que no voy a decirle nada. ¡Pero no tiene importancia!

Sin esperar respuesta, Delilah se dio la vuelta y se marchó a preparar un plato para Malachi, canturreando mientras se alejaba.

Shannon le arrugó la nariz a la espalda, y siguió con su trabajo. Cuando terminó, salió de la cocina y subió a su habitación. Sacó las alforjas de cuero de debajo de la cama y, rápidamente, metió en una de ellas unos pantalones recios de algodón, y ropa interior limpia. La otra la reservaría para la munición y la comida. Después se lavó y se peinó, y cuando estuvo arreglada, se dirigió hacia el pasillo.

Comenzó a bajar las escaleras rápidamente, pero se dio cuenta de que Malachi estaba a sus pies, esperándola. Entonces ralentizó el paso y bajó la mirada. Él tenía aquella sonrisa suya, petulante, sabia.

—Señorita McCahy, estaba esperando para preguntarle si va a cenar conmigo. Ambos estamos arreglados, por lo que parece, y la mesa está puesta. Delilah ha salido a esperar a Samson.

—Por supuesto, Malachi.

Él la siguió, y sacó una silla para que ella se sentara. Cuando lo hizo, él se quedó tras ella, sin moverse.

Shannon hubiera preferido que se sentara, pero Malachi no lo hizo, sino que le sirvió una copa de borgoña. Ella lo miró.

—¿Qué es una cena sin un buen vino tinto? —preguntó él con ligereza. Entonces, miró la botella, y ella vio que la tensión se apoderaba de sus magníficos rasgos–. Hace mucho tiempo que no bebo vino –murmuró Malachi.

Shannon apartó la mirada rápidamente, sintiéndose como si se hubiera entrometido en una emoción íntima. No parecía que él recordara que ella estaba allí, pero si lo recordaba, seguramente no querría que lo mirara.

Malachi se sirvió una copa de vino y se sentó frente a ella. Tomó un sorbo y alabó el buen buqué. Después, partió un pedazo de carne asada y lo masticó con ganas, y después tomó otro.

–No comes –le dijo a Shannon.

–Y tú comes muy despacio –murmuró ella.

Él alzó la vista, asombrado, y sonrió.

–Shannon, los voy a alcanzar. Seguramente, tendré que seguirlos durante días para aprender sus costumbres y esperar el mejor momento para deslizarme entre ellos. No me niegues una comida caliente. Hace siglos que no tomo una.

Ella sintió una punzada de culpabilidad, y elevó su copa hacia él.

–Disfruta –le dijo.

Malachi se detuvo en mitad de un bocado y levantó su copa también, hipnotizado, de repente, por la chica que estaba frente a él.

La mujer. Había sido una guerra muy larga, y Shannon había crecido durante aquellos años.

Y, a la suave luz de las velas, ella se convirtió en la visión que él había visto en sus sueños. Los labios carnosos, las mejillas sonrosadas, los ojos azules y el pelo rubio, dorado, suave. Por su expresión, podría haber sido un estudio de sabiduría e inocencia, porque su sonrisa era joven y dulce, pero sus ojos parecían los de una anciana.

Malachi tragó un sorbo de vino. Ella seguía sonriendo.

La muy pilla. Estaba tramando algo. Había planeado seguirlo.

Él volvió a alzar la copa.

—Por ti, Shannon.

—Vaya, gracias, señor.

Era tan elegante como una bella del Sur. Malachi sabía que tenía problemas, si Shannon estaba siendo encantadora.

—De nada. ¿Te he dado ya las gracias por curarme la pierna?

—Ha sido un placer.

—Oh, de eso estoy seguro.

Shannon no supo qué quería decir con aquello, pero había decidido no discutir con él.

No sería agradable hacer algo así.

Malachi era un hombre muy guapo. Se había lavado rápidamente, y tenía el pelo húmedo. Se había puesto un par de pantalones grises de Cole, y una camisa de algodón limpia. Era muy masculino a la luz de las velas, y a ella le asombró que su irónica sonrisa pudiera acelerarle el corazón.

Ningún hombre había vuelto a resultarle atractivo desde que había muerto Robert. Desde que él había muerto, había dejado de soñar por las noches, de preguntarse cómo eran las cosas entre un hombre y una mujer. Las sensaciones suaves y excitantes de su interior habían muerto.

Ella creía que habían muerto.

Sin embargo, al ver la mirada de Malachi, sus ojos que brillaban como los del demonio, al notar que sus rodillas se tocaban, de nuevo tenía aquellas sensaciones. Se le enrojecieron las mejillas y apartó la cara bruscamente. Malachi arqueó una ceja.

—¿Te ocurre algo, querida?

—No me llames querida.

—Disculpa. ¿Ocurre algo, señorita McCahy?

—No —dijo ella rápidamente—. No, no pasa nada. Es sólo que estoy muy cansada. Ha sido un día muy largo. No, no, no pasa nada. ¿Qué estoy diciendo? ¡Esto es horrible!

—¡Eh! —dijo él. Se inclinó hacia delante y la tomó por la barbilla para que lo mirara—. Voy a encontrar a tu hermana, Shannon. Ellos... ellos no van a hacerle daño...

—Son Red Legs.

—No van a hacerle daño. Fitz la quiere viva. ¿Por qué crees que se han llevado a Kristin?

—Porque quieren a Cole.

—Exacto. Así que no van a hacerle daño, porque de lo contrario no tendrían nada que usar contra mi hermano. Todo va a salir bien.

Shannon asintió. Él la soltó, pero siguió mirándola con curiosidad, y pareció que tenía que obligarse a sí mismo a comer de nuevo.

Cuando terminó la cena, ambos se levantaron.

—Te traeré la comida —dijo Shannon. Y tu abrigo, y la guerrera de caballería. Aunque probablemente no deberías entrar en Kansas con esa guerrera. ¿No quieres otra chaqueta?

Él tomó sus cosas.

—Vaya, ¿es que no te has enterado? La guerra ha terminado. O eso dicen.

—O eso dicen —repitió Shannon.

Él sonrió. Le acarició la mejilla y, rápidamente, ella se dio la vuelta.

—Te traeré la comida.

—Gracias —respondió él. Sin embargo, cuando Shannon iba a alejarse, la tomó de la mano y tiró de ella.

—Ha sido una cena muy agradable, señorita McCahy.

Has sido una compañera espléndida. He disfrutado. Pase lo que pase, quiero que lo recuerdes. He disfrutado.

Eran unas palabras peculiares, viniendo de Malachi. Ella asintió nerviosamente y se apartó.

—Yo... voy a buscar tu comida.

—Nos vemos en el vestíbulo. Quiero echarle un vistazo a Gabe y despedirme de Delilah.

—Muy bien.

Ella voló a la cocina. Rápidamente, terminó de preparar el paquete de comida de Malachi y añadió una botella de whisky irlandés de su padre, que tomó de un armario. Después salió al porche a esperar.

Él llegó instantes después.

—Voy a buscar la yegua.

—Muy bien.

Lo vio caminar hacia el establo, y la oscuridad se lo tragó. Malachi volvió minutos después, como un jinete experto, trotando hacia ella en su yegua.

Tiró de las riendas ante el porche y esperó a que ella se acercara con el paquete de comida y el whisky.

—¿Qué tal va tu pierna? —le preguntó Shannon.

—Muy bien, gracias —dijo Malachi mientras guardaba la comida en la alforja. La yegua piafó, deseosa de emprender el camino.

Shannon dio un paso atrás. Malachi asintió hacia ella y levantó las riendas.

—Cuida de Gabe. Yo volveré en cuanto pueda con Kristin. Espero que Cole se entere de esto y venga, pero no podemos confiar en eso. Estate preparada. Tendremos que llevarla a algún sitio. Tendrá que esconderse, o volverán por ella.

Shannon asintió.

—Estaré lista.

—Seguro que sí. Adiós.

Shannon apenas podía estar quieta. En cuanto perdió a Malachi de vista, se dio la vuelta y entró en casa. Subió a su habitación, tomó las alforjas y bajó de nuevo, corriendo. Entró en la cocina y se encontró a Delilah. La ignoró mientras metía su comida en la alforja; después se volvió hacia ella y la abrazó y le dio un beso. Tomó las alforjas y salió de la cocina.

En el vestíbulo, tomó el segundo Colt de la pared y se llenó la alforja de balas. Delilah se acercó.

—Shannon, ten cuidado. No seas impetuosa ni te metas en problemas, ¿me has oído?

Shannon asintió y abrió la puerta de par en par. Salió corriendo y se encontró en los brazos de Malachi.

—¡Malachi!

—¡Shannon!

Él la posó en el suelo. Era como una barrera en mitad del umbral. Le quitó las alforjas y le preguntó:

—¿Ibas a alguna parte?

—¡Sí!

Intentó quitarle las alforjas. A él se le borró la sonrisa de la cara. Tiró las alforjas al suelo del porche. El sonido reverberó, pero ninguno de los dos le hizo caso. Se estaban mirando de manera desafiante.

—Malachi Slater...

—No vas a venir, Shannon.

—Maldito seas, tú no puedes...

—Lo siento, señorita McCahy, pero lo que no puedo hacer es dejar que la maten.

—Malachi... —dijo ella, en un tono de advertencia.

De todos modos, él dio un paso adelante y se agachó. La agarró por la cintura y se la echó al hombro.

—¡Déjame, maldito rebelde! —le ordenó Shannon, mientras le daba puñetazos en la espalda—. Malachi, suéltame...

—Cállate.

—Desgraciado...

Él posó la mano con firmeza en su trasero.

—¡Ésta es una posición deliciosa! —exclamó, riéndose, mientras subía las escaleras.

Ella pronunció todos los juramentos que conocía, mientras seguía golpeándole los hombros. No parecía, sin embargo, que él sintiera dolor, protegido como estaba por la gruesa lana de su abrigo.

Pese a que Shannon luchó con todas sus fuerzas, llegaron rápidamente al segundo piso, y a grandes zancadas, la llevó hasta su dormitorio. Abrió la puerta de par en par y la tiró con fuerza sobre la cama. La falda del vestido y la combinación volaron alrededor de Shannon, y ella se incorporó para recogerlas alrededor de sus piernas y recuperar algo de dignidad.

—Vaya genio, Shannon —murmuró Malachi.

—¡Genio!

Ella se puso de rodillas y lo encaró. Él arqueó una ceja, pero no dio un paso atrás. Parecía que estaba esperando su siguiente movimiento.

Shannon sonrió. Se dejó caer sobre los cojines de la cama y se cruzó de brazos.

—Adelante. Enciérrame.

—Eso es lo que voy a hacer.

—No me importa —respondió ella con dulzura—. En cuanto te marches, bajaré por la ventana. Deberías ser más razonable y... ¿qué haces?

Shannon se incorporó con cierta tensión, porque él se había dado la vuelta y estaba rebuscando en los cajones de su cómoda.

—¿Malachi?

Shannon se levantó y se acercó a él. Le sacó la mano del cajón, pero él ya había tomado un par de medias de lana.

—¿Vas a dejarme ir? —le preguntó ella con curiosidad.

Entonces, él la agarró y volvió a tirarla sobre la cama.

—¡Malachi, no!

—¡Shannon, querida, lo siento, sí!

Ella volvió a prorrumpir en insultos y a forcejear con fiereza. Sin embargo, no pudo hacer nada. Él le ató las muñecas a los postes de la cama con las medias.

—¡Me las pagarás, Malachi Slater!

—Tal vez.

—Espero que se te pudra la pierna, y que se te caiga. Y espero que se te extienda la infección y todo lo demás se te pudra y se te caiga.

Él se inclinó sobre ella para asegurarse de que estaba bien atada, y sonrió.

—Shannon, no creo que ése sea un comentario propio de una dama.

Ella entornó los ojos.

—Y esto no es propio de un caballero.

Cuando Malachi terminó, se sentó, satisfecho. Ella lo miró, temblando de furia. Él se rió y volvió a inclinarse hacia delante. Le acarició la mejilla, casi con ternura.

—No vas a venir, Shannon. Te lo he dicho.

—No me toques. Suéltame.

—Estás preciosa en la cama.

—¡Levántate de mi cama!

—¡Cuánta pasión! Es bastante... excitante, de veras, Shannon. Espero que sigas así si alguna vez siento la tentación de acostarme contigo.

—Malachi Slater, te prometo una cosa: la única manera en que conseguirías que me acostara contigo sería dejarme inconsciente y después atarme —dijo ella, tirando de la atadura.

Él se echó a reír, se levantó y le hizo una reverencia.

—Señorita McCahy, le prometo una cosa: Si alguna vez decido acostarme con usted, no harán falta ataduras.

A Shannon le rechinaron los dientes.

—¡Fuera!

Él se levantó el sombrero y sonrió.

—Cuídate, Shannon. ¿Quién sabe? Tal vez merezca la pena explorar las posibilidades —dijo, y se detuvo durante un instante—. Y te prometo, querida, que no permitiré que se me pudra ni se me caiga nada.

Con aquello, se dio la vuelta y se marchó.

CAPÍTULO 4

—¡Malachi! ¡No puedes dejarme así!
Era demasiado tarde. Él ya se había ido. Shannon oyó sus pasos por la escalera.
Con un grito de exasperación, Shannon tiró de las ataduras con todas sus fuerzas, y después golpeó la almohada con la cabeza. Se le llenaron los ojos de lágrimas.
¿Cómo podía haber sido tan tonta?
Tenía que haber alguna manera de que pudiera escapar de allí. Se quedó quieta, pensando, mirando al techo durante largos minutos. Lo mejor que se le ocurrió era un truco muy feo, pero debía intentarlo.
Esperó. En aquella ocasión quería asegurarse de que él se hubiera marchado. Esperó más tiempo.
Entonces gritó. Fue un grito agudo y largo, de terror.
En segundos, Delilah estaba allí, a su lado, pálida de miedo.
—¡Shannon! ¿Qué ocurre?
—¡Fuera de la ventana! ¡Hay alguien ahí, Delilah!
—¿Fuera? —preguntó Delilah.
—¡Suéltame antes de que entre alguien!

Delilah se apresuró a obedecer, pero chasqueó la lengua al intentar desatar la mano izquierda de Shannon.

—Vaya, niña, ese hombre sabe hacer un buen nudo.

—En el primer cajón de mi cómoda hay un abrecartas. Seguro que podrás cortar la media.

Delilah asintió y volvió rápidamente con el abrecartas. Comenzó a cortar la media.

—¡Está visto que sabe hacer nudos! —volvió a decir.

—Lo sé —dijo Shannon. Entonces miró hacia arriba, y sus ojos se encontraron con los de Delilah.

Delilah dio un salto atrás, dejó caer el abrecartas y sacudió un dedo ante Shannon.

—¡Demonio! ¡Todo era mentira!

Delilah ya casi había cortado el nudo. Shannon tiró con fuerza y consiguió rasgar el resto de las fibras. El abridor de cartas había caído sobre la cama y estaba a su alcance, así que lo tomó antes de que Delilah pudiera adelantársele y, rápidamente, cortó la segunda atadura.

Entonces, quedó libre.

—Shannon McCahy...

—Te quiero, Delilah —le dijo Shannon, dándole un abrazo rápido—. Cuida de Gabe.

—¡Shannon, vas a conseguir que te maten! ¡Tu muerte caerá sobre mi conciencia! ¡Oh, Señor, tu pobre padre se estará revolviendo en su tumba!

—Papá lo entendería —dijo Shannon, y salió corriendo de la habitación.

Bajó las escaleras y comprobó que Delilah había metido sus alforjas al vestíbulo. Las agarró, las abrió y comprobó que estaba todo en orden. Delilah la había seguido, y de nuevo, Shannon la abrazó.

—Vuelve pronto a casa —le dijo Delilah.

—Si viene Matthew, dile lo que ha ocurrido. Quizá Matt pueda hacer algo si los demás fracasamos.

—Shannon...

—No vamos a fracasar —dijo, y tras un último abrazo, salió de la casa rápidamente.

Fue al establo y ensilló a Chapperel, un caballo rápido y bello que corría como un rayo. Además, era negro como la noche, lo cual facilitaría que se confundiera con los alrededores.

Fuera, miró al cielo. Apenas había un resquicio de luna, pero las estrellas brillaban con fuerza. Sin embargo, el camino estaba muy oscuro. Sería casi imposible seguir el rastro de Malachi, pero no sería difícil seguir el rastro de los veinte caballos que habían salido antes que él. Se habían dirigido hacia el oeste, y aquélla era la dirección que ella iba a tomar.

Malachi conocía Misuri como la palma de su mano.

Conocía las ciudades y los territorios indios, las granjas y los ranchos. Podía atravesar Kentucky y Arkansas, y parte de Texas, casi con los ojos cerrados. Pero aquellos tipos iban hacia el oeste, hacia Kansas. Llegarían a la frontera en una hora.

Y él era un capitán de caballería de la Confederación, que todavía llevaba la guerrera de su uniforme.

Debería habérsela cambiado. Debería haber aceptado el ofrecimiento de Shannon y haberse puesto una chaqueta de civil, pero por algún motivo todavía no podía separarse del uniforme. Lo había llevado durante muchos años. Había cabalgado con muchos hombres buenos, y había visto morir a muchos de ellos en la flor de la vida. Demasiadas cosas como para olvidar la guerra. Había terminado. Eso era lo que decían. Abraham Lincoln había dicho que tenían que curarse las heridas. «Con malicia hacia ninguno, con justicia para todos».

Entonces, el bueno de Abe había muerto tiroteado, y en un abrir y cerrar de ojos, el Sur había empezado a ver cómo iban a ser las cosas en realidad.

La tierra estaba destrozada. Los oportunistas del Norte y los sinvergüenzas se habían apropiado de las elegantes mansiones y casas de campo, y los estafadores y vendedores de alcohol estaban agitando a los esclavos liberados para que libraran una nueva clase de guerra contra sus antiguos dueños. Se confiscaban casas y granjas. Muchos hombres, mujeres y niños morían de hambre en el Sur devastado.

No...

Seguramente, lo mejor no era dirigirse a Kansas con una guerrera confederada, pero le resultaba muy difícil quitársela. No le quedaba mucho, sólo el orgullo.

Había luchado en la caballería del ejército. Había luchado bien, brillantemente. Había aguantado en situaciones imposibles. Tenía derecho a sentir orgullo, incluso en la derrota.

Y, tal vez, habría podido pasar por Kansas con su uniforme si no fuera quien era en realidad. Si no hubiera carteles ofreciendo una recompensa por su cabeza. Sin embargo, si lo arrestaban por aquel orgullo, no podría ayudar a Kristin, y seguramente lo ahorcarían, y su orgullo no serviría de nada.

Al día siguiente buscaría otra ropa en algún sitio. Sería mucho mejor viajar como un granjero cualquiera, y no como un ex rebelde. No sería tan evidente.

Aunque, en realidad, no pensaba estar mucho tiempo en Kansas. Rescataría a Kristin y se la llevaría a un lugar seguro del interior de Misuri a esperar la llegada de Cole y de Jamie, para que entre todos pudieran decidir qué iban a hacer.

Se le encogió el corazón.

Seguramente, tendrían que dejar su país y dirigirse a México o a Europa. Aquello le enfurecía. Era una injusticia absurda, pero nadie iba a darles a los hermanos Slater la oportunidad de que se explicaran. Aquel canalla de Fitz los había marcado, y como eran rebeldes, la marca no se iba a borrar.

Malachi tiró de las riendas súbitamente. En la distancia, a lo lejos, vio la luz suave de una hoguera.

Los Red Legs habían acampado allí para pasar la noche.

Siguió avanzando. Llevaba horas cabalgando, y era casi medianoche, pero todavía estaban a cierta distancia de él.

Cuidadosamente, con suma precaución, Malachi recorrió aquella distancia hasta que las hogueras estaban cerca. Entonces desmontó, le dedicó un susurro a la yegua, soltó las riendas y siguió a pie.

Los Red Legs se habían detenido en un bosquecillo junto a un riachuelo. Malachi se acercó por entre los árboles, y encontró una posición protegida, detrás de una roca muy grande. Se agachó allí para observar.

Eran unos veinte hombres. Estaban ocupados cocinando unas alubias en un perol, y un par de liebres en dos asadores diferentes. Había unos cuantos sentados, apoyados contra sus monturas frente al fuego, pero también había varios que estaban de guardia. Había tres centinelas junto a los caballos, que estaban atados a la izquierda del riachuelo. Malachi vio a otros dos al otro lado del claro, apoyados contra los árboles.

Iban armados con los nuevos rifles de repetición Spencer. No serían presa fácil.

Siguió mirando a su alrededor, y vio lo peor de todo.

Kristin estaba atada a un árbol junto al riachuelo. Tenía el pelo por la cara, y estaba muy pálida. Tenía los ojos cerrados. Estaba agotada, y desolada...

Y custodiada por dos hombres.

Mientras Malachi observaba, la situación cambió. El hombre alto y fornido que la había sacado de la casa se dirigió hacia ella y se agachó a su lado. Kristin abrió los ojos y le lanzó una mirada de odio. El hombre se echó a reír.

—Bonita, he pensado que quizá tengas hambre.

—Hambre de un tipo como tú, ¿eh, Bear? —le gritó un tipo rubio, alto y delgado, con un bigote desaliñado. Se puso en pie y se acercó al árbol. Él también se agachó junto a Kristin.

—Guapa, ¿por qué no vienes a cenar conmigo? Soy Roger Holstein...

Kristin le escupió. Se oyeron risotadas de los demás, y el joven se enfureció. Se lanzó por ella.

El hombre al que había llamado Bear lo empujó hacia atrás.

—No le pongas las manos encima.

—¿Por qué? No tenemos por qué llevarla. Se suponía que debíamos encontrar a Cole Slater. Así que dime por qué no puedo quedarme con la mujer.

Otro de los hombres que estaba junto al fuego se levantó también.

—¿Y por qué te la ibas a quedar tú, Holstein? ¿Qué pasa con el resto de nosotros?

—Nadie se la va a quedar, y se acabó —gritó Bear. Malachi se desplomó contra la roca, aliviado. Bear dio un paso hacia Roger Holstein, blandiendo el puño—. Escuchadme bien: la mujer es mía. Yo la atrapé. Y todavía soy la ley en esta unidad...

—¡Y un cuerno! —murmuró Roger Holstein—. Ya no somos una unidad. La guerra ha terminado.

—Somos una unidad porque le pertenecemos a Fitz, como siempre. Y yo estaba allí el día en que Cole Slater le pegó un tiro a Henry y a media tropa. No es tonto. Si se entera de que su mujer ha sufrido abusos por parte de una banda de desgraciados, se tomará su tiempo. Vendrá por nosotros lentamente, con cuidado. Y no vendrá solo. Tiene un par de hermanos que pueden acertarle a los ojos de un colibrí desde otro estado con sus Colts —dijo Bear. Después vaciló, mirando a Kristin—. Nadie va a hacerle daño.

—¡Demonios, Bear, yo no iba a hacerle daño! —se quejó Roger—. ¡Conmigo se lo iba a pasar muy bien!

—No la toques. Fitz decidirá lo que hay que hacer con ella. En mi opinión, dejar a la chica intacta le dará una gran ventaja para negociar.

Durante un momento, Malachi pensó que se iba a montar una pelea allí mismo. Rezó para que no sucediera. De lo contrario, nunca podría llegar hasta Kristin.

No creía que sus plegarias tuvieran respuesta. La tensión que había entre los dos hombres era muy intensa. Se extendió hasta que todos los demás quedaron en silencio, hasta que el único sonido que se oía era el crepitar del fuego de las hogueras.

Entonces, Roger Holstein retrocedió.

—Como tú quieras, Bear. Ya veremos. Cuando estemos con Fitz, ya veremos.

—Claro que lo veremos —dijo Bear.

Malachi miró a Kristin. Había cerrado los ojos de nuevo. Estaba en silencio, y probablemente agradecida por el hecho de que la situación se hubiera calmado.

Gracias a Dios que era Kristin la que estaba allí, y no

Shannon. Shannon era incapaz de quedarse callada. Estaría rabiando y luchando y mordiendo y dando patadas, y ocasionando un desastre completo.

Malachi se apoyó contra la roca y cerró los ojos, exhalando lentamente. ¿Por qué había pensado en Shannon en aquel preciso instante?

Toda aquella noche había estado pensando en Shannon, se recordó con ironía. Pero ella estaba a salvo. Delilah la habría soltado más o menos en aquel momento, y ella no tendría forma de seguir un rastro tan antiguo.

¿Gracias a Dios que no era Shannon? ¡Si fuera ella, él no estaría allí. No estaría dirigiéndose a Kansas con un uniforme de la Confederación. Se habría marchado al sur. Si la secuestrada hubiera sido Shannon, él habría compadecido a los Red Legs.

Sin embargo, al mirar el fuego, se dio cuenta de que veía su pelo dorado, sus ojos brillantes y ardientes. Recordó, sin querer, su voz, que era dulce y pura... incluso cuando gritaba.

Pensó en sus manos, en la ternura con la que le había curado la herida. Sin querer, pensó en la forma provocativa de su pecho, cuando se había inclinado sobre él, cuando lo había rozado. Pensó en la agilidad y la forma deliciosa de su cuerpo, en su calor, en la esbeltez de su cintura, en la suavidad de su carne, en la carnosidad sensual de sus labios.

Malachi abrió los ojos y los dientes le rechinaron. Tenía los puños apretados, y fue liberando la tensión lentamente. Se había dado cuenta, de repente, de lo mucho que deseaba a Shannon. La deseaba abrasadoramente, con hambre, con plenitud.

Desear a una mujer no le parecía extraño. Durante aquellos años había deseado a varias mujeres y, durante la guerra, cuando las amantes se ganaban y se perdían rápidamente, muchas mujeres jóvenes, como muchos hombres, buscaban consuelo en el momento. Las mujeres a las que él había deseado, a menudo las había conseguido. La viuda de Arkansas, la granjera desolada y solitaria de Kentucky, la bailarina de salón de Misisipi.

Una vez, mucho tiempo antes, había amado a una chica. Ariel Denison. Ariel... Él adoraba hasta el sonido de su nombre. Eran muy jóvenes. Al verlo, ella se ruborizaba, y el calor de sus ojos oscuros podía encender todo el fuego del alma y el cuerpo de Malachi. El padre de ella aprobaba la relación, e iban a casarse en junio. Habían pasado juntos todos los días de mayo que podían, tomados de la mano, corriendo hacia el río, nadando juntos, atreviéndose a salir a la orilla y a tenderse desnudos sobre la hierba verde para hacer el amor. Él nunca había conocido nada tan profundo ni tan maravilloso...

Sin embargo, ella murió antes de junio. Se la llevó una epidemia de cólera que se extendió por todo el campo, y Ariel, sonriendo hasta el último momento, había muerto en sus brazos, susurrándole palabras de amor con su último aliento. A él no le había importado correr el riesgo de contraer la enfermedad; no le hubiera importado morir, pero había sobrevivido. Desde entonces no se había vuelto a enamorar. Le había dado toda su pasión a la tierra, su lealtad a su familia, y una vez que había comenzado la guerra, a la Confederación.

No recordaba mucho del amor...

Sin embargo, ningún hombre podía vivir mucho sin deseo. Él estaba acostumbrado a eso. Así pues, le resultaba extraño descubrir con cuánta intensidad y fervor deseaba a Shannon.

La mocosa. Su enemiga. La unionista fanática y ardiente. La plaga de todas sus visitas al rancho. Shannon...

—¡Eh! —dijo alguien en el claro, de repente—. ¿Habéis oído eso?

Malachi se volvió y miró hacia el campamento. Los guardias que estaban junto a los caballos se habían movido. La mitad de los hombres ya se habían quedado dormidos, pero al oír el grito, se habían despertado.

Bear se acercó a los guardias.

—¿Qué? ¿Qué pasa? No he oído nada.

—Hay algo ahí, entre los arbustos.

Lo habían visto. Lo habían oído, pensó Malachi.

Pero no era cierto. Los guardias señalaban en dirección contraria a él.

—Tú Wills, y tú, Hartman, echad un vistazo por ahí —ordenó Bear. El resto, tened los ojos bien abiertos.

Malachi maldijo en silencio. Si se ponían a husmear por los alrededores, iban a encontrar a la yegua. Maldijo a la criatura que estuviera merodeando por allí. Si era una comadreja, esperaba que algún pobre desgraciado se la comiera.

Se apoyó contra la roca. Sabía que no iban a ir a buscarlo allí, tan cerca de sus narices. Tendría que quedarse sentado, inmóvil, a esperar. Si se echaban a dormir pronto, aunque los guardas estuvieran de servicio, él podría llegar hasta Kristin. Cuando el campamento estuviera silencioso, podría bordear el claro y acercarse a ella desde el riachuelo. Tendría que matar a los guardias que estaban custodiando los caballos. No tendría otro remedio.

Malachi frunció el ceño de repente, al sentir vibrar la tierra que había bajo sus manos. Se tendió en el suelo y escuchó los temblores del terreno.

Alguien galopaba hacia allí. No estaba lejos. Un grupo de jinetes se acercaba al campamento.

¿Una patrulla de la Unión?

Pensaba que todavía estaban en Misuri, pero quizá hubieran cruzado ya la frontera. Aunque en realidad no tenía importancia. Las patrullas de la Unión estaban en todas partes.

También podría ser una unidad confederada que volvía a casa.

Tal vez no tuviera importancia. Tal vez sí.

Se puso tenso mientras esperaba.

Entonces, un grito agudo y furioso llamó su atención. Se dio la vuelta y miró hacia el campamento.

—¡Desgraciada! —murmuró entre dientes—. Si dejan un solo pedazo, yo mismo la voy a despellejar.

Hartman y Wills habían arrastrado a Shannon al centro del claro, entre todos aquellos canallas.

Wills cojeaba y soltaba juramentos.

—¡Me ha disparado en el pie! —rugió.

—Gracias a Dios que no tiene puntería —añadió Roger, riéndose.

—Claro que sí la tengo, idiota —respondió Shannon con veneno—. Si hubiera querido, te habría atravesado el corazón.

Wills se quedó en silencio. Incluso Roger se quedó callado. Hubo una ráfaga fría por todo el campamento, como si supieran que Shannon había dicho la verdad.

—¡Arrodíllate ahí, bruja! —le ordenó Wills con ferocidad. Después la empujó y la tiró al suelo.

Ella aterrizó de rodillas. Se había cambiado de ropa, y llevaba unos pantalones negros ajustados, una camisa y un par de botas marrones. Se había puesto un sombrero de ala ancha, pero ahora estaba a varios metros de ella, en el polvo del suelo. Las horquillas del pelo se le habían caído, y lo tenía suelto, como un amanecer de oro, como delicados rayos de sol, por la espalda.

Malachi se mordió el labio con fuerza mientras ella elevaba la cabeza para enfrentarse a Bear, con los ojos llenos de furia y pasión. La perfección de su figura era incluso más evidente con aquellos pantalones y aquella camisa masculina, y él no era el único que se había dado cuenta. Todos los Red Legs se estaban acercando.

—Vaya, vaya, vaya —dijo Roger Holstein, relamiéndose—. ¿Qué tenemos aquí?

Se adelantó rápidamente y se acercó a ella. Shannon se puso en pie al instante. Malachi se puso muy tenso al ver las chispas que despedían sus ojos.

—¡No seas estúpida! —murmuró—. Quédate callada, sé buena, deja que te aten para que yo pueda liberarte... ¡No seas estúpida!

Sin embargo, ella iba a ser estúpida. Roger intentó agarrarla, y Shannon se movió como un rayo y lo mordió en la mano. Él gritó de dolor, y después la abofeteó con el dorso de la mano y la derribó al suelo polvoriento.

—¡Zorra! —rugió.

Los hombres se rieron como hienas.

—¡Por lo menos no te ha disparado, Roger! —le dijo Wills.

Roger volvió a adelantarse, chupándose la mano mordida.

—Aléjate de ella —le dijo Bear, colocándose en el centro del círculo que se había formado.

—Oh, no, de eso nada —respondió Roger con hostilidad—. Ésa es para Fitz. Muy bien. Ésta es mía.

—¡Antes moriré, lo juro! —gritó Shannon desde el suelo. Debió de darse cuenta de que Bear era su única oportunidad. Sujetándose la mejilla, se levantó y se escondió tras él—. Te mataré...

—Sí, cuidado, Roger, la señorita te matará a mordiscos —jaleó alguien.

—¡Apártate, Bear! —gritó Roger—. ¡Es mía!
—¡No!
—Tienes a la mujer de Slater...
—¡Ésta es su cuñada, idiota!
Roger se detuvo, y miró a una mujer y luego a la otra. Era imposible no notar el parecido.
—Así que son hermanas, ¿y qué?
Kristin intervino entonces.
—¡Si la tocas, yo mismo te mataré, bastardo! Entonces no tendrás nada en absoluto...
—¡Kristin!
Shannon echó a correr hacia ella, pero Bear la atrapó justo antes de que pudiera llegar a su lado. La agarró por la cintura, riéndose.
—¡Bonita! —dijo—. Si vas con alguien, tesoro, será con el bueno de Bear.
Con una de sus manazas, le rasgó la pechera de la camisa. Shannon gritó y le dio una patada. Supo dónde debía apuntar.
Con un tremendo gruñido, Bear la soltó y cayó de rodillas. Shannon le quitó el arma de la funda del cinturón y se dio la vuelta para encararse con el resto de los hombres.
—No os arriesguéis —les advirtió, caminando hacia atrás, lentamente, en dirección a Kristin—. Sé lo que hago con esta cosa.
—No puedes matarnos a todos —le dijo Roger, pero no dio un paso adelante.
—Por lo menos, puedo castraros a seis de vosotros —respondió Shannon.
Siguió hablando, pero Malachi ya no oyó nada más, porque hubo un movimiento tras ella. Uno de los guardias que vigilaba los caballos había sacado su cuchillo y se acercaba sigilosamente a ella, por detrás.

—¡Maldita sea! —susurró Malachi.

No podía disparar al hombre porque Shannon estaba en medio. Si ella se moviera... tan sólo un centímetro...

No lo hizo. El guardia la atrapó y le puso el cuchillo en la yugular.

—¡Castrarnos! —exclamó Roger jubilosamente mientras ella soltaba el revólver—. Vaya, cariño, todos vamos a hacer que te alegres de no haberlo hecho...

El hombre del cuchillo se movió un poco. Lo suficiente.

«Maldita seas, maldita seas, maldita seas!», pensó Malachi. Estaban todos muertos, probablemente, pero ya no podía esperar más.

Se levantó y disparó. Le acertó al guardia justo entre las cejas. El hombre cayó.

Shannon se agachó rápidamente y recogió el revólver del suelo. La confusión se apoderó de todos, mientras algunos hombres se acercaban a ella y otros miraban a su alrededor, ansiosos por descubrir quién había disparado.

Malachi siguió disparando. No tenía otra opción. Intentó apuntar mientras vigilaba también a Shannon. Los hombres cayeron, y los hombres gritaron, y se levantó polvo. Sin embargo, había demasiados.

Shannon también estaba resistiendo, pero en mitad del caos, Bear se puso en pie y se acercó tambaleándose a ella, por su espalda. Otro hombre se le aproximaba por delante, y Shannon le apuntó...

Pero Bear le golpeó el brazo y el arma salió volando. Ella se dio la vuelta para luchar, pero él le dio un puñetazo en la boca. A Shannon se le cerraron los ojos, y cayó al suelo.

—¡Atrapadlo! ¡Atrapad a esa alimaña del bosque! —ordenó Bear.

—¿Alimaña? —Malachi se puso en pie y miró fijamente a Bear—. Disculpad, malditos jayhawkers, soy el capitán Malachi Slater, de los últimos de la magnífica caballería de Hunt, y todavía, queridos amigos, un caballero del Sur. ¿Seguimos?

—¡Es un maldito rebelde! —gritó uno de los guardias.

—Es más que eso. ¡Es un maldito Slater! —gritó Bear—. ¡Matadlo!

«Bueno, ha llegado mi hora», pensó Malachi. Shannon había deseado que él muriera con honor, e iba a tener que complacerla. Siguió disparando una y otra vez mientras los Red Legs iban hacia él, intentando derribarlo sin éxito. A él se le acabaron las balas, y un par de ellos saltaron desde la roca, pero Malachi todavía tenía el sable, y lo desenvainó. Cargó y consiguió matar al primero, pero llegaban más y más...

Estaba ocupado con uno de sus contrincantes cuando se dio cuenta de que alguien le apuntaba con una carabina. Ni siquiera iba a tener tiempo para pedir perdón por sus pecados, pensó. No tenía tiempo para lamentarlo...

Sonó un disparo.

Fue el yanqui que tenía la carabina quien cayó al suelo, y no Malachi. Asombrado, miró a su alrededor.

¡Caballos! ¡Oía cascos de caballos! Y ahora, los jinetes estaban sobre ellos.

—¡Son una banda de Red Legs! —gritó un hombre, que saltó al centro del claro en un semental gris—. ¡Red Legs! ¡Malditos asesinos!

—¡Red Legs! —gritó otro.

Y todos emitieron un sonido muy querido para Malachi en aquel momento.

Un grito rebelde se elevó por el aire. Salvaje, dulce y bello a sus oídos.

Observó cómo seis jinetes aparecían en escena. Llevaban sombreros con penachos de plumas y trincheras, no uniformes, y de todos modos, él los reconoció.

Aquellos chicos habían estado en la banda de Quantrill. Malachi conocía a dos de ellos: Fran y Jesse James. Jesse era poco más que un niño cuando había probado su primera sangre, pero eran muchos los niños que habían tenido que convertirse rápidamente en hombres a causa de la guerra.

Y ahora, aquel pequeño grupo se dirigía a casa, seguramente, hacia el sur de Misuri. Todavía eran muy jóvenes, incluso después de la lucha. Quantrill dependía de jinetes jóvenes, vitales, ansiosos y salvajes.

Quantrill había muerto. Bill Anderson, el Sanguinario, había muerto, y Little Archie Clement había muerto. Archie, que disfrutaba cortándoles la cabellera a sus enemigos. Archie, que estaba con los bushwhackers que habían descuartizado tan brutalmente al contingente de la Unión enviado para darles captura, el contingente del que formaba parte el prometido de Shannon...

Bueno, Malachi no tenía en gran concepto a los bushwhackers, pero aquellos chicos habían llegado justo a tiempo. Tal vez Shannon aceptara su rescate. Tal vez pudiera tener la boca cerrada. Pero, de todos modos, él tenía que llegar hasta ella.

No veía casi nada entre aquella maraña de hombres que luchaban, caballos y polvo. Oyó un grito agudo y se levantó para mirar a la luz vacilante de las hogueras. El corazón se le encogió dolorosamente.

Entre dos caballos, vio a Bear. Estaba cortando las ataduras de Kristin. Después se la echó al hombro.

Roger Holstein se separó de la batalla y se reunió con Bear. Wills, con el pie ensangrentado, también corrió tras ellos.

—¡Maldita sea, no! —exclamó Malachi.

¿Dónde estaba Shannon? No la veía. ¿La habían atrapado también?

Al menos, no el grupo de Bear, que se alejaba a caballo. Se dirigían hacia el oeste a todo galope.

—¡Maldita sea! —volvió a rugir Malachi.

Se abrió camino entre los bushwhackers y los jayhawkers, corriendo hacia los caballos de la Unión.

—¡Malachi!

Era Shannon. Malachi se dio la vuelta justo a tiempo para ver cómo uno de los hermanos James pasaba junto a ella y la subía a su caballo.

—¡Eh, has conseguido una chica, Frank! —dijo otro de los jinetes.

—¡No es una chica cualquiera, Jesse! ¿No sabes quién es?

—¿Quién?

—La mocosa de McCahy, la amante del yanqui. Estuvo prometida con él una temporada, antes de que nos lo cargáramos, ¡ay! —gritó, mirando a la chica que llevaba sobre la montura, y después a su hermano de nuevo—. Muerde.

—¡Canallas! —gritó Shannon.

Sin embargo, en aquella ocasión, Malachi sintió algo diferente en su grito, en el sonido de su voz.

Oyó el dolor.

Ahora, Shannon sabía que aquellos hombres habían estado allí el día que había muerto Robert Ellsworth, y ella nunca les pediría clemencia.

—¡Shannon! —gritó él, por encima del choque del acero y de las explosiones de las armas de fuego.

—¡Vamos! —gritó Frank, y disparó unas cuantas veces al aire.

Malachi iba corriendo hacia Frank cuando uno de los Red Legs saltó delante de él con la espada desenvainada.

¡No tenía tiempo para una lucha!

Los bushwhackers montados se habían reagrupado. Habían llegado y habían hecho todo el daño posible. Después, se marchaban.

El Red Legs de la espada se adelantó hacia Malachi.

—¡Ah, demonios! —exclamó Malachi mientras se enzarzaba en la pelea. Se alejó y lanzó una estocada, y después tuvo que sortear otra.

Su oponente sonrió.

Los jinetes se alejaban en mitad de la noche.

—¡Eres bueno, rebelde!

—Gracias, pero tú estás estorbando, yanqui —respondió Malachi.

—¿Que te estorbo? ¡Pero si estás prácticamente muerto, hombre!

—No, el que vas a morir eres tú.

Siempre había que luchar con la cabeza fría...

Había sido una de las primeras reglas que había aprendido Malachi. Su comentario provocó al enemigo, y le granjeó la ventaja que necesitaba.

El Red Legs alzó la espada para asestar un golpe demoledor. Malachi aprovechó y le clavó la espada directamente en el corazón, rápida, limpiamente.

El enemigo cayó sin emitir un solo gemido.

Malachi sacó la espada limpia y se alejó de un salto, listo para repeler cualquier otro ataque.

Sin embargo, estaba solo.

Solo en un mar de cuerpos.

Al menos doce de los Red Legs yacían muertos, tendidos sobre sus bolsas de campamento, sobre las monturas, sobre las armas. Algunos tenían disparos, y otros heridas mortales de sable.

Malachi miró a su alrededor; el claro estaba silencioso

y pacífico de un modo absurdo, una vez terminado todo. Todos sus ocupantes estaban inmóviles, como si se hubieran sumido en un sueño extraño y curioso. Caminó entre los cadáveres rápidamente, maldiciendo para sí, porque sabía que no podía dejar abandonado a un hombre herido, fuera yanqui o rebelde.

No tenía que haberse preocupado. Todos los hombres del claro habían muerto.

Salió del claro y miró hacia la carretera. Después alzó la cabeza hacia el cielo nocturno. El silencio lo envolvía todo. El sonido de los cascos de los caballos había muerto en la distancia.

—¡Maldición!

Los Red Legs se habían llevado a Kristin en una dirección.

Los rebeldes se habían llevado a Shannon en la dirección contraria.

¿Qué camino debía seguir?

No tardó mucho en decidir. Rescataría primero a Shannon. Podría negociar con los James, estaba seguro. Si Shannon era capaz de mantener la boca cerrada unos segundos, él la liberaría rápidamente. Iría primero por Shannon.

Aunque no entendía el porqué.

CAPÍTULO 5

Shannon no recordaba haber pasado una noche más triste y espantosa en su vida.

El grupo de guerrilleros viajó durante todo lo que quedaba de ella. En algún lugar, al principio, Shannon había dicho algo que a los hombres no les había gustado nada, aunque no creía que pudiera gustarles nada de lo que tenía que decirles, y ellos la habían atado de pies y manos, la habían amordazado y la habían echado a la grupa de un caballo.

Después habían empezado a cabalgar en serio.

Conocían bien el territorio que pisaban. No siguieron una ruta específica. Viajaron por llanuras y a través de bosques de helechos y de maleza.

Hablaron de volver a casa, y de los amigos que habían dejado atrás, y le pidieron ayuda a Dios.

Durante un rato, Shannon escuchó sus palabras, pero no podía creer que intentaran pedirle ayuda a Dios, y poco después, mientras ellos seguían conversando en voz baja, ella comenzó a entrar y salir de la realidad. Ya no los entendía. Sabía quiénes eran. Los últimos integrantes de la banda de Quantrill. Habían cabalgado con Quantrill, y con Bloody Bill Anderson, y con Archie Clement.

Era posible que hubieran estado presentes aquel sangriento día, a las afueras de Centralia, en el que los bushwhackers habían masacrado al pequeño contingente de reclutas novatos que había sido enviado tras ellos. Después, habían descuartizado los cadáveres, les habían cortado la cabellera, y les habían cortado también las orejas y la nariz, y los genitales, para metérselo todo en la garganta...

Así había muerto el capitán Robert Ellsworth. Y, mientras ella soportaba los botes y los golpes en la grupa del caballo, pensar en aquello la debilitaba, y le producía ganas de vomitar...

La noche continuó y continuó.

Entonces, Shannon se dio cuenta de que ya no era de noche. Había amanecido. Habían recorrido kilómetros y kilómetros sin parar, o si habían parado, ella estaba inconsciente en aquellos momentos.

Ya no era de noche. Era de día. El sol lo iluminaba todo, y se oía el canto de las alondras. En algún lugar cercano corría un riachuelo.

Habían galopado tanto... tanto... Shannon se preguntó dónde estaba Kristin. Se sentía tan segura, cuando los Red Legs se habían tumbado para dormir, de que podría liberar a su hermana...

Pero entonces, aquellos hombres la habían capturado.

Y ahora, Kristin iba en una dirección, y ella en la dirección opuesta.

¿Y dónde estaba Malachi? Él estaba en el claro. Shannon lo había visto disparando y luchando, y después, había desaparecido. Y después, ella lo había visto otra vez, justo cuando el bushwhacker la atrapaba.

Seguramente, Malachi había seguido a Kristin. Habría

ido a buscar a la hermana de su marido. Y ella se alegraba, porque aquellos hombres podrían hacerle daño a Kristin.

¿Y qué iban a hacer quienes la tenían prisionera a ella?

La mordaza la ahogaba y le producía náuseas. Ellos la conocían. Sabían que era la hija de McCahy, y que era simpatizante del Norte. Seguramente, también sabían que era la cuñada de Cole Slater, pero eso no debía de contar demasiado. Ella había estado prometida con un oficial de la Unión, y sabían que los odiaba con todas sus fuerzas.

¿Qué iban a hacerle?

¿Y qué podía ser peor que la tortura que ya había soportado, colgada hora tras hora sobre el caballo, golpeándose la cara contra la carne sudorosa y el pelaje del flanco del animal? Le dolían todos los músculos del cuerpo. No terminaba nunca, nunca.

Entonces, súbitamente, se detuvieron.

Unas manos le rodearon la cintura y la bajaron del caballo. De haber podido, habría gritado debido al dolor que le produjo el movimiento. Fue como si se le rompieran los brazos.

—Allá vas, yanqui —dijo el hombre, y la depositó bajo un árbol. Los otros estaban desmontando. Formaron un semicírculo a su alrededor y se quedaron mirándola.

—¿Qué vamos a hacer con ella, Frank?

El hombre que había hecho la pregunta dio un paso adelante. Se llamaba Jesse, eso lo sabía. Y era el hermano de Frank. Los dos habían hablado de vez en cuando durante la cabalgada interminable.

Ninguno de los dos era mucho mayor que ella, pero ambos tenían una curiosa frialdad en la mirada. Tal vez hubieran dejado de sentir; tal vez hubieran perdido la humanidad en medio de la violencia de la guerra. Ella no lo sabía. Y, en aquel momento, estaba tan exhausta que ni siquiera le importaba.

—Me pregunto qué querrían de ella los Red Legs —dijo Jesse.

—Supongo que lo que querría cualquier hombre —dijo alguien desde detrás.

Shannon parpadeó, intentando verlo. Era un hombre alto y moreno, con un fino bigote y una sonrisa especialmente procaz.

Ella cerró los ojos. Sólo quería morir. Bushwhackers. Los mismos hombres que habían descuartizado a Robert estaban a punto de tocarla. La muerte sería infinitamente mejor.

—Será mejor que le quitemos la mordaza —dijo Jesse—. Se va a desmayar.

Frank se acercó a ella y le quitó la mordaza de la boca. Ella tuvo un acceso de náuseas. Él se agachó y le cortó las ataduras de los tobillos y de las muñecas. La sangre volvió a fluir, pero ella apenas podía moverse. Se frotó las muñecas, apoyada contra el árbol, mientras los miraba. Eran cinco. Jesse y Frank, Jesse con un rostro redondeado y los ojos oscuros, y Frank más alto y más delgado, mayor. Estaba el hombre moreno y atrevido, y otros dos hombres más bajos, de pelo claro. Tal vez también fueran hermanos, Shannon no lo sabía.

—¿Cómo te llamas? —le preguntó Jesse.

Ella lo miró en silencio, furiosa. Parecía que sabían todo lo demás. Deberían saber también su nombre.

—Shannon. Shannon McCahy —dijo el hombre alto y moreno—. Se la llevaron con su hermana, cuando los federales decidieron echar a las familias. Estaba cuando la casa se cayó y mató a la hermana de Bill y a las otras chicas.

—Entonces, es del Sur... —dijo Jesse.

Frank soltó un resoplido y escupió en el suelo.

—No es del Sur, Jesse. Ya la has oído. Es una yanqui.

Como su padre barriga azul, con la raya amarilla en la espalda...

Ella recuperó el movimiento. No sintió dolor. Se lanzó hacia el hombre con la rapidez de un rayo, enfurecida. Lo hizo con tanta fuerza que lo derribó al suelo.

—¡Asesinos! ¡Alimañas odiosas! ¡Asesinos!

Mientras daba puñetazos al hombre, que estaba tan asombrado que no podía reaccionar, Shannon vio el arma en su cinturón. La desenfundó y le apuntó a la nariz. Los demás estaban a punto de agarrarla, pero ella se volvió con el Colt de Frank, apuntando a Jesse. Él alzó las manos y se alejó.

—Nosotros no matamos a tu padre, muchacha —dijo Jesse suavemente—. No estábamos allí. Zeke Moreau tenía su propio grupo, lo sabes.

Ella apretó la mandíbula, pensando en Robert, temblando por dentro debido a la intensidad del odio que sentía. Podía apretar el gatillo, podría matar a cualquiera de ellos. Cuando pensaba en lo de Centralia...

Jesse se arrodilló frente a ella y habló con sinceridad.

—Estás viendo las cosas sólo desde una perspectiva, ¿sabes? Desde un lado. Los jayhawkers y los Red Legs también vinieron y nos hicieron pedazos a nosotros. Todos tenemos granjas quemadas, y familia asesinada. Siempre era en dos direcciones.

—¡Dos direcciones! —exclamó Shannon—. ¡Dos direcciones! —dijo, ahogándose—. ¡Nunca he oído nada tan malvado como lo de Centralia! En la ciudad, desnudaron a hombres que no iban armados y los tirotearon. Y en las afueras de la ciudad, las cosas que les hicieron a los hombres de la Unión no deberían habérselas hecho a ni a la más baja de las criaturas, y mucho menos a seres humanos...

—Es evidente que no ha visto muchas de las cosas que hacen sus amigos, los Red Legs —dijo irónicamente el hombre alto.

—No vas a conseguir que cambie de opinión —dijo Jesse desde el suelo.

El hombre moreno se acercó, con un ojo puesto en el Colt.

—Me llamo Justin Waller, señorita McCahy. Y estuve allí, en Centralia...

—¡Bastardo!

—Justin —advirtió Jesse, pero Shannon ya tenía el arma apuntada a los ojos de Justin Waller. Apretó el gatillo.

Y se oyó el clic del cargador vacío.

—¡Zorra! —gritó Justin.

Agarró a Shannon, que no pudo escapar, y la hizo agacharse. Ella gritó mientras él le retorcía el brazo detrás de la espalda.

—Justin... —dijo Jesse.

—¡Esta zorra iba a matarme!

—No le hagas daño. Todavía no sabemos qué vamos a hacer con ella.

— Yo sí sé lo que voy a hacer con ella —gruñó Justin salvajemente. Después le pasó la mano libre por la garganta y por el pecho.

Shannon comenzó a patalear desesperadamente. Justin le retorció el brazo con más fuerza, y ella tuvo que reprimir un grito de dolor. Él la puso de rodillas.

—Tráeme una cuerda, Jesse. Estoy demasiado cansado como para disfrutar verdaderamente de lo que tengo intención de hacer con esta belleza. Y uno no puede fiarse de ella.

Jesse le dio una cuerda que llevaba en la montura, pero observó pensativamente a Justin mientras se acercaba.

—Todavía no hemos decidido nada sobre ella, Justin.

—¿Que no hemos decidido qué? —preguntó Justin, que tenía la rodilla en la espalda de Shannon mientras le ataba las muñecas.

Ella apretó los dientes para soportar el dolor.

—Es familia de Cole Slater —dijo Jesse suavemente—. Y a mí nunca me gustó la idea de violar y matar, Justin.

—Cabalgaste con Quantrill.

—Quantrill no mataba mujeres.

—De acuerdo, Jesse. De acuerdo. No voy a matarla.

—Tienes razón, no vas a hacerlo. Yo soy quien manda aquí.

—La guerra ha terminado, Jesse.

—Pero todavía mando yo.

Justin tiró con fuerza de la cuerda, y después hizo que Shannon se tendiera en el suelo. Ella tragó polvo mientras él le amarraba los tobillos.

—Tal vez deberíamos soltarla —sugirió uno de los hombres rubios—. Demonios, Justin, se supone que no debemos violar a las de nuestro bando...

—Ella no es de nuestro bando. Y si la soltamos, avisará rápidamente a las autoridades. Eso, si no se hace con otra pistola. Me disparó, idiotas. Quería matarme. Y podéis decir lo que queráis, pero me las va a pagar.

Tiró con fuerza del último de los nudos. Después tomó a Shannon de los hombros e hizo que se diera la vuelta. Acercó su cara a la de ella y le dijo:

—Zorra, cuando me despierte lo vamos a pasar muy bien.

Shannon le escupió.

Entre juramentos, él se limpió la cara y la arrojó con fuerza contra el árbol. Después miró a los otros y les espetó:

—Y vosotros podéis mirar, uniros o daros la vuelta. No me importa.

Shannon vio que Jesse James apretaba la mandíbula.

–Yo soy el que manda aquí, Justin. Lo acordamos. Que no se te olvide.

Justin ignoró a Jesse y se fue hacia su caballo. Soltó las alforjas y las puso junto al árbol donde estaba apoyada Shannon. Sacó una cantimplora y, mirando furiosamente al resto de los hombres, se acercó al riachuelo para llenarla de agua fresca.

–Agua –murmuró Frank James, siguiendo a Justin.

Poco después, todos los hombres se acomodaron bajo un árbol u otro para dormir. Justin sonrió mientras se sentaba junto a Shannon. Ella lo miró con odio. Él se echó a reír y la agarró para atraerla hacia así. Ella se retorció e intentó alejarse, conteniendo las lágrimas.

–¡Desgraciado, antes prefiero morir! –le dijo.

Justin se rió nuevamente de sus esfuerzos inútiles. Estaba atada de pies y manos, y no podía hacer nada.

La agarró por debajo del pecho y la ciñó contra la curva de su cuerpo. Sus dedos juguetearon sobre sus pechos, y descansaron allí. Después, le susurró al oído:

–Sólo unas pocas horas de sueño, cariño. Discúlpame por estar tan cansado, pero necesito sólo unas pocas horas de descanso, porque no quisiera decepcionarte. Quiero oírte gritar y gritar y gritar... –riéndose de nuevo, apoyó la cabeza en la montura, buscando el sueño.

Shannon cerró los ojos y apretó los dientes. Le dio tiempo para quedarse dormido, y después intentó alejarse.

Él apretó la mano alrededor de su cuerpo como un cepo.

–Ni lo sueñes, mi preciosa yanqui. Ni lo sueñes.

Le pasó los dedos entre el pelo. Ella contuvo la respiración y rezó porque parara.

Lo hizo. Buscó otra cuerda en sus alforjas, y le ató las

muñecas a las de él. Shannon lo observó con amargura. Cuando terminó, él sonrió y le acarició la mejilla.

—Eres una amante yanqui muy guapa, ¿lo sabías?

Shannon lo ignoró, y él volvió a tumbarse para dormir entre risas.

Shannon se quedó despierta, sumida en la angustia más absoluta, hasta que el agotamiento pudo con ella. Pese al hambre y a la sed que sentía, y a la incomodidad, cerró los ojos, y el sueño la venció.

Que Malachi supiera, los hermanos James no estaban en busca y captura.

Sin embargo, cabalgaban hacia el corazón de Misuri como si les fuera la vida en ello. Y eran difíciles de seguir. Cuando él llegó a su yegua y encontró el gran alazán negro de Shannon, los guerrilleros ya le llevaban mucha ventaja.

Sabían lo que hacían. Gracias a Dios, se dirigían al sur, a lo más profundo de Misuri. Era un terreno que él conocía bien. De lo contrario, no habría podido seguirlos. Acortaban el camino atravesando bosques, y sabían perfectamente dónde podían tomar atajos y tomar carreteras, y desaparecer de nuevo entre el bosque.

A media mañana, Malachi se dio cuenta de que seguían el curso de un riachuelo. Malachi lo siguió también.

Estaba exhausto. Le dolía la pierna, y temía que la fiebre lo asediara de nuevo. Debería dormir al menos una hora, para sentirse mejor...

Pero no tenía aquella hora. Sólo conocía a Frank y a Jesse James superficialmente. Los había tratado durante una corta temporada, mientras Cole había formado parte del grupo de Quantrill, y le habían parecido temerarios, y a veces despiadados. Además, pensaba que quienes iban con ellos podían ser los hermanos Younger, otro par de muchachos temerarios.

No creía que los chicos James fueran especialmente brutales o crueles. Al menos, todavía estaban cuerdos, o eso pensaba él. Como los hermanos Younger. Seguramente todavía no se habían vuelto locos.

Pero el otro hombre...

Se llamaba Justin. Malachi sabía quién era. Cole lo había visto en acción al principio de la guerra, y la malicia con la que mataba y el placer que obtenía con sus acciones brutales eran el motivo por el que Cole se había alejado de la banda de Quantrill.

Sin embargo, Shannon sería un buen tónico para cualquier bushwhacker, por muy decente que fuera. Y ella no era capaz de quedarse callada. Él ya la había oído despotricando y rabiando.

Malachi no tenía tiempo para descansar. Sólo se detuvo para abrevar a los caballos, y también para beber y refrescarse en el riachuelo. Comió un poco de la carne ahumada que le había empaquetado Shannon, y tragó un poco de licor también, para mantener a raya el dolor de la pierna.

Casi había anochecido cuando los encontró.

Estaba a poca distancia cuando vio los caballos agrupados junto a unos árboles. No había hogueras en el campamento; de hecho, no era un campamento. Los bushwhackers se habían limitado a parar junto a la carretera.

Malachi estaba muy seguro de que podría razonar con los hombres. Demonios, al menos habían luchado en el mismo bando. Sin embargo, la guerra le había enseñado a no dar nada por supuesto, así que desmontó y ató las riendas de la yegua y del caballo a una rama, y después se acercó al grupo en silencio, lo suficiente como para ver la distribución del campamento.

Debían de estar muy seguros de sí mismos. Muy seguros. No había nadie de guardia. Todos los bushwhackers estaban profundamente dormidos.

O quizá no estuvieran profundamente dormidos. Los hombres como aquéllos aprendían a dormir de una manera distinta, con un ojo abierto. Si pasaba una mosca por aquel campamento, seguramente ellos lo sabrían. Sería tonto si intentara entrar a hurtadillas, por muy sigilosamente que lo hiciera.

Y, tal y como había pensado, Shannon estaba metida en un buen lío.

Los hermanos Younger estaban estirados bajo un roble; los demás estaban tendidos bajo otros árboles, a unos quince metros, y todos, situados en la pendiente cubierta de hierba que descendía a la corriente.

Shannon estaba atada de pies y manos, y atada a Justin.

Malachi juró en silencio, pensando que ella debía de haber luchado con uñas y dientes, porque había perdido la protección de Jesse. Jesse, como muchos otros bushwhackers, pese a su ferocidad, todavía tenía a las mujeres del Sur en un pedestal. Si ella hubiera mantenido la boca cerrada y hubiera representado el papel de bella del Sur...

Pero no lo había hecho.

Malachi comenzó a sudar al mirarla. Estaba pálida y manchada de tierra, pero de todos modos, sus rasgos conservaban la belleza angelical, y su pelo enredado le caía por la cara como un halo glorioso, brillando como un fuego de oro bajo el sol.

Estaba atada a Justin, pero al menos todavía estaba vestida decentemente. Parecía que estaba profundamente dormida, pero incluso en sueños, luchaba con todas sus fuerzas contra el hombre que la mantenía prisionera.

Él todavía no la había tocado. Justin no la había tocado, pero tenía intención de hacerlo.

Malachi respiró profundamente mientras decidía qué plan debía seguir. Podía intentar dispararles a todos, pero los bushwhackers eran muy buenos con la pistola, y si no podía matar a Justin el primero, estaba seguro de que Justin mataría a Shannon por el puro placer de hacerlo.

No. No era momento de causar un tiroteo. Tenía que ser diplomático.

Se puso en pie a un extremo del campamento, con el sable y las pistolas a mano, pero con los brazos relajados.

—Jesse. ¡Jesse James! —gritó.

Se movieron como uno solo. En cuanto él habló, los cinco estaban despiertos, encañonándolo con sus Colts.

Él alzó las manos. Sus cinco pares de ojos se fijaron en el uniforme gris.

Jesse se puso en pie junto al árbol.

—¡Malachi! —gritó Shannon—. ¡Malachi!

Intentó ponerse en pie, pero Justin tiró de la cuerda y le tapó la boca con la mano.

Malachi asintió hacia Justin, intentando meterle un mensaje a Shannon en la cabeza con la mirada.

—¡Eh! ¡Es el rebelde tonto que estaba luchando contra todos los Red Legs a la vez, él solo! —gritó uno de los hermanos Younger.

—Malachi. Malachi Slater —dijo Jesse. Caminó hacia delante, todavía con cautela, pero sonriente—. Eres el hermano de Cole Slater, ¿verdad? Eh, hay un montón de carteles ofreciendo una buena recompensa por ti, ¿lo sabías?

—Sí, lo sé. Pero gracias por el aviso.

—¿Qué haces aquí? ¿Vas hacia el sur? Sería mejor que pasaras a México.

—Bueno —dijo Malachi—, todavía no puedo hacerlo,

porque tengo que reunirme con mis hermanos en alguna parte. Y los Red Legs tienen a la esposa de Cole. De eso iba el asunto cuando aparecisteis hoy. Esos hombres están a las órdenes de un tipo llamado Hayden Fitz, y él quiere ver muerto a mi hermano. Los Slater permanecemos unidos, así que no puedo marcharme todavía.

Uno de los hermanos Younger se puso en pie.

—Eh, capitán Slater, he visto a Jamie. Hace unas dos semanas. Él sabe lo de los carteles, y va hacia el sur. He pensado que debería saberlo.

—Gracias. Muchas gracias. Me alegro mucho de oírlo.

Malachi sonrió a los hermanos Younger, y después se volvió hacia Justin. Atravesó el claro y se agachó junto al árbol, mirando a Justin a los ojos.

—He venido por ella.

—Vaya, capitán Slater, lo siento mucho. Es mía.

Shannon le mordió la mano. Justin soltó un grito mientras la liberaba, y se llevaba la mano dolorida a su propia boca.

—Malachi...

—Cállate, Shannon.

—Malachi...

—Cállate, Shannon —repitió él, sonriendo con los dientes apretados. La sorprendió dándole una bofetada en la mejilla. Ella jadeó. Los ojos se le llenaron de lágrimas.

—Justin, yo no atravesaría el estado por cualquier mujer. Ésta es mía. Estamos comprometidos. Vamos a casarnos.

Shannon volvió a jadear, y Malachi le clavó una mirada fulminante.

Justin se rió con crueldad.

—Eso no cuela, capitán. Lo sé todo de esta fiera de yanqui. Odia a los rebeldes. No creo que sepa cuál es la diferencia entre los bushwhackers y el ejército profesional, capitán. Odia a todos los rebeldes. Me ha parecido que debía hacerle probar a un buen Johnny Reb, ¿qué le parece, capitán?

No había respeto en su tono de voz, sino una violencia latente.

—Probará a un buen rebelde. Es mi prometida, y quiero recuperarla.

Malachi se inclinó hacia Justin con su cuchillo, y rápidamente, cortó las cuerdas de Shannon. Ella se puso en pie de un salto y se frotó las muñecas, y después corrió a esconderse tras de él. Malachi se puso en pie al mismo tiempo que Justin. Los dos hombres se miraron fijamente.

Malachi pasó la mano hacia la espalda.

—Ven aquí, Shannon... querida. Ven aquí delante, ¿me oyes?

La agarró y tiró de ella para colocarla a su lado.

—Díselo, cariño.

—¿Qué? —susurró ella con desesperación.

—Diles que no odias a los rebeldes.

Shannon se quedó en silencio. Él sintió el caos que había en ella, aunque percibiera el olor suave y dulce de su perfume, que todavía desprendía, pese a estar tan sucia.

Malachi tenía muchas ganas de estrangularla.

—¡Díselo!

—Yo... —se estaba ahogando con las palabras, pero siguió—: Yo... no odio a los rebeldes.

—¡No es su prometida! —exclamó Frank James.

—¡Sí lo es! —insistió Malachi, cada vez más frustrado. Agarró a Shannon sin miramientos y la estrechó entre sus brazos—. ¡Cariño! —exclamó, y la miró a los ojos, fijamente, con los suyos llenos de fuego.

Ella abrió unos ojos como platos; parecía que, por fin, había descubierto lo desesperado de su propia situación, y se había dado cuenta de que la libertad dependía de su capacidad de interpretación.

—¡Sí! ¡Sí! —dijo, y lo rodeó con los brazos. Apretó los senos contra el pecho de Malachi, y jugueteó con el pelo de su nuca.

Y lo besó, con suavidad, cubriéndole los labios completamente.

Había un público curioso ante ellos, y sus vidas pendían de un hilo.

Sin embargo, no parecía que importara mucho, en aquella ocasión.

Él la abrazó y le puso las manos en la espalda, a la altura de la cintura, para estrecharla contra su cuerpo. Separó los labios sobre los de ella, y en un segundo se convirtió en el agresor, sin prestar la menor atención a los hombres que miraban. Deslizó la lengua, profundamente, por el dulce resquicio de entre sus labios, y sintió cómo el calor y la fiebre de Shannon lo invadían. La abrazó con más y más fuerza, y violentó su boca con una exigencia pura. La tensión le abrasó todo el cuerpo. Entonces, ella metió las manos entre los dos y lo empujó con fuerza por el pecho, y él separó sus labios de los de Shannon y la miró a los ojos. Tenían un brillo de asombro, de desconcierto.

Y de... furia, pensó él. Ojalá tuviera el sentido común suficiente como para callarse hasta que estuvieran lejos.

Si acaso lo conseguían.

Uno de los hermanos Younger se echó a reír.

—Demonios, yo lo creo. Ha sido uno de los besos más ardientes que he visto en mi vida. Me ha dejado deseando un poco de cariño, seguro.

Shannon abatió las pestañas. Malachi oyó que apretaba los dientes mientras hacía que se diera la vuelta.

—Justin, es mía. Y me la llevo.

—De acuerdo, tienes mi permiso —dijo Jesse—. ¿Frank?

Frank se encogió de hombros.

—Todavía lleva un uniforme gris, y dice que la chica es suya. Supongo que lo será.

Justin soltó un rugido.

—Bueno, capitán, yo no digo lo mismo. Esta chica ha intentado matarme. Tengo cuentas que saldar con ella.

—¿Ha intentado matarte? —repitió Malachi para ganar tiempo. No tenía ninguna duda de que Shannon lo hubiera intentado.

—Exacto —dijo Jesse, suspirando—. Justin estaría muerto ahora mismo si el arma de Frank no hubiera estado vacía.

Malachi sonrió y arqueó una ceja.

—¿Y qué hacía ella con el arma de Frank? —preguntó con amabilidad.

Todos los bushwhackers se ruborizaron, salvo Justin, que siguió mirando a Malachi con odio.

—La desaté —dijo Frank James—. Sentí pena de ella, amordazada y atada como estaba. Ella saltó sobre mí.

—¿Saltó sobre ti?

—Capitán, si conoce tan bien a esta mujer, sabrá que es una fiera —dijo Frank, y añadió un juramento—. Es más peligrosa que todos nosotros.

Malachi bajó la cabeza y se ajustó el ala del sombrero para ocultar la sonrisa que se le había formado sin querer en los labios. Todavía no estaban a salvo.

Elevó la cabeza y miró a Jesse con gravedad.

—Pero no ha pasado nada, ¿no? El arma estaba vacía, y Justin está vivo y coleando.

—No se la va a llevar, Slater —dijo Justin.

Malachi respiró profundamente.

—Me la voy a llevar, Justin —dijo.

—Tal vez ella debiera pedirle disculpas a Justin —sugirió Jesse—. Así se suavizarían un poco las cosas.

—Oh, sí —dijo Justin, apretando los labios e inclinándose un poco hacia atrás, con cierto placer—. Claro. Vamos a verlo. Haga que se disculpe, capitán.

—Shannon, pídele disculpas a este hombre.

Ella llevaba varios minutos en silencio, mucho tiempo para Shannon. Se había quedado a su lado, un poco rezagada, callada y dócil. Él le apretó los dedos y tiró de ella hacia delante, y le susurró al oído:

—¡Shannon! ¡Discúlpate!

—¡No! —explotó ella—. Es un asesino sanguinario y sádico...

Malachi le tapó la boca con la mano. Justin se quedó callado, furioso. Frank James se echó a reír, y Jesse no se movió, ni dijo una palabra.

—Su mujer no lo obedece mucho, capitán Slater —comentó Frank.

Malachi la rodeó con el brazo, la colocó bajo su barbilla y le apretó con fuerza bajo las costillas.

—Me va a obedecer —dijo en voz alta, y después le susurró al oído a Shannon—: Porque si no me obedece rápidamente, me voy a marchar. Le diré a Justin que puede pasarlo bien contigo...

—¡Es un asesino! —susurró Shannon. Él percibió las lágrimas en su voz, pero no podía permitir que le afectara.

—¡Discúlpate!

Ella respiró profundamente. Malachi sintió el odio y la furia que irradiaba, y se preguntó si siempre estaría incluido en aquella zona de odio y rabia.

—Siento haber intentado matarte —le escupió a Justin, y bajó la cabeza—. ¡Y siento más haber fallado! —susurró con tristeza.

Malachi le apretó tanto las costillas que ella gimió de dolor, pero cuando él miró a su alrededor, se dio cuenta de que era el único que había oído su último comentario. Entonces, sonrió.

—¿Todo resuelto? —preguntó, pero no les dio tiempo para pensar—. Gracias, chicos. Nunca habría conseguido vencer a los Red Legs sin vuestra ayuda. Nos veremos por ahí.

Se ajustó el sombrero y le dio un empujón a Shannon, atreviéndose a volverles la espalda a los guerrilleros. Ellos no dispararían a un soldado de la Confederación por la espalda.

Incluso los bushwhackers tenían un código de comportamiento.

Dio varios pasos, empujando a Shannon delante de él.

—¡Slater!

Malachi se detuvo y se dio la vuelta.

Justin caminaba hacia ellos.

—Capitán Slater, ellos dejan que se lleve a la chica, pero yo no.

Malachi se puso tenso. Miró a Justin. Era un desafío directo, y no había manera de escapar de él.

—¡No, Malachi! —gritó Shannon, corriendo hacia él. Él volvió a empujarla hacia atrás, sin apartar los ojos de Justin.

—Entonces, supongo que es algo entre tú y yo —dijo con suavidad.

—Exacto, capitán. Eso es.

—¿Espada o pistola?

—Desenfunde cuando esté listo, capitán... —comenzó a decir Justin, pero no terminó. De repente, puso los ojos en blanco y cayó al suelo con una curiosa elegancia.

Jesse estaba tras él. Acababa de darle un golpe a Justin con la culata de un rifle de repetición Spencer. Sonrió a Malachi.

—No sé lo que habría sucedido. Tú tienes la reputación de ser un gran tirador, pero Justin también es muy bueno. Uno de vosotros habría muerto. Y yo ya estoy harto de ver morir a la gente. Creo que los yanquis ya han matado a suficientes de nosotros como para que nosotros nos matemos también, y menos ahora, cuando todos vamos a casa durante una temporada. Así que llévate a tu fiera, Slater. Ve a México en cuanto puedas. Mucha suerte, capitán.

Malachi asintió lentamente, y se dio la vuelta. Shannon todavía estaba allí, y él la agarró con fuerza por el codo y se la llevó.

—Vamos —le dijo.

Jesse todavía los estaba observando. Malachi le pasó el brazo por los hombros a Shannon y ella no protestó.

Él bajó rápidamente el terraplén hacia la orilla del riachuelo, y desde allí, siguió el curso de la corriente.

Estaba oscureciendo de nuevo. Malachi necesitaba dormir, lo necesitaba desesperadamente, pero quería poner distancia entre ellos y Justin antes de hacer una parada.

No tuvo que meterle prisa a Shannon. En cuanto dejaron a los guerrilleros atrás, ella se separó de él y echó a correr. Malachi oyó sus sollozos y salió tras ella.

Shannon también quería alejarse de los guerrilleros. Corrió tanto que pasó rápidamente el lugar donde él había atado los caballos.

—¡Shannon!

Siguió persiguiéndola. Era como si no lo hubiera oído. Seguramente estaba furiosa, pensó él con cansancio. Estaba enfadada porque él la había obligado a disculparse. Porque la había besado.

Había hecho algo más que besarla. La había besado y acariciado con una invasión tan profunda que nunca podría olvidar la intimidad que había creado.

Y Shannon nunca podría perdonárselo.

—¡Shannon!

Maldiciendo el dolor que sentía en la pierna, corrió tras ella y consiguió alcanzarla. La agarró, y ella se tropezó y cayó, y rodó por el suelo cubierto de hierba hasta que casi llegó al agua. Malachi la siguió y se agachó junto a ella. Tenía los ojos enormes, luminosos y húmedos, de un azul bellísimo. Miraba al cielo sin pestañear mientras él se arrodilló.

—¡Shannon! Demonios, lo siento. ¡Tonta! ¿Es que no lo entiendes? Tenía que sacarte de allí. Justin es un asesino sádico, y por eso no debes buscarte líos con hombres como él —dijo con un suspiro—. Muy bien, fiera. Enfádate. Destrózame cuando tengas la ocasión. Pero ahora tenemos que ponernos en camino...

—¡Malachi!

De repente, Shannon se incorporó y se arrojó a sus brazos. Apoyó la mejilla en su pecho, y él sintió todo su calor.

—¡Oh, Malachi!

Shannon estalló en lágrimas.

Él la abrazó y le besó la cabeza mientras la estrechaba con fuerza.

Fiera. Era un nombre adecuado para ella, pero su pequeña fierecilla se había roto. La guerra la había obligado a construir una muralla impenetrable a su alrededor. Shannon era fuerte como el acero, y nadie, nadie podía darle órdenes.

Pero ahora...

Su muralla se había desmoronado, y él no estaba seguro de si podría hacerle frente a la delicada belleza que había al otro lado.

—Tranquila. Ya ha terminado. Ha terminado...

—Malachi, gracias. Oh, Dios mío, has venido a buscarme. Me has rescatado de ese hombre. ¡Gracias!

Él le posó la mano en la mejilla y le secó las lágrimas con el dedo pulgar. Ella lo miró, y sus ojos eran fervientes y gloriosos, el pelo una capa de oro que le caía por los hombros y el pecho.

Malachi tragó saliva y se las arregló para ponerse en pie. Después la tomó en brazos.

—Tenemos que cabalgar.

Ella asintió con confianza. Dejó caer la cabeza contra él. Malachi caminó por el agua de la orilla en dirección a los caballos.

CAPÍTULO 6

Una vez en camino, parecía que Shannon estaba bien dispuesta a cabalgar. Malachi se alegró por ello. No sabía cuánto tiempo más iba a poder permanecer despierto, pero debían avanzar todo cuanto fuera posible.

Cruzaron el río y después lo siguieron. No hablaron. Cuando Malachi miró hacia atrás, en la oscuridad, la vio encorvada sobre la silla, pero ella no se quejó ni sugirió que pararan. Él le había dado su abrigo para que se cubriera. Su camisa estaba hecha jirones, y Malachi no quería parar a buscar otra ropa en sus alforjas. Quería ganar terreno.

Era demasiado tarde para rescatar a Kristin antes de que los Red Legs salieran de Misuri. Tendrían que ir a Kansas. Lo único beneficioso de ello era que había pocas posibilidades de que Justin los siguiera hasta allí. Ofrecían una recompensa por Malachi, pero al menos él había formado parte del ejército regular. Un bushwhacker no tendría muchas posibilidades de sobrevivir en Kansas.

—¿Shannon?

—Sí —respondió ella suavemente.

—¿Vas bien ahí atrás?

—Sí.

—Seguiremos una hora más.

—Muy bien.

Continuaron. En el lugar donde se bifurcaba la corriente, Malachi tomó el ramal oeste, y le dijo a Shannon que lo siguiera por el agua poco profunda. Así, los bushwhackers no podrían seguir su rastro si lo intentaban.

A las primeras luces del amanecer, Malachi decidió parar. Había un claro pequeño, perfecto, junto al agua. Estaba protegido por unos magníficos robles, y la hierba crecía allí como una manta. A un lado de la corriente se formaba una pequeña piscina natural, muy parecida a aquélla en la que Malachi solía nadar con sus hermanos y sus amigos. Sonrió pensando en aquellos días. Hacía tanto tiempo...

Malachi se dio cuenta de que Shannon había parado tras él.

—Aquí —dijo suavemente—. Vamos a descansar aquí.

Ella asintió y desmontó, pero perdió el equilibrio y cayó al agua. Se quedó tendida en el suelo. Parecía que estaba demasiado cansada como para moverse.

Malachi desmontó y se agachó sobre ella, sonriendo.

—Eh. Sal del agua.

Ella asintió de nuevo, débilmente. Sus ojos se fijaron en los de él con aturdimiento.

Malachi le salpicó la cara con un poco de agua, y vio la sorpresa, y después la chispa de la ira, en sus ojos.

—Necesitas darte un baño —le dijo. Shannon todavía tenía la cara manchada de tierra—. Lo necesitas de verdad. Pero éste no es el mejor momento. Vamos, te ayudo a levantarte.

El abrigo se le había abierto a Shannon, y había dejado a la vista el encaje y las florecitas de su corsé, que asomaba por la camisa rasgada. Cuando él iba a tomarla de la mano, sus dedos rozaron el encaje, y la piel firme de satén que había por encima. Malachi sintió una descarga de calor directamente hacia su entrepierna, e hizo una pausa, asombrado por la fuerza de aquella sensación. Agitó la cabeza, irritado consigo mismo, y la tomó de las manos.

—Arriba, Shannon, demonios, levántate.

Ella sintió su enfado repentino, y se puso en pie, tambaleándose, apoyándose en él.

—Estás empapada. Vamos a la orilla.

Gracias a Dios que estaba exhausto, se dijo. Tan exhausto que no podía pensar en lo que le hacía mirarla...

Ella suspiró suavemente cuando salieron del agua. Dejó caer el abrigo y se sentó para quitarse las botas. Su pelo, acariciado por la luz pálida de la mañana, brillaba y le acariciaba los hombros y el pecho. Él no la tocó en absoluto, pero sintió de nuevo aquella descarga de calor que le aceleró el corazón y le dio vida a todo su cuerpo agotado.

Tal vez fuera imposible estar demasiado exhausto.

Él apretó los dientes y soltó un juramento.

Ella se detuvo, sorprendida.

—Malachi, ¿qué ocurre?

¿Cuándo había aprendido ella a hacer que sus ojos fueran tan inocentes y tan seductores a la vez? Y aquel pelo, cayéndole por media cara en aquel momento...

—¿Que qué ocurre? ¿Que qué ocurre? —le gritó él—. Yo sólo quería rescatar a Kristin de las manos de los Red Legs, y en vez de eso, estoy recorriendo medio Misuri para rescatarte a ti de manos de unos bushwhackers. Y tú, ¿has intentado usar el sentido común cuando estabas al borde de la muerte? No, Shannon, sólo los has provocado más y más, y has estado a punto de conseguir que nos mataran a los dos.

Ella se puso en pie de golpe. Estaba temblando.

—No lo entiendes. No lo entiendes, y no puedes entenderlo. Tú no estabas allí cuando mataron a mi padre, y no has oído los rumores y las narraciones, día tras día, de lo que les hicieron a los hombres a las afueras de Centralia. Tú no...

—Shannon, he estado en la guerra. Lo sé todo acerca de la muerte.

—¡No fue su muerte! No fue su muerte, sino la forma de morir. Él lo admitió. Ese canalla admitió que había estado en las afueras de Centralia. Puede que él sea el que... el que... ¡Malachi, tuvieron que recoger sus pedazos! Tuvieron que recoger los pedazos de Robert. Yo lo quería, lo quería mucho, ¡y ese bastardo ayudó a descuartizarlo!

—¡No puede importarte! —respondió Malachi con aspereza—. ¡No puedes permitir que te importe ahora!

—No lo entiendes...

—Tal vez no lo entienda, pero tú no vas a explicarme nada. Ningún yanqui va a explicarle el horror de esta guerra a un confederado. Nosotros hemos perdido, ¿es que no te acuerdas? Oh, sí, tú eres la que disfruta recordándomelo.

—Tal vez comprendas lo que es matar y morir. Tal vez lo que no entiendes es qué es el amor.

—Shannon, eres una tonta, y mi vida no es asunto tuyo.

—Malachi, maldito seas...

—No quiero hablar contigo ahora, Shannon. Estoy cansado. Tengo que dormir —dijo Malachi entonces, con cansancio. No quería discutir con ella. No quería mirarla más. No quería ver todo aquel fuego, y toda aquella excitación, y su belleza... y el dolor y la tristeza que la embargaban.

No quería desearla.

Pero la deseaba.

Le dio la espalda y se dirigió hacia los caballos. Durante un instante, pensó que ella iba a seguirlo para continuar la discusión. Sin embargo, no lo hizo. Se quedó inmóvil durante unos segundos, tensa, mirándolo. Después volvió al agua. Él intentó ignorarla mientras desensillaba los caballos y desenrollaba su colchoneta y su manta bajo el roble más grande. Miró la colchoneta de Shannon, que seguía enrollada tras el asiento de su montura. La desenrolló también, junto a la suya. No quería que se alejara mucho. Sabía que se despertaría si alguien se acercaba, pero todavía no se sentía seguro como para dormir tranquilamente. Justin le había parecido de la clase de personas que buscaban la venganza.

Malachi la oía, bebiendo con ganas, chapoteando en el agua, lavándose la cara y las manos una y otra vez.

Se tendió en la colchoneta, usando la silla como almohada, sin apartar la vista de Shannon. Estaba haciéndose de día muy rápidamente. Los rayos del sol se filtraban por entre las hojas de los árboles y le acariciaban el pelo, los hombros y el pecho. Reverberaban contra la superficie del agua con un resplandor mágico.

—¿Qué estás haciendo? —le preguntó.

—Frotarme. ¡Frotarme para quitarme de encima a ese horrible bushwhacker! —respondió ella.

—Después podrás sumergirte entera y frotarte todo lo que quieras —le dijo él desabridamente—. Ahora sal. Vamos a dormir un poco.

Ella se volvió y lo vio tendido en la colchoneta, y abrió la boca como si quisiera discutir con él.

Tal vez sólo estuviera cansada. Tal vez, sólo tal vez, se sintiera un poco agradecida. Fuera cual fuera el motivo, se calló y caminó hacia él. Vaciló al ver su colchoneta junto a Malachi. Tenía mechones de pelo húmedo alrededor de la cara, y gotas de agua sobre la piel del pecho.

Él gruñó en silencio y se puso el sombrero sobre la cara.

—Buenas noches, Shannon.

—Tal vez debiera mover esto —dijo ella, refiriéndose a su colchoneta.

—Túmbate.

—Nunca he tenido que dormir tan cerca de un rebelde.

—Ayer dormiste con Justin encima.

Ella sonrió con sarcasmo y abrió mucho los ojos.

—Nunca he dormido voluntariamente tan cerca de un rebelde.

—¡Me da igual! ¡Túmbate, mocosa!

Malachi vio que ella fruncía los labios. Estaba demasiado cansado como para discutir, y si la tocaba, no sabía adónde podían llegar.

—¡Por favor! Por el amor de Dios, túmbate, Shannon.

Ella no dijo nada hasta que se hubo tumbado junto a él, pero entonces, Malachi oyó un susurro.

—¿Malachi?

Él gruñó.

—¿Qué?

—¿Qué... qué vamos a hacer?

Él titubeó.

—Debería darte una azotaina, mocosa —le dijo él suavemente—. Y mandarte a casa.

—No... no puedes mandarme a casa, y lo sabes —respondió Shannon, y su voz tenía un suave tono de súplica, de llanto—. No puedes mandarme a casa.

—Es cierto —respondió Malachi secamente—. Justin está en algún sitio, esperándote. Tal vez debería dejar que te atrapara. Los dos podríais seguir con la guerra hasta el día del juicio final.

—Malachi...

—No voy a mandarte a casa, Shannon. En eso tienes razón. No puedo.

—Entonces...

—Vamos a ir en busca de Kristin.

—¿Pero cómo vamos a encontrarla? No podemos seguir el rastro de esos hombres.

—No necesitamos seguir su rastro. Ellos se la están llevando a Fitz. Y yo sé cómo encontrar la ciudad en la que vive. Cole, Jamie y yo conocemos bien ese lugar. Se te olvida que hemos tratado antes con los Red Legs.

—¿Crees... que ella estará bien?

—Sí. La van a cuidar bien. Kristin es todo lo que tienen para manejar a Cole. Y ahora, por favor, duérmete —dijo Malachi, y volvió a ponerse el sombrero sobre la cara.

—¿Malachi?

—¿Qué? —susurró él con irritación.

—Gracias, de verdad.

Su voz era tan suave... Era como una pluma acariciándole con delicadeza la piel. A él se le tensaron los músculos, y sintió calor, dolor, excitación.

—Shannon, duérmete —le ordenó.

—Malachi...

—Shannon, ¡duérmete!

Ella se quedó en silencio. No volvió a intentar hablar.

Todo iba a salir bien. Ella se iba a dormir, y él se iba a dormir. Cuando se despertara, no estaría tan cansado. Tendría mucho más control sobre sus emociones y sus necesidades.

De repente, un sonido rompió el silencio de la mañana.

Malachi tiró el sombrero y se puso en pie de un salto. Ella se quedó mirándolo, asombrada.

Estaba sentada en la colchoneta, con las piernas cruzadas, comiendo un pedazo de carne ahumada. También tenía pan y queso extendido ante ella, como si estuviera de picnic.

–¿Qué demonios estás haciendo?
–¡Comer!
–¿Ahora?
–¡Malachi, hace siglos que no como! Hace casi dos días.

Él se calmó. No había pensado en parar a comer la noche anterior, y ella tampoco había dicho nada.

–Date prisa, ¿quieres?

–Por supuesto –respondió ella, indignada, con una mirada de reproche. Él soltó un juramento y volvió a tumbarse.

Tenía que dormir.

Pero no pudo dormir. Escuchó cómo ella terminaba de comer y, cuidadosamente, volvía a meter el paquete de comida en las alforjas. Escuchó cómo se estiraba en el suelo y cómo se envolvía en la manta.

Después, sólo oyó el sonido de su respiración. Y podría haber jurado que oía el bombeo rítmico de su corazón.

Cuando Malachi cerró los ojos, la vio de nuevo. Veía incluso las florecitas rosas y el encaje de su corsé. Veía su carne, sedosa y suave, y veía el maravilloso azul de sus ojos.

Y ni siquiera le caía bien.

Pero quizá tampoco le cayera tan mal.

En algún momento, se quedó dormido.

Durmió bien, profundamente. La calidez lo invadió. Sintió mucho más que el suelo duro bajo él, más que la frialdad de la tierra.

Sintió carne.

Se despertó de un sobresalto.

Él había rodado, o ella había rodado, y ahora estaba acurrucada contra su pecho. Él tenía la barbilla sobre su pelo, y el brazo por encima de ella. Estaba durmiendo en su pelo, enredado con él. Sus rasgos en reposo eran deslumbrantes, como un estudio de la belleza clásica. Tenía los pómulos altos, los labios carnosos y rojos, y ligeramente separados, mientras respiraba suavemente. Su olor delicioso lo envolvió. Él tenía un brazo sobre su pecho, sobre la llenura de un montículo redondo...

Se apartó de ella, con los dientes apretados. Debería empujarla con todas sus fuerzas.

Se mordió el labio y la apartó con suavidad. Ella no protestó. Entonces, Malachi se sentó, se quitó las botas y los calcetines y caminó hasta el agua. Estaba fresca, muy agradable, y era justo lo que él necesitaba. Se quitó la camisa y se echó agua por los hombros y la espalda. Después volvió a su colchoneta, en pantalones.

Suspiró y se tumbó. Miró al cielo. Era ya mediodía. Cuando oscureciera tenían que volver a cabalgar.

Maldita fuera Shannon. Él era el que necesitaba dormir.

Cerró los ojos. Los abrió casi al instante.

Ella se había acurrucado contra él otra vez.

La miró y suspiró, rindiéndose. La abrazó y la mantuvo junto al calor de su cuerpo. No oía su corazón, pero notaba que latía dulcemente.

Era mucho peor ahora. La sentía contra la piel desnuda, y era gozoso abrazarla. Demasiado bueno. Sin embargo, no la soltó. La abrazó y se tragó sus pensamientos más oscuros.

Conociendo a Shannon, pensó con ironía, ella iba a despertarse furiosa, acusándolo de un montón de cosas. Seguramente, nunca creería que era ella la que se había acercado a él dormida.

Que se había acercado a él tan sólo por el calor y el afecto que no podía pedir cuando estaba despierta.

Todos necesitaban ser abrazados alguna vez.

Malachi suspiró y se estremeció al percibir la fragancia de su pelo. Se dormiría de nuevo, y ella nunca sabría lo caballeroso que había sido...

No. Nunca conseguiría dormirse de nuevo, pensó.

Sin embargo, finalmente se quedó dormido. Tal vez el ritmo de la respiración y de los latidos del corazón de Shannon lo arrullaran. Tal vez el agotamiento lo venciera por fin.

Cuando se quedó dormido, soñó de nuevo.

Se dio cuenta de que estaba recordando. Recordando el día en que le habían disparado y había caído al riachuelo.

Tenía visiones. Unos rayos de sol tenues caían del cielo, iluminando la tierra cálida. La luz del sol acariciaba la tierra y acariciaba a la mujer.

Ella se había elevado desde el centro del riachuelo, como si fuera un ave fénix renacido de las profundidades cristalinas.

Venus... terminando su baño.

Era perfecta, sus pechos llenos y altivos, con pezones rosados, su cintura esbelta, sus caderas...

Era una ilusión que se movía con gracia, con sosiego. Quizá fuera producto de un sueño, después de demasiadas noches sin dormir. Tal vez fuera un espíritu del atardecer, una creación de la puesta de sol. Se mezclaba con los colores del cielo, dorado, rojo y magenta claro.

Volvió a agacharse y tomó agua con las manos. Después se irguió y se lavó la cara, y las gotas cayeron desde sus manos como una cascada de diamantes.

No estaba soñando.

Malachi se dio cuenta de que estaba completamente despierto. Estaba mirando al riachuelo. Era evidente que ella había creído que él iba a continuar dormido.

Se levantó y caminó hacia el agua.

Ella se detuvo al verlo. Se quedó helada, como si alguien le hubiera hecho un encantamiento. No se hundió en el agua, ni se cubrió con las manos. Simplemente, lo miró con fijeza.

Y él no se detuvo, ni vaciló.

Caminó directamente hacia ella y la abrazó, le alzó la barbilla y estudió su rostro, sus labios y sus ojos, moviendo los dedos por el marfil suave de su piel.

Entonces bajó la cabeza y la besó.

Y ella siguió inmóvil...

La ciñó con fuerza y le acarició la mejilla, el cuello, mientras introducía la lengua profundamente en su boca. El deseo se apoderó de él y supo que no había vuelta atrás. Ya no...

Le acarició un pecho, masajeó su carnosidad y jugueteó con el pezón entre el pulgar y el índice. Ella separó los labios de los de Malachi, y emitió un jadeo de puro asombro, pero no se resistió. Lo rodeó con los brazos y se colgó de él. Posó los labios en su hombro y extendió los dedos por su espalda. Él siguió jugando con su pecho y ella echó la cabeza hacia atrás cuando él le besó el cuello, una y otra vez. Entonces, él descendió y le alzó el pecho para tomarlo en su boca, para succionar el pezón y dibujar espirales, con la lengua, por su aréola.

Ella gimió, aferrándose a sus hombros. Él volvió a besarla en los labios, se los separó y buscó su boca con el fuego de la pasión. Shannon lo empujó, intentando liberarse de él.

—No deberíamos...

—¡Por el amor de Dios, no me digas eso ahora! —respondió él con la voz ronca, y volvió a besarla, y en aquella ocasión, ella no emitió protesta alguna. Le rodeó el cuello con los brazos. La besó hasta que la sintió temblar con el mismo deseo que lo quemaba a él. Hasta que Malachi pensó que ella iba a desplomarse.

Entonces, la tomó en brazos y la llevó hacia la orilla cubierta de hierba. Ella tenía los ojos cerrados, y él sabía que debería preguntarse si Shannon tenía alguna experiencia en lo que iba a hacer, pero no se preguntó nada. Mientras la llevaba, tenía la sensación de que aquello era lo más natural, y no habría cambiado la situación por nada.

La tendió sobre la hierba y la besó, mientras los preciosos colores del atardecer teñían el cielo y la luz suave se filtraba a través de los árboles, mecidos por una suave brisa.

Le dio un delicado beso en los labios, y después bajó por el valle de sus pechos. Pasó la mano por su cadera mientras, con la lengua, acariciaba su piel. Ella sabía a agua y a los colores fuertes del sol.

Malachi se puso en pie y se desvistió, observando a Shannon inmóvil, admirando cómo el atardecer jugueteaba sobre su figura ágil. El mundo se retiró; el eco de las armas de fuego no podía alcanzarlo allí. No había nada más que aquel precioso atardecer y la muchacha, tan dorada y bella como los rayos del sol.

Volvió a tenderse a su lado y la cubrió con la manta de su carne desnuda. Ella tenía los ojos cerrados y estaba inmóvil. Le besó la sien, le susurró al oído y pasó los labios por la longitud nívea de su garganta, y sobre las líneas esbeltas de su clavícula. Volvió a acariciarle el pecho y ella se arqueó contra él, y un gemido curioso se escapó de su garganta. Él observó con fascinación, intentando descifrar las respuestas de su cuerpo. La muestra de su excitación estaba desnuda contra el muslo de Shannon, recibiendo la calidez de su cuerpo y acariciada por la brisa de la tarde, así que el deseo que sentía por tenerla bajo él se intensificó y ardió, y sin embargo, él dominó su reacción.

Se preguntó si ella recordaba quién era él. Quería que Shannon abriera los ojos. Quería que viera su rostro y que conociera su nombre.

Movió las manos para dibujar, perezosamente, círculos por sus muslos, cada vez más arriba. Enterró la cara contra la garganta de Shannon y entre sus pechos, y le acarició la carne, con la barba suave. Ella gimió ligeramente y comenzó a ondularse bajo él.

Entonces, Malachi le separó las piernas. Al principio encontró cierta resistencia, pero la besó de nuevo, y su beso abrasó, invadió, sedujo. Siguió acariciándole los muslos hasta que llegó a su unión y, rápidamente, con seguridad, penetró en ella con una caricia íntima.

Shannon abrió los ojos por fin, y los clavó en los de él. Eran enormes, azules, bellos, y en aquel momento tenían una mirada de aturdimiento. Él sabía hacer el amor, y su caricia fue tierna, sensual, delicada.

—No... —murmuró ella suavemente, ruborizada.

Él se inclinó más hacia ella y le habló a un centímetro de los labios, sin apartar la mirada de sus ojos.

—Di mi nombre, Shannon.

—No... —murmuró ella, y Malachi se dio cuenta de que no negaba lo que estaban haciendo, sino que sólo se negaba a que él la obligara a admitir la realidad.

A que él la obligara a mirarlo y a decir su nombre.

Encontró los lugares más eróticos de su cuerpo y jugueteó con ellos, y después la acarició sin piedad por dentro. Ella gimió y se movió, se movió dulcemente contra él, incluso mientras cerraba los ojos y lo negaba.

—Abrázame, Shannon, abrázame fuerte —le pidió él, y ella lo hizo—. Di mi nombre, Shannon —insistió Malachi mientras seguía abrasándola con el calor de su propio cuerpo—. Abre los ojos y di mi nombre.

Ella abrió los ojos de nuevo, y en ellos había un brillo de furia.

—¡Malachi! —susurró tensamente.

—Y ahora... dime lo que quieres que haga.

Ella lo miró con estupefacción y un rubor del color del atardecer le cubrió las mejillas, el cuello, el escote. Él no iba a poder soportarlo durante mucho más tiempo. Tenía que tomarla pronto. Pero siempre había habido una guerra entre ellos, y aquélla, al menos, Malachi no podía perderla.

—Dime lo que quieres.
—No...
—Es fácil. Di que me deseas. Te deseo, Malachi —dijo él, y volvió a besarla. Deslizó las manos hacia abajo y la sujetó mientras se movía por su cuerpo y tomaba su pecho con la boca de nuevo, descendiendo más y más. Ella le clavó las uñas en los hombros. Él oyó su jadeo y notó sus dedos en la cabeza cuando jugueteó besándole el estómago.

Ella estaba viva de pasión. Movía la cabeza y las caderas, y susurraba algo. Tenía los ojos cerrados de nuevo, y la cara ladeada.

—No te oigo, Shannon.
—Te... te deseo.
—Te deseo, Malachi.
—Te deseo... Malachi.

Su voz era apenas un susurro. Era todo lo que él quería, lo que necesitaba oír. Ella siguió moviéndose contra él con gracia y una sensualidad exquisitas, y él se sintió un estallido de triunfo febril al hundirse en ella profundamente.

Shannon se puso tensa y gritó, y él se dio cuenta de que había pensado que ella tenía experiencia sólo porque quería creerlo. Se había engañado a sí mismo, sólo porque no había querido creer...

Pero lo sintió. Sintió que su cuerpo se rasgaba, y sintió el dolor y el temblor que la llenaron. Comenzó a retroceder, pero ella lo agarró.

Ahora tenía los ojos abiertos. Aunque estaban llenos de lágrimas, Shannon lo miraba con una curiosidad honesta.

—No, no. He dicho que te deseaba. He dicho que te deseaba, Malachi.

—Demonios, pero no me habías dicho que eras...

—Tú no me lo has preguntado —le recordó ella suavemente—. Por favor...

Su voz se acalló. Malachi supo que era tarde para deshacer cualquier daño, pero que quizá no fuera tarde para recuperar la magia.

Comenzó a moverse con cuidado. Lentamente, entró en ella por completo, e igual de lentamente, comenzó a retirarse. Después se hundió de nuevo, lentamente... lentamente.

Minutos más tarde Shannon gimió y se puso muy tensa contra él.

Parecía que, de un modo innato, ella conocía el arte femenino. Se movió bajo él con flexibilidad, con exquisitez. Él adaptó su ritmo al de ella, a la suave magia del anochecer. La brisa mecía las hojas y los acariciaba en silencio. Los pájaros piaban, y el agua se ondulaba y se aquietaba. Malachi gritó con voz ronca, y por fin se liberó mientras se hundía una y otra vez, con velocidad y fiebre, en el nido húmedo y acogedor de su cuerpo.

La presión se intensificó en él explosivamente, pero siguió ejerciendo cierto control sobre sí mismo, susurrándole, acariciando su carne desnuda con besos, urgiéndola para que ascendiera con él.

Ella jadeó y se estrechó contra él, y después se derrumbó.

Malachi permitió entonces que el clímax se apoderara de él, y cuando lo hizo, fue dulce y violento. Se estremeció mientras lo recorrían las ondas del placer, y cuando por fin su cuerpo quedó en sosiego, la miró.

Shannon tenía los ojos cerrados otra vez y los labios separados. Su respiración era acelerada, y estaba muy pálida.

—¿Shannon?

Malachi le acarició el pelo y le apartó los mechones húmedos de la cara. Ella se movió, intentando liberarse de la carga del cuerpo de él. Malachi se lo permitió cambiando el peso, y ella se acurrucó contra él.

—Shannon...

—No... por favor, todavía no —susurró.

Mientras anochecía, él la abrazó, mirando los árboles y la silueta de las hojas contra el cielo, hasta que estuvo demasiado oscuro como para ver algo.

Entonces, de repente y en silencio, Shannon se levantó y caminó rápidamente hacia el agua. Se hundió bajo la superficie mientras Malachi la miraba, pensando que aquella acción no era muy distinta a la de aquella misma mañana, cuando Shannon se había lavado la cara y las manos para quitarse el olor y el recuerdo de Justin.

Él se levantó y la siguió hacia el agua.

—¡Shannon!

Ella no le hizo caso. Entonces, Malachi la tomó del brazo y la obligó a darse la vuelta. Ella dio un tirón para zafarse.

—Shannon, ¿qué estás haciendo ahora?

—Nada.

—¿Y por qué no me hablas?

—No quiero hablar.

—Shannon, lo que acaba de ocurrir...

—No debería haber ocurrido. ¡No debería haber ocurrido!

—Shannon...

—¡Malachi, maldito seas! ¿No podrías tener la decencia de dejarme tranquila, al menos ahora?

—¿Que si podría tener la decencia? —inquirió él, y volvió a tomarla del codo para obligarla a que se pusiera en pie.

Él estaba furioso y ella distante. Y, sin embargo, entre ellos había cambiado algo, irrevocablemente y para siempre. Para él era natural abrazarla contra su cuerpo, sentirla desnuda, íntima. Ella no podía hacer el amor como acababa de hacerlo y después fingir que aquellos momentos no habían pasado.

—¿Decencia? —preguntó Malachi con sarcasmo—. Ah, ya lo entiendo. La culpa ha sido mía.

—Yo no he dicho eso.

—Eso es lo que quieres decir.

—Bueno, se supone que tú eres el caballero del Sur. Eso es lo que siempre decía Kristin. Que eras el caballero sureño perfecto, un héroe. ¡Pues está equivocada! Tú no eres ningún caballero. Tal vez me vieras bañándome, pero podías haberte dado la vuelta.

—¿De veras? Y supongo que tú sí eres la dama perfecta, desnuda como Dios te trajo al mundo y correteando como una chica de salón...

—¡Podías haberte dado la vuelta! ¡Pensaba que eras un caballero!

—No pienses nunca más, Shannon. Cada vez que lo haces, alguien se mete en problemas. Y no vuelvas a negarme nunca más, o...

—Malachi, ha sido culpa tuya.

—Culpa mía. Claro. No es que te haya sacado arrastrando del agua, precisamente.

Shannon bajó la cabeza.

Él le tomó la barbilla y la obligó a alzarla de nuevo.

—Sólo querías vivir una pequeña fantasía. Nunca te acostaste con tu amante yanqui, así que ahora estabas dispuesta a acostarte con un capitán rebelde para ver cómo podría haber sido...

Entonces, ella lo abofeteó con la rapidez de un rayo, y se alejó, temerosa de su respuesta. Cada vez que había tocado a Malachi con ira, él se las había arreglado para devolverle el gesto de alguna manera.

Pero aquella noche no hizo nada. Se tocó la mejilla, y después se dio la vuelta.

—Tienes razón, Shannon. No debería haber ocurrido.

Volvió a la orilla e, ignorándola por completo, se vistió tranquilamente. Sin embargo, la oyó. Se dio cuenta de que siempre la oiría. La oiría y se la imaginaría. Sus ojos, como el cielo. Su gracia y su energía, su flexibilidad y su belleza. La oiría y se la imaginaría, vestida y... desvestida.

Oyó que volvía a la orilla, y se la imaginó poniéndose la ropa interior. Miró de reojo, pero ella ya se había calzado los pantalones vaqueros, y estaba sentada en su colchoneta, poniéndose las botas.

Él rebuscó en sus alforjas y encontró una camisa limpia. Se la tiró.

—Gracias. No creo...

—Póntela. No puedes ir por ahí con la camisa rasgada, mostrando el corsé. Cualquier hombre que nos vea se hará ilusiones, también.

Ella metió los brazos por las mangas de la camisa y comenzó a abrocharse los botones. Tenía la cabeza muy alta.

—No iba a rehusar la camisa, capitán Slater. Iba a sugerirte que te pusieras algo similar. Ese abrigo tuyo de la Confederación es muy evidente.

Malachi no respondió. Se dio la vuelta y recogió su colchoneta, y envolvió el abrigo y la guerrera con la manta. Sus pantalones eran grises, pero la camisa era blanca, de algodón.

Todavía no podía separarse de su sombrero, así que se lo puso y miró a Shannon, que estaba esperando.

—¿Podemos irnos ya, señorita McCahy?

Ella asintió. Entonces, ambos montaron a caballo y se pusieron en marcha.

Malachi iba delante, silencioso como un muerto, con

la compañía de sus propios demonios. Le parecía que llevaban horas en la carretera cuando, por fin, ella se puso a su altura y lo llamó suavemente.

—¿Malachi?

—¿Qué?

—Quiero... quiero explicarme.

—¿Explicar el qué?

—Lo que he dicho. No quería negarte...

—Eso está bien. Porque no voy a permitir que niegues la verdad.

—Eso no era lo que quería decir antes. Quiero explicar...

—Shannon —dijo él—, no tienes que explicar nada.

—Pero tú no lo entiendes.

—Sí, ya lo sé. Yo nunca entiendo nada.

—Malachi, antes de la guerra, siempre fui una dama...

—Shannon, antes, durante y después de la guerra, siempre has sido un demonio.

—¡Malachi, maldito seas! Sólo quería decir que... nunca habría hecho... lo que he hecho. No debería haber...

Él titubeó, escuchando con suma atención sus palabras torpes. Notaba de nuevo las lágrimas en su voz, y aunque sintió dolor por ella, también sentía amargura. No quería ser el sustituto de un fantasma. Aunque la hubiera obligado a admitir que lo deseaba, pensar en su prometido yanqui lo enfurecía.

Sin embargo, el fantasma nunca tendría lo que él había tenido, se dijo, y se calmó un poco.

—La guerra ha cambiado a mucha gente —susurró—. Y tú eres una dama, mocosa. De todos modos, lo siento.

—No quiero que lo sientas, Malachi. Es sólo que... no debería haber sucedido. Ahora no. Entre nosotros no.

—Una yanqui y un rebelde. Nunca podría salir bien —dijo él amargamente.

—Malachi, por favor. No quería decir eso.

—Pues espero que quisieras decir algo. Shannon, esta noche has cambiado para siempre. Has dado algo que muchos hombres consideran de mucho valor. No puedes fingir que no ha ocurrido.

Shannon bajó la cabeza.

—Lo sé. Pero no es lo que quería decir. Lo que quería decir es que...

—Shannon, yo no te he arrastrado, ni te he abrazado a la fuerza. Tal vez te haya seducido, pero no sin tu cooperación.

Entonces ella lo miró, con una sonrisa llena de tristeza.

—Te deseaba, Malachi. No debería haberte deseado. Sabía que eras tú, y te deseaba, y no debería haberte deseado, porque yo quería de veras a Robert, con todo mi corazón. Y ni siquiera ha pasado un año. Yo... —sacudió la cabeza—. Yo soy la que lo siente.

Entonces, ella se adelantó. De repente, Malachi se sintió exhausto, cansado, hecho añicos.

Nunca hubiera imaginado, nunca, en el infierno, en la guerra ni en aquel escaso tiempo de paz, que Shannon McCahy pudiera crear aquella tempestad en él. Ira, sí, ella siempre había provocado su ira...

Pero quizá, sólo quizá, también siempre hubiera provocado aquel deseo en su cuerpo. Y tal vez él estuviera empezando a darse cuenta ahora.

Además, ella también estaba empezando a apoderarse de su corazón.

Tal vez pudieran ser amigos. Tal vez todas las guerras se merecieran una tregua de vez en cuando.

—Shannon.

Ella lo miró.

—Vamos a acampar aquí para dormir un poco. Seguiremos hacia el oeste mañana por la noche, y tendremos que alejarnos del agua, así que vamos a aprovecharla ahora.

Shannon asintió. Desmontaron, desensillaron los caballos y encendieron una pequeña hoguera para hacer café. Cenaron queso y carne ahumada, y apenas hablaron mientras comían. Al terminar, él dijo:

—¿Por qué no te acuestas ya?

Ella asintió.

—Sí, supongo que sí.

Entonces, se levantó y se dirigió hacia las colchonetas. Sin embargo, antes de alejarse se detuvo y lo miró.

—¿Malachi?

—¿Qué?

—¿A ti te importa... er... la... de una mujer?

—¿Te refieres a su virginidad?

Ella se ruborizó y agitó la cabeza.

—Bah, no importa.

—Shannon...

—Olvídalo. Algunas veces se me olvidan las consecuencias y...

Él dio un largo trago a su café, mirándola por encima del borde de la taza.

—¿Se te han olvidado esta vez?

—¿Qué? —murmuró ella confusa.

Malachi se puso en pie y se acercó a Shannon. Estaba irritado consigo mismo, por la malicia de su corazón. Pensaba que a ella le estaría bien empleado tener aquella preocupación durante días.

Él había pasado aquellas últimas horas en un infierno, y sabía que iba a pasar en un tormento todo el tiempo que estuviera con ella.

—Las consecuencias. Procreación. Niños. Pequeñas personitas que crecen dentro del cuerpo de una mujer.

Ella abrió unos ojos como platos. No había pensado en absoluto en eso. Él se dio cuenta, y supo que, verdaderamente, Shannon iba a estar preocupada durante días.

Él le dio un beso en la frente.

—Buenas noches.

Shannon todavía estaba allí plantada cuando él volvió junto al fuego.

CAPÍTULO 7

−¿Qué te parece? −murmuró Shannon.

Era tarde, al día siguiente, y habían pasado toda la jornada cabalgando hacia el oeste, evitando las vías principales, avanzando discretamente por el campo.

−Me parece que estamos en Kansas −respondió Malachi.

Estaban en lo alto de un promontorio, mirando hacia un pueblo pequeño y polvoriento. En las llanuras circundantes se veían granjas y ranchos. Ante ellos tenían un establo, una barbería y un salón. Había un letrero en la fachada de un edificio alargado, que decía *Almacén de alimentos y confección del señor Haywood.* Junto a aquél había otro letrero más pequeño que decía *Casa de huéspedes señora Haywood, habitaciones por días, meses o años.*

−Haywood, Kansas −dijo Shannon. Notaba que Malachi la estaba mirando, pero ella no podía mirarlo a él. Le había resultado difícil mirarlo desde que...

−Tenemos que bajar −dijo él lentamente, de mala gana−. Deberíamos comprar algo de comida. Y me encantaría ver un periódico para enterarme de lo que está pasando en el mundo.

—Yo iré... —comenzó a decir Shannon.

—No seas boba —la interrumpió él, con impaciencia—. No puedo dejar que bajes ahí tú sola.

—No hay ningún peligro para mí, y para ti sí lo habría.

—Nadie está seguro por aquí. Para algunos, cualquiera que proceda de Misuri es un bushwhacker.

—Entonces, ¿qué sugieres?

Él la miró con una ceja arqueada.

—Fingiremos, señorita McCahy, qué otra cosa íbamos a hacer. Vamos a entrar juntos al pueblo, como marido y mujer. Nuestra granja se ha quemado. Nos vamos a establecer en el oeste. No lo estropees, ¿de acuerdo?

Ella miró significativamente su sombrero.

—Llevas el faro de la verdad en la cabeza —le dijo dulcemente.

Él se quitó el sombrero y miró a su alrededor durante un momento. Después desmontó y caminó hacia unos arbustos. Escondió el sombrero, cuidadosamente, entre ellos.

—Muy bien. Entonces, ¿podemos irnos ya? —preguntó Shannon.

Malachi la miró fijamente.

—Vamos a comprar provisiones y a conseguir información. Ten cuidado, y no lo estropees todo —repitió.

—¿Yo? Tienes suerte de que vaya contigo, Malachi Slater. No van a aceptar tu moneda de la Confederación en este pueblo. Yo tengo dólares yanquis.

—Puedes guardártelos, Shannon.

—¿Por qué?

—Porque yo tengo oro, y eso sí que lo aceptan en todas partes. Vamos, arranca. No quiero que te alejes de mí.

Bajaron la colina, y sus caballos comenzaron a trotar para cruzar la planicie vacía que había a la entrada del pueblo. Se detuvieron y desmontaron frente al almacén, y ataron las riendas a la barandilla de madera que recorría el perímetro de todo el edificio. Después, subieron los dos peldaños de madera que llevaban a la entrada.

Tras el mostrador había un hombre corpulento, calvo. Detrás de él se extendían filas y filas de anaqueles llenos con todo tipo de género. Había rollos de tela, sobre todo algodones y lino, pero también brocados, seda, satén y encaje. Había sacos de harina, café, té y azúcar, y equipamiento para las granjas, objetos de cuero, mantas, sábanas, cantimploras. Todo el almacén estaba lleno de anaqueles, y Shannon vio también frascos de mermeladas, conservas, verduras en salmuera y carne ahumada y curada. Para ser un pueblecito tan pequeño, aquél parecía un lugar muy próspero.

—Hola —dijo el tendero.

Malachi sonrió y caminó hacia el hombre.

—Hola, señor.

—¿Qué puedo hacer por usted, joven?

—Bueno, mi esposa y yo vamos hacia el oeste. Necesitamos comprar algunas provisiones.

—Podemos ocuparnos de eso, señor...

—Eh... Sloan —respondió Malachi.

—Gabriel —dijo Shannon rápidamente, al mismo tiempo.

Malachi la miró con el ceño fruncido. El hombre calvo los miró a los ojos.

—Me llamo Sloan Gabriel, señor —dijo Malachi, y tiró de Shannon hacia su lado—. Y ella es mi esposa, Sara.

—Encantado de conocerla, señora Gabriel.

—Lo mismo digo —murmuró ella recatadamente. Con una sonrisa, se apartó de Malachi, se alejó un poco y se puso a mirar el género de las estanterías.

El hombre se inclinó hacia Malachi.

—Mi mujer tiene un pequeño salón de té en la puerta

de al lado, joven. ¿Tal vez a su esposa le gustaría tomar una taza? —le preguntó, guiñándole un ojo—. Y usted podría darse un paseíto hasta el bar para tomar una o dos pintas.

—Eso me parece muy buena idea —respondió Malachi. El salón siempre era el mejor lugar para escuchar novedades. Miró a Shannon.

—Querida, este hombre tan agradable, el señor...

—Haywood —dijo el tendero.

—El señor Haywood dice que su esposa tiene un salón de té aquí al lado. ¿No te gustaría tomar una taza de té como es debido, con leche y azúcar? Ha sido un camino muy largo.

Ella sonrió.

—¿Vas a tomar té tú también, querido? —preguntó ella mientras se acercaba. Se puso de puntillas y se abrazó a su cuello.

—Yo había pensado tomarme una cerveza en el salón.

—Vaya, querido —respondió ella dulcemente—. No me importa. Iré al bar contigo. No me gusta la cerveza, pero...

Él se quitó sus brazos del cuello.

—Querida —le dijo con firmeza, mirándola con los ojos entrecerrados a modo de advertencia—. Ve a tomar un té. Puede que el salón sea un sitio poco apropiado para ti. Quizá estén hablando de cosas que... no quiero que oigas.

—Si tú vas, cariño, seguro que es un lugar tranquilo.

—Estarás mucho mejor tomando té, querida.

—Pero si no me importa oír conversaciones de otros, querido.

Malachi estaba perdiendo los nervios. Cuando volvió a hablar, su voz tenía un tono de irritación evidente.

—Mi amor, algunas veces, un hombre no puede hablar tranquilamente cuando hay una dama presente. Tomarás el té.

—Pero, querido, yo...

Él no la dejó terminar. Oía al señor Haywood riéndose tras ellos, y ya estaba harto. La estrechó contra sí y le dio un beso, con tanta fuerza que, al soltarla, ella apenas podía respirar. Ésa era la intención de Malachi. Entonces, le dio la vuelta para ponerse de espaldas al señor Haywood, y le susurró a Shannon con vehemencia:

—Ve a tomar un té. Ahora. Lo estás estropeando todo...

—Pero es que yo también quiero enterarme...

—Ve. Ahora mismo. Sonríe, bésame con dulzura y, demonios, vete a tomar un té. Lo digo en serio, Shannon.

Malachi oyó el rechinar de los dientes de Shannon, pero ella se quedó inmóvil. Entonces, Malachi se volvió hacia el señor Haywood.

—¿Ha dicho que es la puerta de al lado, señor?

—Claro. La señorita puede pasar por esta puerta de aquí.

Shannon no había visto ninguna otra puerta. Entonces se dio cuenta de que incluso la puerta que comunicaba ambos locales estaba llena de anaqueles con género.

—Hasta luego, cariño.

Malachi le dio un beso en la frente. Ella tenía ganas de darle una bofetada. Sin embargo, sonrió, se puso de puntillas y, otra vez, lo abrazó por el cuello. Entonces, mientras jugueteaba con el pelo de su nuca, lo besó...

Lo besó con ganas... y con venganza, apretando los labios contra los de él y lamiéndoselos con la punta de la lengua. Él dio un respingo, pero abrió la boca. Entonces, ella introdujo la lengua, lentamente, provocativamente, llenándolo.

Después se retiró, posó los talones en el suelo deslizando el cuerpo por el de Malachi, frotándose contra él. Vio las chispas oscuras que despedían sus ojos, pero las ignoró, pese a que ella también se había quedado sin aliento.

—Recién casados, ¿sabe? —le explicó al señor Haywood, volviéndose hacia él y pestañeando—. No puedo soportar alejarme de él, ni siquiera por un segundo. Ha sido muy duro pasar la guerra. Las vacas se perdieron, y nos pisotearon los campos, y un día todo el rancho se quemó. Pero ahora, por fin estamos juntos, y vamos hacia el oeste, y me resulta tan difícil separarme de mi amor...

Los dos hombres se quedaron en silencio. Malachi estaba tieso como un atizador, pero cuando ella lo miró, se dio cuenta de que tenía los ojos entrecerrados, muy entrecerrados. La miró de un modo que hizo que su corazón se estremeciera, y entonces, Shannon decidió hacer una retirada rápida. Sonrió de nuevo al señor Haywood y pasó rápidamente al otro local.

Se encontró en un salón bastante grande. Le recordó tanto a su casa que tomó aire bruscamente y se mareó un poco. Era precioso. Había un piano sobre una alfombra, ante una escalera de madera encerada. Alrededor del instrumento había preciosas sillas victorianas, situadas en grupos de tres, de dos, y en ángulos agradables. Había un grupo alrededor de la chimenea, y preciosas mesitas de mármol por toda la estancia.

—¿Hola?

Una mujer de estatura baja, regordeta, con los ojos pequeños y castaños, el pelo gris y unas mejillas rosadas salió por una puerta, secándose las manos con un trapo. Sonrió a Shannon, y después observó su vestimenta.

Shannon se dio cuenta de que no encajaba en aquel precioso salón de té. Llevaba unos pantalones polvorientos y una camisa de franela de cuadros.

Sin embargo, la mujer no titubeó mucho. Aquélla era una región de granjas, de ranchos, y el atuendo de Shannon no era del todo extraño por allí.

—Hola, señorita...

—Eh... soy la señora Gabriel —dijo Shannon rápidamente—. Sara Gabriel, señora Haywood. Su marido me ha enviado aquí.

—Oh, qué bien. Siéntese, por favor. Le traeré una tetera de nuestro mejor té, jovencita —dijo, y señaló con la mano todo el salón—. Como ve, no estamos muy ocupados en este momento.

Shannon asintió y se sentó en una de las sillas que había junto a la chimenea. La señora Haywood desapareció durante unos momentos. Cuando volvió, depositó una bandeja de té en la mesita. Mientras servía una taza, Shannon miró hacia la calle por encima del respaldo de su silla. Malachi estaba entrando en el salón, justo en aquel momento, atravesando las puertas batientes.

—¿Es aquél su esposo, querida? —le preguntó la señora Haywood, que había seguido su mirada.

—Sí —respondió Shannon con una expresión sombría.

—Vamos, vamos, no se preocupe, señora Gabriel. Es usted tan guapa que no tiene que preocuparse nada. Recién casados, ¿verdad?

—Sí, señora. ¿Cómo lo ha sabido?

—La guerra, hija mía, la guerra. Las jóvenes de todos los lugares están casándose con sus prometidos en cuanto los chicos vuelven a casa. Han muerto demasiados hombres jóvenes. Hay demasiadas mujeres que han perdido a sus maridos o a sus prometidos. Los que pueden se casan muy rápido. ¿Su marido luchó en la guerra, señora Gabriel?

—Sí... sí —respondió Shannon, y rezó para que la señora Haywood no siguiera haciéndole preguntas.

Y no lo hizo. Le señaló la comida que había en un plato.

—Empanadas de carne y pastelillos de canela con pasas.

Y soy la mejor cocinera de este lado del Misisipi, se lo prometo. Sírvase, jovencita.

Shannon no se había dado cuenta de que tuviera tanta hambre, hasta que mordió la primera empanadilla. Estaba recién hecha, todavía caliente; la masa era crujiente y ligera, y la carne estaba muy tierna. Hacía mucho tiempo que no comía algo tan bueno.

La señora Haywood siguió charlando mientras Shannon comía. Le explicó que Haywood estaba muy concurrido, puesto que el pueblo estaba rodeado de carreteras llenas de viajeros. Algunos iban hacia el sur, hacia Texas, y otros entraban en Misuri, y otros iban hacia el norte; sin embargo, la mayor parte de la gente iba al oeste.

—Todo el mundo va a California, casi tanto como en el cuarenta y nueve. La guerra... ha dejado a mucha gente sin hogar, o sin una casa que puedan llamar la suya.

Shannon asintió vagamente, pero no podía dejar de mirar hacia atrás, por la ventana, hacia el salón. Sentía calor al pensar en cómo había besado a Malachi en el almacén, y se preguntaba por qué motivo lo había hecho. Si estaba jugando algún jueguecito, era un juego peligroso. Si quería provocarlo o hacerle daño, ella misma se estaba arriesgando. No sabía qué era lo que la había impulsado a hacer algo así. Parecía que ya no se conocía a sí misma.

Tampoco entendía por qué estaba tan nerviosa por el hecho de que él estuviera tanto tiempo en el bar. ¿Qué estaba haciendo allí?

Bebiendo con las prostitutas, sin duda, pensó, y se enfureció. No le importaba. No era asunto suyo.

Pero sí le importaba, aunque no tuviera sentido. Le importaba. Tal vez fuera la idea de que pudiera solazarse con una prostituta tan rápidamente. Tal vez eso le causara dudas sobre sus propias habilidades.

Aunque tal vez Malachi no estuviera con ninguna mujer; tal vez tuviera problemas.

—¿Se van a quedar a pasar la noche en el pueblo? —le preguntó la señora Haywood.

—Eh... no, no creo —dijo Shannon—. Mi esposo, Sloan, quiere que sigamos avanzando. Dice que, cuanto antes lleguemos, antes nos instalaremos.

—Pero tampoco le viene mal a nadie un poco de descanso —dijo la señora Haywood—. Es una pena. Tengo una habitación preciosa en el piso de arriba. Con cortinas de encaje muy bonitas, una gran colcha de lana, chimenea y... una bañera —dijo, guiñándole un ojo a Shannon—. Es la bañera más increíble que haya podido ver. Tiene asientos para dos, y es de madera y bronce, perfecta para un par de recién casados.

Shannon asintió, y sin poder evitarlo, se ruborizó.

—Estoy segura de que es preciosa, señora Haywood...

La señora se levantó y la tomó de la mano.

—Venga a verla. Parece que su marido lo está pasando bien. ¡Suba conmigo, y le mostraré nuestro refugio para una luna de miel!

Shannon no tuvo elección. Miró hacia la taberna una vez más, lamentando no poder darle a Malachi un buen puñetazo en el estómago. ¿Qué se creía que estaba haciendo? ¿Se estaba divirtiendo a costa suya, o...?

¿Se había metido en un lío?

Ojalá ella pudiera saberlo.

Era un bar típico, de los que habían surgido por toda Kansas desde que el hombre blanco había empezado a adentrarse en aquel territorio. Había dos camareros detrás de la barra, y una morena muy guapa con un sombrero de plumas y un vestido sin hombros sentada al piano, tocando. Había dos bebedores solitarios en un par de mesas, y una partida de póquer desarrollándose al fondo del local. Tres de los jugadores eran rancheros, con sus sombreros polvorientos, sus pañuelos, los zahones y las espuelas en las botas. Estaban bebiendo whisky. Había un cuarto hombre que parecía un contable o un banquero. Llevaba un traje a rayas con cortaba y camisa blanca.

Los otros dos tenían aspecto de profesionales, ataviados con trajes de chaleco y sombreros altos. Uno era delgado y tenía un bigote fino, y el otro era más corpulento y tenía unos ojos castaños, pequeños y muy vivos.

Malachi se acercó a la barra y le dijo a uno de los camareros, mientras dejaba una moneda sobre el mostrador:

—Cerveza, por favor.

El camarero sonrió y le sirvió una jarra de cerveza de grifo. Malachi le dio las gracias con un asentimiento.

—¿Está de paso? —le preguntó el camarero.

Malachi asintió de nuevo. Por el rabillo del ojo, vio que a los jugadores les estaba sirviendo una ronda de bebidas una mujer alta, pelirroja y de busto generoso. Al verla se sobresaltó, y casi se olvidó de responder al camarero.

—Mi mujer y yo vamos a California. Ahora es lo único que podemos hacer. Nuestra granja se quemó, y queremos empezar de nuevo.

—Sí, es lógico. Estos días hay mucha gente que va hacia el oeste. Por el fin de la guerra, ¿sabe? ¿Va a quedarse mucho en el pueblo?

—No. Sólo he entrado a refrescarme y beber algo.

El camarero sonrió.

—Y su mujer está en el salón de té de la señora Haywood.

—¿Cómo lo sabe?

—Porque éste es el bar de Haywood. En realidad, este

pueblo es suyo. Envía a las señoritas a aquel lado de la calle, y a los caballeros a éste. Es un buen método, ¿no cree, señor...?

—Gabriel. Sloan Gabriel.

—Matey. Matey McGregor. Todo va muy bien por aquí. Los Haywood son buena gente, y parece que por eso las cosas van bien.

Malachi asintió.

—Tal vez sí.

Se dio la vuelta y se apoyó en la barra mientras observaba a la mujer. Demonios. Era Iris Andre, de Springfield, y él la conocía.

Pensó que debía darse la vuelta y salir corriendo del salón, pero en aquel momento la mujer miró en dirección a él. En su rostro atractivo se reflejó una expresión de sorpresa y alegría, y se irguió, ignorando a los jugadores de póquer. Se dirigió apresuradamente hacia Malachi. Iba a llamarlo por su nombre, él lo sabía.

—¡Iris! ¡Vaya!

Se acercó a ella rápidamente y la levantó por los aires antes de que pudiera hablar. Giró con ella mientras le decía al oído:

—Sloan. Sloan Gabriel. Por favor.

—¡Sloan! —exclamó ella, asintiendo. Iris era una mujer inteligente. Algún día tendría un negocio propio, y Malachi estaba seguro de que sería un éxito.

—¿Os conocéis, Iris? —le preguntó el camarero.

—Claro que sí, Matey. Somos amigos desde hace mucho tiempo. Sloan, toma tu cerveza y ven a sentarte conmigo a aquella mesa un momento.

A él siempre le había caído bien Iris. Era una prostituta, pero tenía clase. Era casi tan alta como él, y aunque no era exactamente guapa, era muy atractiva; tenía unos rasgos fuertes, el pelo rojizo y los ojos verdes, y una altura majestuosa.

—Vamos —le dijo ella, y se lo llevó a una mesa del fondo, lejos de los ojos curiosos—. ¡Malachi! ¿Qué estás haciendo en Kansas? Espera un minuto, no respondas a eso. Invítame a un trago para que esto parezca trabajo. ¡Matey! —exclamó—. Tráenos una botella de whisky. Del bueno.

—Ahora mismo.

Iris le posó los dedos en el dorso de la mano a Malachi, sensualmente, mientras esperaban a que el camarero les llevara el whisky. Cuando Matey se marchó, Iris se inclinó hacia Malachi.

—¡Malachi! ¡Hay carteles con tu cara por todo el estado! Dicen que participaste en un asalto con tus hermanos, que viniste a Kansas y mataste a Henry Fitz, y ahora te han atribuido todo tipo de actividades propias de los bushwhackers. Me enteré de lo que le hizo Fitz a tu hermano, así que no me sorprendió...

—Iris, yo no estaba con Cole, aunque hubiera ido con él de haber podido. Pero la guerra estaba terminando, y yo tenía a todo un contingente de hombres a mi mando, y no podía salir corriendo a Kansas. Cole era explorador. Yo estaba en la caballería. Iba allá donde me ordenaban.

—Malachi —dijo ella—, sé que ninguno de vosotros ha hecho nada que merezca la horca, pero tú no conoces a Hayden Fitz.

—¿Y tú sí?

Iris asintió.

—Es el mayor canalla que he conocido. Es malvado. Le gusta la sangre, y le gusta ver cómo mueren los hombres. Y tiene mucho dinero, Malachi. Una fortuna. Invirtió en fabricación de armas durante la guerra, y se hizo incluso más rico. Es el propietario de Sparks...

—¿Qué es Sparks?
—El pueblo donde vive. Sparks no es como esto, Malachi. Es un pueblo enorme. La diligencia tiene parada allí. Siempre está lleno de gente. Hay cárcel y juzgado, y si se las arregla para meterte en esa cárcel, conseguirá que te cuelguen. ¡Tonto! ¡Tienes que salir de Kansas!

Malachi negó con la cabeza.

—No puedo. Hayden Fitz ha secuestrado a mi cuñada. Cole no estaba en la casa, así que se la llevaron de allí. Tengo que encontrarla.

Iris se apoyó en el respaldo de la silla.

—Por lo menos, te has quitado el uniforme de rebelde —le dijo ella suavemente—. No te pareces tanto al retrato del cartel.

—Todavía lo tengo —respondió Malachi—. Lo llevo guardado en las alforjas. Y mi sombrero... bueno, lo dejé escondido entre unos arbustos. Me resultaba difícil separarme de él, ¿sabes?

Iris asintió.

—Los viejos tiempos... ¡Oh, Malachi! —exclamó ella de repente—. ¡Oí decir algo de que Fitz tenía a una mujer prisionera. El otro día, había unos chicos que estaban hablando de una mujer rubia que había en su cárcel. Dijeron que había formado parte de una conspiración para asesinar a unos soldados de la Unión.

A él se le encogió el corazón, pero era lo que esperaba oír. Era lógico que los Red Legs hubieran llevado a Kristin directamente ante Fitz. Y, seguramente, Fitz sabía que así atraería a Cole con facilidad.

—¿Crees que le hará daño? —le preguntó Malachi.

—No, no lo creo. Si hace algún movimiento, sí podría matarla, pero si quiere usarla como cebo, no le hará daño.

—¿Has oído alguna noticia sobre mis hermanos? —le preguntó a ella.

—Nada. Lo siento, Malachi. Pero puedo ayudarte.

—¿Cómo?

—Ya te he dicho que conozco a Hayden Fitz. También conozco bien a su sheriff, Tom Parkins. Sparks está a unos treinta kilómetros de aquí, Malachi, y puedo ir a buscar algo de información.

—Iris, eso sería maravilloso. Eres muy buena por ofrecerte, pero no puedo pedirte que hagas eso...

—Voy a ese pueblo de vez en cuando, Malachi

Malachi vaciló. Si le ocurriera algo a Iris, él nunca se lo perdonaría. Sin embargo, si ella podía ayudarle a rescatar a Kristin y él no la dejaba, tampoco podría perdonárselo.

—Iris, no puedo creer que esté diciendo esto, pero está bien. ¿Crees que estoy a salvo aquí?

—Sí.

Él exhaló el aire de los pulmones, suavemente.

—No permitiré que me pase nada, Malachi, te lo juro —insistió ella—. No pasa nada, de verdad.

Él titubeó una vez más, pero suspiró.

—Está bien. Me alegro de verte, Iris, Mucho. ¿Vives aquí?

—No. Sólo estoy de paso. Voy a California. La guerra está demasiado cerca aquí, Malachi. Quiero alejarme. Mi padre luchó con Grant, y ha muerto. Mi hermano estaba con el general E. Kirby-Smith en el sur, y también murió. Quiero alejarme de todo este odio, Malachi. No voy a quedarme aquí.

Él entrelazó los dedos con los de ella y se los apretó. Era una situación cercana, íntima, dos amigos que habían pasado por el mismo infierno.

Y así los encontró Shannon cuando entró como una exhalación en la taberna.

Llevaba el Colt metido en la cintura de los pantalones, y miró por el salón minuciosamente, buscando algún peligro. Malachi se dio cuenta, por la posición de su mano, de que ella habría sacado el arma en un segundo y habría disparado, con gran precisión, en menos tiempo todavía.

Sus ojos cayeron sobre él.

—Ma... ¡Sloan! —dijo, asombrada.

Vio los dos vasos, la botella de whisky y su mano, entrelazada con la de Iris sobre la mesa. Vio a Iris, con su vestido granate y su combinación negra asomando por debajo. Vio a los jugadores de póquer, y a Matey, que la estaba observando con expectación.

Entonces entornó los ojos. Malachi se dio cuenta de que estaba furiosa, y se preguntó por qué. ¿Sólo porque la hubiera dejado sola durante un buen rato, y no le hubiera permitido tomar parte igual en aquella aventura? ¿O quizá había, tal vez, sólo tal vez, algo más?

El pensar aquello hizo que se le acelerara el pulso. Quería estar solo con ella en algún lugar, en aquel mismo instante.

Se tragó su deseo e intentó controlar la tensión. Ella caminaba hacia él. Iban a batallar de nuevo. Ella había sacado las garras, y Malachi casi podía verlas. Estuvo a punto de sonreír. Una mujer no se ponía así a menos que estuviera celosa. Por lo menos, un poco celosa.

—Querido, lamento mucho interrumpir —dijo ella, en un tono dulce como la miel, y sonrió a Iris. Después se inclinó hacia Malachi—. ¡Desgraciado! Me has dejado allí asustada... pero no importa. ¡Idiota! Bueno, cariño, creo que todo el pueblo está esperando una pelea marital. Voy a instalarme en una habitación de la casa de huéspedes de la señora Haywood. Supongo que tú tienes otro alojamiento —dijo, y se incorporó—. Me alegro de conocerla, señorita...

—Iris, cariño. Soy Iris Andre. ¿Y tú?

—Yo soy... —Shannon hizo una pausa y miró a Iris con dulzura, con una gran sonrisa—. Soy la señora Gabriel —dijo. Acto seguido, tomó el vaso de Iris y le arrojó el whisky a la cara.

Matey tomó aire y soltó un jadeo; incluso los jugadores se quedaron en silencio.

Malachi se puso en pie de un salto y agarró a Shannon. Iris también se había levantado. Malachi conocía a Iris, e Iris no aceptaba aquellas cosas de nadie. Metió a Shannon tras él y dijo:

—Iris, me disculpo por los modales de mi mujer...

—Ni se te ocurra pedirle disculpas en mi nombre a ninguna prost...

Él se dio la vuelta y le tapó la boca a Shannon con la mano.

—Iris, me disculpo con todo mi corazón.

Después le torció la muñeca a Shannon para que no siguiera luchando contra él.

—Querida, por favor, Iris es una vieja amiga, y tenemos algunas cosas que contarnos el uno al otro —le dijo, y después se acercó a su oreja—. Te estás comportando como una mocosa, y te prometo que si no te comportas como una adulta, te voy a bajar los pantalones y te voy a dar una azotaina, sólo para demostrar quién lleva la voz cantante en este matrimonio. Lo haré, Shannon, porque no me dejarás otra salida. Iris tiene información sobre Kristin. ¡Puede ayudarnos, Shannon!

Entonces, la soltó muy, muy lentamente. Esperó, preparado para agarrarla de nuevo si era necesario.

Por una vez en la vida, pareció que ella creía en las amenazas de Malachi. Se dio la vuelta y miró a Iris.

—Señorita Andre, ha sido un placer —dijo.

Su voz fue un suave susurro, sus modales encantadores, los de una dama del sur. Salió de la taberna como una reina.

Los jugadores de póquer prorrumpieron en vítores. Uno de los rancheros se puso en pie.

—¡Señor, brindo por usted! ¡Es una preciosa potranca, llena de furia, y la ha manejado como un hombre!

—¡Invitadle a una copa! —dijo uno de los tahúres—. ¡Si yo hubiera podido manejar así a mi mujer, ya me habría hecho rico!

Malachi se echó a reír, y agitó una mano.

—Después me la voy a encontrar muy enfadada, señores. Ya veremos cómo la manejo.

Miró a Iris. Ella se sentó a su lado. Él le dio su pañuelo para que se secara el whisky de la cara. Parecía más confusa que enfadada.

—Malachi, ¿ésa era de verdad tu mujer?

Él negó con la cabeza.

—No. Es la hermana de mi cuñada, y quiere recuperar a Kristin. No he podido impedir que me siguiera en esto, pero eso es una larga historia.

Iris se apoyó en el respaldo de la silla, sonriendo. Malachi le sirvió más whisky, y ella se lo tomó.

—Gracias por no arrancarle el pelo.

—No te engañes, Malachi. Vi que llevaba un Colt, y estoy segura de que sabe usarlo.

—Como una profesional. Sólo que no elige bien a los que apunta.

Iris lo estaba mirando con una sonrisa particular.

—Tal vez sea la esposa más adecuada para ti, después de todo.

Malachi frunció el ceño.

—Iris...

—Tiene genio, y tiene valor. Es un poco áspera, como

si tuviera cicatrices. Pero todos tenemos cicatrices. No te veo con una mujercita dócil, y ella no lo es.

—No, desde luego. Es una verdadera...

—¡Pesadilla! —dijo Iris, riéndose—. Sí, ya lo veo. Pero también veo cómo la miras, Malachi. Y no va a dormir en la habitación de la pensión sola, ¿verdad?

Malachi sonrió mientras hacía girar el whisky en su vaso.

—No. Pero creo que le voy a dar bastante tiempo para que suba y se ponga cómoda. ¿Qué te parece?

Iris asintió.

—Deja que se ponga muy, muy cómoda —le aconsejó Iris—. Allí hay una partida de póquer. Ven, te presentaré a los chicos.

—De acuerdo. Me apetece conocerlos.

El tahúr se llamaba Nat Green. Su amigo se llamaba Idaho Joe, y los rancheros eran Billy y Jay Fulton, Carl Hicks y Jeremiah Henderson. Fue una buena partida. Iris se quedó con él, riéndose, mientras jugaban. Les llevó bebidas.

A la hora de la cena, despareció y volvió con grandes platos de carne, patatas y judías verdes.

Él perdió a las cartas, un poco, y la comida le costó casi tanto como el licor, pero no le importó. Lo pasó bien.

Y, durante todo el tiempo, estaba impaciente por su llegada a la pensión de la señora Haywood.

Se moría por ver a su querida esposa.

Se moría por verla.

CAPÍTULO 8

Malachi sabía que la puerta iba a estar cerrada.

Sospechaba que Shannon habría acudido a la señora Haywood para contarle una historia desgarradora de cómo su marido la ignoraba y se iba con otras mujeres.

Shannon era muy buena actriz. Él se estaba dando cuenta muy rápidamente.

Y también se estaba dando cuenta de que las cosas habían cambiado irrevocablemente entre ellos. Tal vez siempre estuvieran peleándose, pero los terrenos de la pelea ya no eran los mismos. Malachi no podía negar que ella le había hecho algo, aunque todavía no estuviera seguro de qué. Y no quería pensar en ello; no quería analizarlo. Tenía fijo en la cabeza el hecho de que Shannon había comenzado aquel enfrentamiento en concreto: o en el almacén, cuando lo había besado con una promesa pagana, o cuando había entrado a la taberna a echarle a Iris el whisky a la cara. Aquello lo había empezado Shannon.

Pero él lo iba a terminar.

Él también tenía capacidad interpretativa.

—¡Señor Gabriel! —exclamó la señora Haywood en tono

de censura, cuando entró a pedir la llave de la habitación–. Bueno, señor, yo sé que un hombre tiene que tener algunos placeres propios, privados. Un salón es un buen lugar para tomar una copa y fumar un cigarro, para no echar el humo en la propia casa de uno. Pero en cuanto a las otras cosas... cuando se deja a una preciosa mujercita recién casada sola... –la señora cabeceó para mostrar su reprobación.

–Iris es sólo una vieja amiga, señora –dijo él. El señor Haywood estaba en la cocina, tomando su cena. Malachi elevó un poco la voz para convencerlos a los dos a la vez–. No sé qué le ha dicho mi esposa, señora Haywood, pero no ha pasado nada. He tomado un poco de whisky, he jugado unas cuantas manos de póquer. Señora, tiene que entenderlo. Si un hombre deja que su mujer lo deje como un tonto de esa manera, bueno, entonces no es un hombre de verdad.

–Eso es cierto, Martha –dijo el señor Haywood. Dejó la servilleta sobre la mesa de la cocina y se acercó–. Martha, si este hombre quiere una llave de su habitación, entonces dásela. Ella es su esposa.

La señora Haywood todavía estaba insegura.

–Señor Gabriel, seguramente no tengo derecho a mantener separados a una mujer y a su esposo, pero...

–Voy a intentar que mi mujer me entienda, señora Haywood. Se lo prometo.

–Dale la llave, Martha –dijo el señor Haywood.

–Supongo que tienes razón.

La señora Haywood le dio la llave, y después le ofreció un pedazo de tarta de manzana y un café. Después de tomar ambas cosas, Malachi les dio las gracias y las buenas noches, y subió a la habitación. Al llegar a la puerta, respiró profundamente y sonrió. Metió la llave en la cerradura, la giró y abrió la puerta.

Allí estaba la bañera más horrible que hubiera visto en toda su vida, situada frente a la chimenea encendida. Era una pila de madera, larga, con un reposacabezas a cada extremo. Estaba decorada con bronce y azulejos, y en aquel preciso instante estaba llena de burbujas y... de Shannon.

Ella tenía el pelo recogido en la parte superior de la cabeza, y su cuello esbelto de porcelana blanca quedaba expuesto. Sólo sus hombros, y una pequeña parte de sus pechos, se veían por encima de las burbujas.

Shannon se volvió hacia él, con los ojos abiertos como platos, muy azules. Estuvo a punto de levantarse de un salto, pero debió de darse cuenta de que aquello sería mucho peor.

—¡Fuera de aquí!

—¡Cariño! —dijo él suavemente, con un reproche provocador. Entró en la habitación, cerró la puerta y se apoyó contra ella. No apartó la mirada de Shannon mientras giraba de nuevo la llave en la cerradura.

Pensó que ella debía de haber hecho una buenísima interpretación con los Haywood, porque no esperaba en absoluto verlo entrar allí. Era una pena habérsela perdido.

Shannon se hundió más en la bañera y lo observó mientras él atravesaba tranquilamente el dormitorio.

—No se te ocurra ponerte cómodo —le advirtió.

Estaba ardiendo, y no era por el vapor que surgía de la bañera. Era sólo por la manera en que él la estaba mirando.

¡Qué cara tan dura! ¿Cómo se atrevía a entrar allí, cuando acababa de dejar a su prostituta pelirroja?

Él dejó la llave sobre una mesilla y se dejó caer sobre la preciosa colcha de croché de la señora Haywood, con los dedos entrelazados detrás de la cabeza, sin dejar de mirar a Shannon fijamente. Sonrió.

—No dejes que yo te moleste.

—Sí, me estás molestando —respondió ella con los ojos entornados—. No tienes derecho a estar en esta habitación. Los Haywood...

—Los Haywood saben que un hombre tiene derecho a estar con su esposa, amada mía.

—Los Haywood saben que ese hombre es un canalla que ha seducido a la mitad de las mujeres entre el Misisipi y el Pacífico. Entienden muy bien que te mereces pasar la noche en el establo.

—Tsss, tsss. No exageres.

—Malachi... —Shannon hizo una pausa—. Sloan —siseó—. Ésta es mi habitación. Vete.

Él sonrió.

—Lo siento, amor mío. Puede que sea un canalla, pero no voy a dejar a mi preciosa mujer sola durante una noche entera.

Se levantó, se sentó a los pies de la cama y, con displicencia, se quitó las botas y los calcetines. Shannon lo miró con estupefacción, mientras él se sacaba el bajo de la camisa de la cintura del pantalón y comenzaba a desabotonársela.

—¿Qué estás haciendo? —inquirió ella.

—Voy a darme un baño.

—No, claro que no. Éste es mi baño.

—Querida, tenemos que hablar, y me parece que éste es el mejor lugar.

—Malachi, si me tocas voy a gritar.

—Eres mi mujer. Puede que cabeceen un poco, pero no van a interferir.

—¡No soy tu mujer! —dijo Shannon, presa del pánico. Su forma de mirarla le provocaba escalofríos.

La visión de su pecho desnudo, fuerte y brillante, hizo que a ella se le despertaran todos los recuerdos. Bajó la cabeza, decidida a no mirarlo.

Pero lo oía.

Oyó cómo dejaba caer los pantalones al suelo, y después oyó los pasos de sus pies descalzos acercándose a la bañera por detrás de ella. Se puso de rodillas, y le rozó el hombro con los labios. Su contacto le produjo un calor abrasador, y Shannon se apartó de un respingo. Sin embargo, al instante se arrepintió de haberlo hecho, porque se dio cuenta de que él le estaba mirando los pechos recién expuestos. A ella se le endurecieron inmediatamente los pezones, y notó que le ardían las mejillas. Entonces se hundió en el agua de nuevo. Quería estar enfadada, indignada. Su voz surgió en forma de susurro.

—¡Malachi, no soy tu esposa!

Él estaba de pie, completamente desnudo, con su miembro viril orgulloso y firme. Ella no quería mirar, pero no pudo evitarlo. Adoraba verlo. Sentía algo parecido a una fascinación instintiva, intemporal, que le aceleraba el pulso y la acaloraba. No podía apartar los ojos de él, y no podía evitar las respuestas de su cuerpo ante la desnudez de Malachi. Era magnífico. Sus hombros anchos, la estrechez y la dureza de sus muslos... Para Shannon era tan masculino que no podía volverle la espalda.

Él entró en la bañera y se sentó tras ella, de modo que le rozó el trasero con los pies. Se apoyó en el borde de la pila y suspiró.

—Esto es maravilloso —dijo, y cerró los ojos con placidez.

Shannon soltó juramentos de furia.

—¡Malachi, no soy tu mujer! —repitió.

Él abrió los ojos de golpe, con una mirada brillante y peligrosa.

—Eso no es lo que le has dicho a la señorita Andre cuando la has tratado de un modo tan grosero.

—Yo... tenía que fingir que estaba enfadada.

—¿Sí? Pues tienes suerte de que ella haya dominado su genio.

—Y tú tienes suerte de que yo esté dominando el mío ahora.

—¿De veras? Vaya, querida, ¿eso es una amenaza?

Ella no respondió. Estaba temblando, y sólo esperaba tener valor suficiente como para poder escapar.

—Si tú te quedas, Malachi, entonces yo me voy —dijo, y comenzó a levantarse.

Él se puso de pie en aquel mismo instante. La empujó por los hombros hacia abajo, y ella cayó de nuevo en la bañera, entre una explosión de agua y espuma. Él se sentó también.

—Quieta. Tú no vas a ninguna parte.

—¡Ni se te ocurra darme órdenes! Ya está bien. ¡Ya no aguanto más! No voy a quedarme aquí...

Intentó levantarse de nuevo, pero Malachi le agarró el pie y no pudo hacer nada. Ella notó que él rebuscaba el jabón, con la mano libre, por la bañera. Le rozó los muslos con los dedos, y el trasero, y Shannon apretó los dientes para no gritar.

—Malachi...

—Quédate ahí —dijo él agradablemente—. Quédate ahí tranquila, querida.

—Malachi, ¡desgraciado!

Shannon intentó soltarse, pero no lo consiguió. Malachi se puso a canturrear mientras le lavaba el pie con el jabón de lavanda.

—¡Malachi, quiero que te vayas ahora mismo! Me has dejado plantada para meterte a una taberna. Te has pasado toda la tarde y parte de la noche con una prostituta. Yo tuve que comportarme como lo hice...

—¿Celosa, querida? —dijo él con la voz ronca, de manera provocativa.

Ella abrió unos ojos como platos, mientras él le soltaba el pie y se acercaba. Mucho. Sus miembros estaban entrelazados. Ella sentía su excitación contra el tobillo, y la dureza de sus muslos contra los dedos de los pies. Era insoportable.

—¡Ni lo sueñes! —le prometió con pánico—. Lo que ocurre es que no puedo soportar que me toques.

—¿No? Pues parecía que no te importaba tanto esta tarde, en el almacén.

—Eso era... necesario.

—No, a mí no me lo parece. Shannon, nunca en mi vida, nadie, ni siquiera la más experta de las prostitutas, me ha besado de un modo tan provocativo.

Ella se levantó de un salto. Había ido demasiado lejos. Salió de la bañera y tomó la toalla, pero no había conseguido secarse más que la cara cuando Malachi salió tras ella, la tomó en brazos y la lanzó sobre la cama. Ella, con un jadeo, intentó incorporarse, pero él se tendió junto a ella en un segundo y puso una pierna sobre sus caderas y sus muslos, y el brazo, como una barra de hierro, sobre su pecho.

—Ese beso no era necesario en absoluto —le dijo.

—Voy a gritar, Malachi, tan alto que lo vas a lamentar.

—Si gritas —le prometió él—, no será para pedir ayuda.

—¡Desgraciado! No puedes venir desde el prostíbulo a estar conmigo... ¡Voy a gritar, Malachi! —exclamó Shannon, y comenzó a forcejear salvajemente para zafarse de él.

—Shannon, no la he tocado —dijo entonces Malachi.

Shannon se quedó inmóvil.

—¿Cómo? —susurró.

—Es una buena amiga. Va a espiar a Fitz por mí.
—A Fitz.
—Estamos cerca de él, y Fitz tiene a Kristin. Está en la cárcel.
—¡Oh, no, Malachi! —ella se irguió contra él, después se mordió el labio y cayó sobre el colchón.
—Pero Kristin está bien. Iris va a ir a verla. Nos va a ayudar.
—O a entregarte —dijo Shannon suavemente.
Él negó con una confianza irritante.
—Es mi amiga.
—Seguro que sí.
Entonces, Malachi inclinó la cabeza hacia ella.
—Estás celosa, Shannon. Te lo he dicho: no la he tocado.
—Eso... eso no significa nada —susurró Shannon contra sus labios—. Yo no...
La besó con una fuerza curiosamente tierna, e hizo que separara los labios, abrasándola tanto que Shannon perdió la noción de todo, salvo del fuego de su lengua, tan caliente y dura, que se hundía en las profundidades de su alma y de su deseo.
Dejó de luchar contra él y lo abrazó. Él comenzó a descender y le llenó de besos el cuello, y le rozó el pecho con la cara, dibujando círculos lentos por cada seno con la punta de la lengua, y atrapando el pezón con toda la boca. Mordisqueó la punta endurecida con suavidad y se la lamió despacio, recreándose.
Ella tenía el corazón acelerado, y la sangre le hervía en el cuerpo. No podía pensar en otra cosa que en el placer que le producían las caricias de Malachi. Las deseaba con una necesidad básica, innegable. Quería tocarlo. Quería explorar sus hombros y su pecho, e incluso quería aven-

turarse hacia más abajo, acariciar con fascinación el lugar del que provenía su deseo más oscuro...

Él la recorrió con los labios hasta el vientre, y esparció con la lengua una humedad caliente, y con la barba, caricias que intensificaban su anhelo... Shannon lo deseaba con desesperación.

De repente, él se levantó por encima de ella. Sus rasgos estaban tensos, pero sonrió y habló con despreocupación.

—Buenas noches, Shannon.

Ella lo miró con incredulidad. Después, enrojeció e intentó golpearlo con furia. De nuevo, él tuvo que agarrarla. Se tendió a su lado y la estrechó contra su cuerpo.

—Tenemos que dormir.

—¡Dormir! ¡Yo nunca voy a dormir contigo, rata confederada! ¡Alimaña, canalla! ¡Bastardo...!

—Ya está bien, Shannon.

—¡Buitre, rata! ¡Perro rabioso!

—!Ya está bien! —dijo él, y le dio un azote en el trasero. Ella siguió jurando con la maestría de un vaquero, y Malachi le tapó la boca con la mano—. Querida, vamos a dormir, o voy a olvidarme de que soy un caballero.

—¿Un caballero?

—Pues sí. Un caballero —repitió él—. Tú eras la que querías que te dejara en paz —le recordó a Shannon con la voz ronca.

Rápidamente, ella lo miró a la cara. Su mirada era indescifrable, y tenía la mandíbula tensa. Y sus ojos... la miraba como si la odiara, y ella se sintió muy triste.

Era cierto. Ella quería que la dejara sola porque...

—¡Oh, Malachi! —susurró.

Él era quien los había puesto en aquella situación insostenible, pero ella lo había provocado antes. Quería molestarlo en el almacén, y también en el salón. Se había sentido enferma al imaginárselo en brazos de la pelirroja...

—Malachi, yo quería de verdad a Robert —susurró—. Y si lo quería, esto no puede estar bien... y no me refiero a las clases de moralidad de los domingos por la mañana, sino al alma, al corazón...

No era posible que estuviera hablando con Malachi de aquello, y menos cuando estaban juntos, y desnudos, en una cama.

Sin embargo, la mirada de Malachi se suavizó, y la atrajo con delicadeza hacia su cuerpo.

—Shannon, sé que lo querías. No le has quitado nada por tener la necesidad de sentir calor otra vez —le dijo con un suspiro.

Le acarició con la barba la parte superior de la cabeza, y le posó la mano en el estómago, pero con una caricia de ternura, no para seducir ni atrapar.

—Háblame de él.

—¿Qué?

—Que me hables de él. ¿Cómo os conocisteis? ¿Cómo era?

Ella negó con la cabeza. No creía que Malachi pudiera estar interesado en su prometido yanqui. Sin embargo, él volvió a susurrarle al oído:

—Háblame de él. Puede que te sientas mejor. Dime, lo conociste cuando cayó la casa de Kansas City.

Ella asintió. Por absurdo que pudiera parecerle, se sentía tranquila allí, entre sus brazos.

—Me arrestaron por Kristin, por mi vínculo con Cole. ¡Me arrestaron por dar refugio a bushwhackers!

—Los Slater no hemos hecho mucho por ti, ¿eh? —murmuró él.

—Eso no me importaba. Cole nos salvó. A mí siempre me ha caído bien, desde el día en que lo conocí.

«De igual forma que a mí siempre me ha odiado», pensó

Malachi. Le apartó un mechón de pelo de la cara. ¿Qué demonios estaba haciendo él allí? Él nunca había sido tan caballeroso. ¿Por qué desaprovechaba la oportunidad, si ella le permitía que la abrazara? Suspiró suavemente.

—Fue horrible —dijo Shannon, estremeciéndose—. Nos metieron a muchas en aquel edificio decrépito y terrible. Cuando el techo se derrumbó... Creía que iba a morir. Me quedé colgando del techo cuando las vigas se partieron. Oía los gritos. Y entonces apareció Robert. Kristin y él me hicieron saltar, y él me atrapó antes de que cayera al suelo. Era tan valiente y tan maravilloso... un héroe. Nunca olvidaré su mirada en aquel momento. Y entonces... entonces volvimos a oír gritos. Cinco mujeres habían muerto. Había muchas heridas... era extraño. Todas éramos amigas entonces, todas. Las otras chicas sabían en qué bando estaba yo, y lo entendían. Josephine Anderson era mi amiga. Cuando murió, su hermano se volvió loco. Entonces fue cuando se convirtió en Bill el Sanguinario, cuando ella murió. ¡Oh, Malachi! ¡Ha muerto mucha gente!

—Tranquila —le dijo él con ternura. Shannon estaba llorando en silencio—. Tranquila —repitió.

Siguió acariciándole el pelo. Ella no volvió a hablar, ni él tampoco. Cerró los ojos y la estrechó entre sus brazos. Para cualquiera de ellos dos era demasiado doloroso hablar de la guerra. Tanto para el Norte como para el Sur era demasiado doloroso mirar atrás. Habían muerto grandes hombres, hombres buenos y honrados. Hombres galantes, solos pudriéndose en sus tumbas. Malachi suspiró y cerró los ojos. No podía dejar que aquello continuara. Tenía que rescatar a Kristin.

Y después tenía que encontrar a sus hermanos.

Y huir.

Abrió los ojos. Las llamas de las velas ardían tenuemente.

Se había quedado dormido. La habitación estaba en sombras, y la luz era pálida y etérea.

Se preguntó por qué se había despertado, y entonces se dio cuenta.

Shannon le estaba acariciando el pecho con las yemas de los dedos. Le rozaba la carne con las uñas, ligeramente, y su pelo rubio lo acariciaba como las alas de un ángel. Ella dibujaba líneas tímidas, suaves, sobre su piel, mientras le exploraba las costillas, el pecho y las clavículas.

Malachi se quedó inmóvil. Mantuvo los ojos abiertos, pero sólo un resquicio, para poder observarla. Ella se elevó un poco, mirándolo y mirando a la vez el movimiento de sus dedos, mientras se humedecía los labios con la punta de la lengua.

«Y un cuerno voy a seguir siendo un caballero», pensó Malachi. Incluso los caballeros de la antigüedad tenían sus necesidades.

Le agarró la mano a Shannon y se la mantuvo allí, sobre su corazón. Ella lo miró alarmada.

—Continúa acariciándome —le susurró él.

—No... no quería despertarte —tartamudeó ella.

Los dos estaban susurrando. Ella debía de saber que, en aquella ocasión, él no iba a dejarla escabullirse. Era exquisita a la luz de las velas. Tenía los pechos firmes, generosos, y la piel de seda, y los ojos azules, tan brillantes...

—Ya estoy despierto —dijo.

—Te he molestado...

—Moléstame más, cariño... por favor.

Sus ojos permanecieron clavados en los de ella. Le deslizó la mano por su cuerpo, y oyó que a ella se le entrecortaba la respiración mientras seguía el movimiento de sus manos con fascinación. Los dedos se arrastraron por su carne y tocaron el vello que había alrededor de su sexo. Ella se puso tensa, y él la sintió temblar. También sintió cierto miedo en ella, pero no la soltó. Entonces, Shannon cerró la mano a su alrededor, de manera vacilante.

Malachi sintió que le estallaban cohetes en la cabeza y en el cuerpo. Ella jadeó suavemente al notar que él se endurecía, se agrandaba. Gimió suavemente. Él le pasó la mano por la nuca, se irguió sobre un codo y la besó lentamente, apoderándose de sus labios, liberándolos, lamiéndolos seductoramente.

La tendió boca arriba, con brusquedad, y volvió a besarla para terminar con sus dudas.

Entonces, notó los dedos de Shannon en el hombro, de nuevo. Ella comenzó a ondularse bajo él, y él le acarició el pecho, sin dejar de besarla. Lentamente, bajó hasta la unión de sus muslos y la invadió con sus caricias íntimas.

Deliberadamente, él movió el cuerpo con lentitud, hacia abajo. Mantuvo los ojos clavados, con dureza, en los de Shannon, hasta que llegó a la unión de sus muslos, donde reemplazó sus caricias íntimas con el roce abrasador de su lengua.

Ella jadeó su nombre mientras él la llevaba al borde del éxtasis, y después se retiraba. Encontró sus ojos una vez más y ella murmuró palabras incomprensibles, intentando abrazarlo. Tiró de él y buscó sus hombros con los labios y los dientes. Entonces él se apartó, exigiéndole que lo mirara a los ojos mientras le separaba las piernas con la rodilla y se hundía, profunda y rápidamente, en ella.

Shannon se estremeció y volvió a murmurar su nombre.

Aquella noche, Malachi hizo caso omiso del refinamiento, y la pasión creció como una tempestad en su interior. Atrapó sus labios de nuevo con una pasión salvaje, y mientras sus cuerpos se arqueaban con un ritmo frenético, él la acarició con un apetito exigente, duro.

Ella lo rodeó con las piernas y le cubrió de besos la cara

y el cuello. Le recorrió la espalda con los dedos, y se los hundió en los músculos tensos de las nalgas. Al final, él echó la cabeza hacia atrás cuando un estremecimiento feroz se apoderó de su cuerpo, y emitió un gemido ronco. Ella sollozó también, apenas consciente de la realidad, del tiempo ni del espacio.

Segundos después, Shannon notó sus caricias, delicadas de nuevo. Ambos tenían la respiración entrecortada y estaban sudorosos.

–Malachi...

–No pasa nada –dijo él con ternura–. No tienes que decir nada. Se tumbó boca arriba y la ciñó contra su costado. Después le susurró al oído–: Pero no te alejes de mí. No me dejes, ni me niegues.

Ella se quedó inmóvil, silenciosa. La oscuridad los envolvió cuando la última de las velas se apagó.

Mucho después, se metieron bajo la sábana. Shannon tuvo un momento de pánico por aquella nueva intimidad, pero después se relajó de nuevo. Ya no había nada más que temer aquella noche. Ella no quería que sucediera aquello, o al menos, creía que no quería. Pensaba que él estaba profundamente dormido, y no había podido resistir la tentación.

Y la tentación la había conducido al pecado.

Entre los brazos de Malachi, tuvo ganas de llorar de nuevo, porque se sentía muy bien. Sus brazos le ofrecían calor y seguridad, y una fuerza férrea, y a ella le encantaba eso. También estaba empezando a encantarle su sonrisa burlona. Y también adoraba que Malachi no fuera capaz de fallarle a nadie, ni a un hombre ni a una mujer. Tenía su código de honor.

A su modo, era un caballero.

Shannon estaba empezando a sentir algo muy fuerte por él...

—Malachi —susurró.

—¿Qué? —preguntó él, y la acarició con ternura.

—¿Has estado enamorado alguna vez?

Él se quedó inmóvil, y después se apartó de ella y se colocó el brazo sobre la frente mientras rodaba y se tumbaba boca arriba, mirando al techo.

—Sí. Una vez. ¿Por qué?

—Sólo... por curiosidad.

Él gruñó y no dijo nada más.

—¿Malachi?

—¿Sí?

—¿Quién era?

—Una chica —dijo él con tirantez. Después suspiró—. Fue hace mucho, mucho tiempo.

—¿Qué ocurrió?

—Murió.

—¿La guerra...?

—Unas fiebres.

—Lo siento muchísimo.

—Como ya te he dicho, fue hace mucho tiempo.

—Pero te hizo mucho daño.

—Shannon, duérmete.

—Malachi...

—Shannon, duérmete. Es de noche y estoy muy cansado —dijo él. Comenzó a incorporarse, y en la oscuridad, ella vio el brillo de sus ojos—. A menos que tengas pensado entretenerme de nuevo, te sugiero que te duermas.

Entonces, ella cerró rápidamente los ojos y se dio la vuelta. No podía... hacerlo de nuevo. Aquella noche no. Tenía que asimilar lo que había ocurrido, y tenía que intentar entenderlo, vivir con ello.

Sintió cómo él volvía a tumbarse.

Y más tarde, cuando estaba quedándose dormida, sintió

que le posaba el brazo encima, fuerte y seguro, y que la atraía hacia su cuerpo. Aquello le produjo un sentimiento cálido, mucho mejor de lo que ella hubiera podido imaginar.

Era... plácido.

Se sentía bien, y estaba cansada. Cansada de la guerra, de luchar. No quería preocuparse más. Quería momentos como aquél, y aferrarse a ellos.

Cerró los ojos y durmió, dejando caer los dedos, suavemente, sobre la mano de Malachi, que él le había posado en el estómago.

—¡Es él! ¡Te dije que era él, Martha!

Malachi se despertó bruscamente y abrió los ojos.

Y se encontró con una escopeta recortada que le apuntaba a la nariz. Se incorporó, y Shannon, que estaba acurrucada sobre su pecho, emitió un gemido de protesta y volvió a quedar en silencio. Instintivamente, Malachi tiró de la sábana para tapar su cuerpo desnudo, mientras miraba con respeto al hombre que le estaba apuntando con la escopeta.

—Es usted Malachi Slater —dijo el señor Haywood, que apenas se atrevió a mirar a su esposa, regordeta, vestida con un camisón rosa y una cofia, que estaba tras él—. Te lo dije, Martha. Es él.

—¿Tiene la costumbre de entrar en las habitaciones de sus huéspedes en mitad de la noche? —le preguntó Malachi con frialdad.

A su lado, Shannon se despertó. Abrió los ojos y vio la escopeta.

—¡Oh! —exclamó, agarrándose a la sábana. Miró a Malachi y después a Haywood, y más allá, a su esposa. Se irguió, elevó la barbilla y habló imperiosamente.

—¿Qué significa esto?

—Hay carteles ofreciendo una recompensa por él. Están por toda la región. Es usted un hombre peligroso, capitán Slater. ¡Capitán! ¡Demonios! ¡Los bushwhackers no deberían tener rangos!

Shannon se levantó de un salto de la cama, arrastrando la sábana consigo, y dejando a Malachi desnudo.

—¡No es un bushwhacker! ¡Eso es mentira! ¡Si quiere pegarle un tiro a alguien, pégueselo a Fitz!

Malachi hizo un gesto de sorpresa ante su repentino y apasionado ataque de lealtad, y se puso la almohada en el regazo.

—Señor Haywood, ella dice la verdad. Yo nunca fui guerrillero. Siempre estuve bajo el mando de John Hood Morgan, hasta que murió. Firmé la rendición junto a mis hombres, y a todos nos permitieron conservar el caballo. A mí me dejaron incluso las armas.

—Bueno, no lo sé, joven. Ofrecen mucho dinero por usted, ¿sabe? Si todo esto es cierto, puede contárselo al señor Fitz —respondió Haywood.

—Fitz lo ahorcará y le hará las preguntas después —dijo Shannon.

Los Haywood miraron de nuevo a Malachi. Malachi no vio moverse a Shannon, pero de repente ella estaba detrás de la silla, apuntando al matrimonio con el Colt.

—Suelte la escopeta —dijo.

El señor Haywood frunció el ceño.

—Vamos, vamos, señorita. Baje eso. Esos Colt son muy peligrosos.

—La escopeta también.

Malachi temió el resultado de todo aquello.

—¿Sabe disparar? —le preguntó Haywood.

—Mejor que el general Grant, me temo —respondió Malachi.

De todos modos, no creía que fuera inteligente esperar. Saltó de la cama.

Shannon observó, con asombro, cómo se abalanzaba sobre el señor Haywood, completamente desnudo, y le arrebataba el arma. La señora Haywood soltó un grito de estupefacción, pero no apartó la vista de Malachi. Él se inclinó elegantemente, en respuesta a su jadeo de horror.

—Señora, disculpe —dijo.

Le lanzó la escopeta a Shannon, tomó sus pantalones y se los puso rápidamente.

—¡Oh, Dios mío! —exclamó la señora Haywood. Cerró los ojos y se desmayó.

—¡Oh, no! —gimoteó Shannon. Estaba envuelta en la sábana, se acercó apresuradamente a la mujer. Malachi la detuvo y le quitó el Colt de las manos. Shannon se agachó junto a la señora Haywood—. Malachi, señor Haywood, necesito algo de agua.

El señor Haywood se movió de repente, como si acabara de salir de un shock.

—Agua. Agua.

Corrió hacia el lavabo y tomó el jarro de agua. Nervioso, desorientado, le echó agua a su mujer sobre la cara. La señora Haywood recuperó el conocimiento, tosiendo y tartamudeando. Miró a su esposo.

—¡Señor Haywood! —exclamó.

—¿Se encuentra bien? —le preguntó Shannon.

—¡Tenemos que salir de aquí, Shannon! —le advirtió Malachi.

Ella le hizo caso omiso.

—Señora Haywood, le juro que le estaba diciendo la verdad. Tiene que entender la historia completa. El señor Fitz tenía un hermano que dirigía una unidad de jayhawkers, señora Haywood...

—Nunca he podido soportar a los jayhawkers —exclamó el señor Haywood—. ¡Nunca! Son tan malos como los mismos bushwhackers.

Shannon asintió.

—Ellos mataron a la esposa de Cole Slater, señora Haywood. Estaba embarazada. Era inocente, pero ellos la mataron y después quemaron su rancho... Y, bueno, Cole fue a buscar a Henry Fitz cuando llegaba el final de la guerra. Fue una lucha justa. Incluso los yanquis que lo presenciaron lo saben. Cole lo mató.

—Así que ahora, Hayden Fitz persigue a todos los Slater, ¿es eso? —le preguntó el señor Haywood a Malachi.

Malachi asintió.

—Pero eso no es lo importante. Hayden Fitz tiene prisionera a la hermana de Shannon, la nueva esposa de Cole, en su cárcel. Él va a usarla, a otra mujer inocente, para atraer a mi hermano. Lo siento, señor Haywood, pero no puedo permitir que me aprisione y me mate un tipo como Hayden Fitz. Y lo siento, porque su esposa y usted son buena gente, pero voy a tener que atarlos para que Shannon y yo podamos salir de aquí.

—¿Shannon? —preguntó el señor Haywood. La miró, y después se sentó en la cama. Se volvió hacia su esposa—. ¿A ti qué te parece?

—Yo no puedo ver ni en pintura a esos jayhawkers. ¡Matar a mujeres inocentes y a niños! Y esa pobre chica, encerrada en una celda. ¡No es decente!

—En absoluto.

Malachi miró con inseguridad a Shannon y a los señores Haywood.

—¿Qué...?

—No necesita atarnos, señor Slater.

—Lo siento, pero...

—Creo que va a necesitarnos. No vamos a entregarlo. Si lo que nos ha contado es verdad, intentaremos ayudarlo.

—¿Por qué?

—¿Que por qué? —la señora Haywood se puso en pie con nobleza, pese al agua que le goteaba de la cofia sobre el pecho—. ¿Que por qué? Porque, en algún momento, y en algún lugar, capitán Slater, las heridas deben empezar a cerrarse. ¡Tienen que dejar de existir el Norte y el Sur, y todos debemos enfrentarnos a los hombres que van en contra de los mandamientos del Señor!

—¡Malachi! —dijo Shannon—. Los necesitamos, si quieren ayudarnos. Necesitamos esta base. Necesitamos la información que nos van a conseguir en los próximos días.

Malachi pensó febrilmente. Iris había dicho que aquel matrimonio era bueno. Y además, Iris decía que podía llegar a Fitz, y que podría conseguir información que él no podría conseguir de otro modo.

—¡Malachi! ¡Tenemos que confiar en ellos!

Él comenzó a bajar el Colt lentamente. Después, lo arrojó sobre la cama.

—Shannon, rezo porque no consigas que nos maten a los dos.

El señor Haywood se puso en pie orgullosamente y tomó su arma del suelo. No apuntó a Malachi, pero la mantuvo en la mano, agitándola.

—Así que no es usted un bushwhacker, y no merece que lo cuelguen por ello. Sin embargo, tampoco es el marido de esta jovencita, y deberían colgarlo por seducirla.

Shannon se sorprendió al ver que Malachi se ruborizaba.

—Eso no es asunto suyo, señor Haywood —dijo él.

—Sí es asunto nuestro, capitán —intervino Martha Haywood con severidad—. Están viviendo en pecado bajo nuestro techo. ¿A ti qué te parece? —le preguntó a su marido.

—Yo digo que lo colguemos.

—¿Cómo? —explotó Malachi, y se lanzó hacia el Colt.

Sin embargo, la señora Haywood se movió con más rapidez. Tomó el revólver y lo encañonó.

—Vamos, capitán, ¿qué modales son esos? Debería avergonzarse.

—¡Exacto! ¿Dónde están sus valores? —preguntó el señor Haywood—. Orgullo, galantería y ética cristiana. La guerra ha terminado, hijo.

—Señor —dijo Malachi, y dio un paso adelante. Entonces, se oyó un disparo, y él se quedó inmóvil. La señora Haywood también sabía lo que hacía con un Colt. La bala le pasó a Malachi junto a la cabeza, y casi le rozó la oreja.

—Shannon —dijo entre dientes, mirando con desconfianza a la señora Haywood—, ¡te voy a estrangular!

—No, capitán, claro que no. Va a casarse con ella, eso es lo que va a hacer.

—¡No puede obligarme a que me case!

—Bueno, hijo, puede casarse con ella o ir a la horca —dijo el señor Haywood—. Señora Haywood, ¿querría ir en busca del predicador? A mí me parecería muy bien celebrar una boda de domingo por la mañana.

—¡No! —exclamó Shannon. Malachi la miró, asombrado, pero ella continuó—: No se moleste, señora Haywood. No me voy a casar con él.

—Bueno, bueno, querida, creo que sí tendrá que casarse con él —insistió la señora Haywood.

—Eso es, jovencita —intervino el señor Haywood—. O se casa con él, o lo colgamos.

Shannon sonrió con dulzura y dijo:

—No me voy a casar con él. Señor Haywood, tiene mi permiso para colgarlo.

—¡Shannon! —gritó Malachi.

Se volvió hacia ella y la miró con furia. No se dio cuenta de que el señor Haywood se colocaba tras él. Realmente, quería zarandearla. Se moría de ganas.

Aquella furia fue su perdición.

No vio que el señor Haywood tomaba el jarro de agua. Sólo sintió un dolor intenso cuando el hombre se lo estampó en la cabeza.

Cayó al suelo, y la oscuridad lo envolvió.

CAPÍTULO 9

Dos horas más tarde, Shannon estaba en el almacén, sobre un taburete, mientras Martha Haywood le arreglaba el bajo del vestido de color crema que llevaba puesto.

Aunque estuviera pasado de moda, era un precioso vestido de novia.

Era el vestido de novia de la señora Haywood. Tenía un corpiño de encaje con forro de satén, y una falda larga, amplia, cuya cintura estaba adornada con cintas de seda azul.

—Señora Haywood, usted no lo entiende —dijo Shannon—. No pueden seguir amenazando a Malachi. No quiero casarme con él. Y no me creo que puedan ahorcarlo si no nos casamos.

—Podemos, y lo haremos —dijo la señora Haywood con suficiencia.

—Pero es que yo no quiero casarme con él. ¡Por favor!

—¿Por qué? ¿Por qué no quiere casarse con él? Parece que está con él por elección propia.

—Sí. No... ¡Quiero decir, sí! Pero es más por las circunstancias que por elección propia.

—Eso no explica por qué no quiere casarse con él.

—Porque... porque él no me quiere. Quiero decir que yo no lo quiero. Es que...

—El amor llega poco a poco —le dijo la señora Haywood—. Si es que no está ya aquí —murmuró—. Por cómo entraron aquí, por cómo los encontramos juntos... Explíqueme eso, señorita.

—Yo...

—¿Se metió en la cama con él sólo por las... circunstancias? No. Debe de sentir algo por él. Además, ha dicho que él no la quiere. Así que quizá usted sí lo quiere a él, y tiene miedo de que él no la quiera.

Shannon negó con vehemencia.

—Le prometo que él no me quiere. Y yo no lo quiero. Durante la guerra estuve enamorada de un capitán yanqui. Murió... a las afueras de Centralia.

La señora Haywood terminó con el bajo y se levantó.

—Así que usted no puede enamorarse de nuevo, ¿es eso? ¿Y por qué? El joven al que quería no desearía ver que se pasa la vida sumida en la tristeza. El mundo tiene que empezar a sanar, y tal vez usted deba empezar por su propio corazón. El capitán Slater la sedujo bajo mi techo, jovencita. Y usted estaba acurrucada contra él como si fuera una recién casada esta mañana, así que ya tiene recorrido la mitad del camino.

—Señora Haywood...

—El señor Haywood ha ido a buscar al predicador. Es el magistrado local, así que es el representante de la ley en el pueblo. No tiene que preocuparse, porque mi marido nunca permitirá que se sepa que su prometido es un Slater. El reverendo guardará el secreto. Siempre y cuando hagan lo más decente y se casen, claro.

—¡Pero no pueden ahorcarlo por no casarse conmigo!

La señora Haywood se echó a reír.

–Tal vez no, pero no hay ninguna ley que prohíba colgar a un criminal. El capitán Slater lo entiende. Mi marido se lo explicó muy claramente.

–Señora Haywood...

–¡Dios mío, hija, está bellísima!

–Señora Haywood, este vestido es muy bonito. Y su bondad para conmigo es maravillosa, pero yo no puedo...

–Vamos a la habitación contigua. Oigo que están hablando. Mi marido debe de haber llegado con el predicador, y ya es hora de celebrar la ceremonia –zanjó la señora Haywood.

–Pero...

La mujer se volvió hacia Shannon, con las manos agarradas, serenamente, ante sí.

–Mi marido no tiene paciencia, jovencita. Estoy segura de que le está apuntando a su capitán Slater con la escopeta al corazón. No remolonee, pues. No quiero que se ponga nervioso. El pobre capitán podría moverse en la dirección equivocada, y mi marido decidiría pegarle un tiro en una rodilla para asegurarse de que se queda aquí.

Con una sonrisa, se dio la vuelta y abrió la puerta de anaqueles que comunicaba con el salón de té. Shannon la siguió apresuradamente. Estaba segura de que no podía ser verdad. No le pegarían un tiro a Malachi, ni tampoco lo ahorcarían. ¿Verdad?

Se detuvo en seco en la entrada del salón.

Malachi estaba allí, en pie, en el centro de la estancia.

Era evidente que el señor Haywood había decidido que se arreglara adecuadamente para la ocasión. Llevaba una camisa blanca de volantes, un traje a rayas y un chaleco rojo de satén. Ella nunca lo había visto vestido con tanta elegancia, y se quedó sin aliento al verlo. Sin embargo, lo bonito del traje no conseguía disminuir la amenaza que transmitía su mirada ni restarle importancia a la forma en que apretaba la mandíbula. Shannon tampoco lo había visto nunca tan furioso, ni él la había mirado con tanta rabia, con una promesa clara de venganza en los ojos.

Por un instante, ella se quedó inmóvil, sin poder avanzar.

—¡Vamos, pase! —le dijo el señor Haywood.

Ella siguió sin moverse. Vio al predicador; era un hombre alto, delgado, con chistera, pantalones negros y abrigo de franela también negro. La saludó gravemente con un asentimiento.

Entonces, Shannon oyó un sonido metálico y se dio cuenta de que Malachi llevaba unas esposas.

—Oh... por favor —murmuró—. Por favor, deben entender que...

—Hable con ella, capitán. Convénzala rápidamente —le aconsejó el señor Haywood a Malachi.

—¡Ven aquí! —le espetó Malachi a Shannon.

El sonido autoritario de su voz molestó instantáneamente a Shannon.

—Malachi, maldito seas, estoy intentando...

Se interrumpió con un jadeo, porque vio a Malachi acercarse a ella con determinación y hostilidad. A pesar de las esposas, se las arregló para agarrarla de la muñeca y para tirar de ella hacia sí. Shannon se estremeció al notar su tensión y su cólera, y notó su respiración caliente contra la mejilla.

—Ven aquí y cásate conmigo.

—Malachi, no creo lo que dicen. No creo que vayan a ahorcarte si no nos casamos.

Él la fulminó con la mirada.

—¿Y pretendes comprobarlo?

—No creo que...

—¡No lo crees! ¿Quieres esperar a que me pongan la soga al cuello? ¿O a que la brisa me balancee de un lado a otro?

—Podríamos...

—¡Shannon! ¡Ven a casarte conmigo ahora mismo!

—¡No! Malachi, no estaría bien...

—¿Bien? ¿Estás hablando del bien en un momento como éste?

—¡Yo no te quiero!

—¡Y yo no te quiero a ti, así que tal vez hagamos la pareja perfecta! —exclamó él, y entrecerró los ojos con furia—. ¡Me van a colgar, bruja! Vamos a casarnos ahora mismo.

—¡Vaya un modo más agradable de pedírmelo! —le siseó ella con dulzura.

—No te lo estoy pidiendo, te lo ordeno.

—Pues yo no voy a hacerte caso.

—¡Capitán Slater! —protestó Martha Haywood, haciéndoles señas para que se acercaran al centro del salón.

Él tiró de Shannon, pero ella se resistió.

—No me gusta cómo me lo has pedido —insistió con frialdad.

Malachi no se había quedado sin recursos. Se dio la vuelta, la llevó junto a los demás y, ante el asombro de Shannon, se puso de rodillas.

—¡Señorita McCahy! —dijo, y sus palabras sonaron como dardos de hielo—. Querida señorita McCahy, hágame el honor de convertirse en mi esposa.

—Ése no es exactamente el tono que yo hubiera deseado —respondió Shannon.

—Por favor, por favor, querida, mi amada —insistió él, lanzándole puñales con los ojos.

—Una vez más, capitán. Y hágalo bien.

—Por favor —dijo él.

Shannon nunca había oído nada que se pareciera menos a una expresión de cariño. Malachi parecía una criatura salvaje, parecía que quería despellejarla y comérsela. Sin embargo, los demonios de Shannon le decían que no debían hacerlo.

Malachi no esperó su respuesta, sino que se volvió hacia el predicador.

—Adelante, reverendo —le dijo con sequedad—. Hágalo.

El predicador comenzó la ceremonia. Malachi contestó con una ira fría a sus preguntas, en voz alta, enunciando cada una de las palabras con desprecio. Amor, honor y protección. Hasta que la muerte los separara. Cuando llegó su turno, Shannon no podía responder. Se volvió hacia Malachi y le dijo:

—Malachi, no podemos hacerlo...

—¡Amar, honrar y obedecer! —exclamó él.

—Malachi...

—¡Dilo!

Ella se volvió temblando hacia el predicador y pronunció las palabras tartamudeando.

—El anillo —dijo el hombre después de carraspear.

—¿El anillo? —preguntó Malachi sin comprender.

—Yo lo tengo, reverendo Fuller —dijo el señor Haywood.

Dio un paso adelante y dejó una alianza de oro en la palma de la mano de Malachi. Malachi lo miró con asombro, y después le puso el anillo a Shannon, pese a que ella estaba temblando tanto que no podía mantener las manos quietas.

—De nuevo, estamos en deuda con usted, señor Haywood —murmuró Malachi.

—No se preocupe. Le pondré el precio del anillo en su cuenta —respondió el señor Haywood.

—¡Shh! ¡Éste es un rito muy bello! —murmuró la señora Haywood.

La alianza le quedaba pequeña a Shannon. Sintió el oro alrededor de su dedo como seguramente Malachi estaba sintiendo las esposas en las muñecas. Él la miró con odio, y ella se dio cuenta de que estaba impaciente por quitársela.

Segundos más tarde, el predicador los declaró marido y mujer por la ley del gran estado de Kansas. La señora Haywood sollozó y se sonó la nariz con una sonrisa de melancolía.

—No se preocupen por mí, amigos. Siempre lloro en las bodas. Querido, quítale las esposas al novio. Seguramente, querrá besar a la novia. Reverendo Fuller, ¿le apetecería un vasito de vino de Madeira? Me temo que no tenemos champán.

El reverendo Fuller dijo que el vino estaría muy bien. Malachi miró venenosamente a Shannon mientras el señor Haywood se acercaba a él para quitarle las esposas. Cuando estuvo libre, la señora Haywood le ofreció un vaso de vino también a él.

—Gracias por su hospitalidad, señora —dijo Malachi con sarcasmo—, pero creo que necesito algo más fuerte en este momento. ¿He completado sus requisitos para librarme de la horca?

—Firme la licencia de matrimonio y podrá irse —respondió la señora Haywood.

Malachi se acercó a la mesita donde estaba el documento. Firmó con impaciencia y miró al señor Haywood. El señor Haywood asintió con gravedad; entonces, Malachi le lanzó a Shannon otra mirada fulminante y se marchó dando un portazo. Shannon se quedó mirándolo con el corazón encogido.

—¿Madeira? —le preguntó el señor Haywood con una sonrisa triunfante.

Shannon aceptó mecánicamente la copa de vino. Echó hacia atrás la cabeza y se lo bebió de un trago. No fue suficiente. Al igual que Malachi, ella necesitaba algo más fuerte, como el whisky.

Dejó la copa en la mesa. El vino le había sabido ácido y no estaba de buen humor.

—Le devolveré su vestido, señora Haywood —dijo.

Se dio la vuelta, se despidió del predicador y del señor Haywood y subió corriendo a la habitación. Encontró las dos llaves en la mesilla y las tomó mordiéndose el labio. Quizá Malachi fuera su marido, pero no iba a entrar nunca más allí.

¡Nunca!

No quería admitir, ni siquiera ante sí misma, que estaba furiosa por el hecho de sentir miedo, miedo de que él ni siquiera lo intentara.

Le había puesto una alianza, la había obligado a recitar los votos matrimoniales y se había marchado.

En busca de una prostituta pelirroja.

No, no iba a permitir que él volviera a entrar en su habitación. Nunca.

—Vaya, Ma... ¡Sloan! —dijo Iris al verlo entrar al salón. Nunca se acostumbraría a llamarlo por aquel nombre.

Él la saludó y se acercó a la barra. Allí depositó una moneda.

—Whisky, Matey, por favor. Mucho whisky.

Iris estaba muy guapa. Llevaba un vestido gris muy sencillo y un chal azul. Se acercó a él y lo tomó del brazo.

—Estaba a punto de marcharme. Voy a tomar la calesa para ir a Sparks, a ver qué puedo averiguar sobre tu cuñada. ¿Sigue siendo seguro que vaya? ¿Qué te ha pasado?

Él miró a Iris, y sintió su roce suave en el brazo. Su ira se apagó un poco.

—Es seguro —dijo él, y le dio un beso en la frente—. Eres una mujer maravillosa, Iris. Es raro, ¿verdad? Eres una mujer maravillosa, sea cual sea tu profesión. Y ella...

—¿Tu... compañera de viaje?

—Sí, esa pequeña... Shannon —dijo él, y miró al techo—. ¡Mi compañera de viaje! ¡La maldición de mi vida! ¡Esa pequeña fiera!

—¿Qué te ha hecho ahora?

—Es una bruja maldita. Tenía que haber dejado que le dieras una paliza ayer, Iris.

—Malachi...

Iris se dio cuenta de que estaban utilizando sus nombres verdaderos, y miró rápidamente a su alrededor. El salón estaba casi vacío. Sólo Matey podía haberlos oído, y él sólo se ocupaba de sus asuntos—. Vamos a mi habitación, señor Gabriel —le dijo a Malachi en voz baja.

Malachi la miró especulativamente y tomó la botella de whisky del mostrador.

—Sí, Iris, vamos a tu habitación.

Ella lo precedió hacia arriba por un tramo de escaleras, en la parte posterior del local, y abrió la primera puerta.

Tenía una habitación muy bonita para ser la de una prostituta, pensó Malachi. Había una cama enorme con postes de madera tallada, que estaba cubierta con una preciosa colcha. Tenía una alfombra, una cómoda y un espejo de cuerpo entero.

—Precioso —murmuró Malachi, y tomó otro trago de whisky.

Después, se tiró sobre la cama, e Iris se sentó a su lado, mirándolo pensativamente.

Él bebió más whisky y se quedó mirando al techo.

—Me dan ganas de ahogarla, Iris. Es una bruja.

—Malachi, ¿qué ha pasado?

—He tenido que casarme con ella. De verdad.

—¿Por qué?

—Dijeron que si no lo hacía iban a colgarme. Están convencidos de que ella es una joven inocente y dulce, y de que yo la he seducido.

—¿Y no lo has hecho?

—No. Sí. Demonios, ella tiene veinte años, y no tiene nada de dulce, y en cuanto a su inocencia...

—¿Sí?

—Ella me sedujo igualmente. Ningún inocente debería tener ese aspecto... sin ropa.

Iris tenía ganas de echarse a reír, pero no lo hizo.

—¿Y quién ha averiguado que no estabais casados? ¿Quién ha pensado que la habías seducido?

—Los Haywood. Dijeron que iban a ahorcarme.

—¡Lógicamente! Vales mucho dinero, vivo o muerto. Ofrecen una fortuna por tu cabeza. Si saben que no estás casado, entonces saben que...

—No les importa quién soy. No van a decirle a nadie quién soy, ni el reverendo tampoco —dijo él con amargura.

Iris exhaló un suave suspiro.

—¡Gracias a Dios!

—No iban a colgarme porque fuera un bushwhacker, ni porque fuera el hermano de Cole. ¡Querían ahorcarme porque seduje a Shannon!

—Malachi, si fueron los Haywood los que te obligaron a casarte, no puedes echarle la culpa a ella. ¿Fue ella quien les dijo quién eras en realidad? ¿Les pidió que te forzaran a casarte? Me refiero a que son gente muy religiosa. ¿Te obligaron ellos, o ella?

—¿Cómo? —preguntó Malachi después de tomar más whisky, con cara de confusión.

—Malachi, no deberías odiarla a ella si la obligaron. Tal vez ni siquiera puedas odiarla si ella quería que te obligaran. No es... bueno, no es que sea santo de mi devoción, pero si te aprovechaste de ella, tal vez tenga derecho a forzarte...

—Ella no me obligó.

—Entonces...

—¡La muy bruja! —explotó Malachi—. Ellos estaban jurando y perjurando que iban a colgarme de un árbol, ¡y ella se negaba a casarse! Tuve que obligarla a pronunciar las palabras. ¡Habría dejado que me mataran!

—Entonces...

—Es un demonio, Iris. Es un demonio —repitió, después de otro trago de whisky—. Es una bruja. Tengo ganas de hacerle daño, y estoy furioso, porque no lo entiendo, porque sólo me estoy haciendo daño a mí mismo. Sueño con sus ojos. Algunas veces, cuando me toca, siento como si todo me explotara por dentro, y sólo quiero ver su sonrisa, y sus ojos llenos de deseo... Juguetea y provoca, y después saca las garras y araña y hace sangre, Iris, sangre.

Iris sonrió lentamente. Él no la estaba mirando. Estaba mirando al cielo. De repente, él le tomó la mano y se la besó, y siguió hablando.

—Ella no es como tú, Iris. No se parece en nada a ti. Ni siquiera se puede hablar con ella, ni razonar. Es una bruja... He estado luchando con ella siempre, siempre. Siempre luchando. Y ella hubiera dejado que me ahorcaran, ¿puedes creerlo?

—No te habrían colgado —dijo Iris.

—Ella no lo sabía.

—Tal vez sí.

—No, no lo sabía —dijo Malachi, y se incorporó. Tenía los ojos muy brillantes—. Bueno, pues ahora está casada conmigo. ¡Y me las va a pagar!

—Malachi, estás enfadado porque ella no quisiera casarse contigo.

—¡Quería que me pegaran un tiro en cada rodilla, la muy bruja! Pero ahora, ahora es mía...

Cayó hacia atrás, con los ojos cerrados.

Iris lo observó durante un minuto. Se había quedado dormido. Ella sonrió.

—Puede que sea una bruja, pero estás enamorado de ella —dijo Iris suavemente.

Puso la botella de whisky vacía en la mesilla de noche, y decidió dejarlo donde estaba. Lo mejor sería que durmiera la borrachera de la botella de whisky que se había tragado en diez minutos, y tal vez después fuera a ver a su flamante esposa de mejor talante.

Tomó su bolso y su sombrero, y se preparó para salir de viaje. Si se daba prisa, podría llegar a Sparks, reunir la información que necesitaba y volver a Haywood por la mañana. Tenía amigas en Sparks. Amigas que podían ayudarla mucho en aquella situación. Eran mujeres listas y bellas. Y conocían a los hombres de Sparks.

Miró hacia atrás con una sonrisa.

Malachi dormía plácidamente.

Iris se encogió de hombros. Seguramente, necesitaba descansar.

Dejó que durmiera, y que durmiera...

Shannon se cambió y le devolvió el vestido a Martha Haywood, dándole las gracias. No quería llevar más la camisa de Malachi, así que decidió entrar al almacén y comprar otra. Martha la acompañó mientras compraba una blusa, y después, Shannon le pidió que le enviara una bandeja con comida a su habitación, puesto que pensaba encerrarse allí durante todo el día.

—Pero si es muy pronto —le dijo Martha Haywood ansiosamente.

—Sí, lo sé. Espero que esté llevando la cuenta de todos los gastos, ¿verdad, señora Haywood? Debería avergonzarme. Nosotros hemos salido de la guerra mucho mejor que la mayoría de la gente. Tengo dinero.

—Sí llevo las cuentas, señora Slater.

Señora Slater. ¡El apellido le sonaba absurdo, y lo odiaba!

Malachi llevaba horas y horas en el salón. Y si en aquella ocasión intentaba convencerla de que no había estado con la pelirroja durante todo aquel tiempo, seguramente le gritaría y se volvería loca de furia al instante.

Le dio un beso de agradecimiento a la señora Haywood en la mejilla.

—De veras, tengo que tumbarme un rato —dijo suavemente—. Muchísimas gracias por todo.

Shannon salió al salón de té. Se dio cuenta de que estaba haciendo girar la alianza en el dedo, e intentó quitársela. Estaba demasiado apretada. Iba a necesitar algo de jabón.

Por un impulso, corrió hacia la puerta y la abrió. El pueblo estaba muy tranquilo. Shannon salió a la calle y cruzó la carretera hacia la taberna. Entró en el local y, a medida que los ojos se le adaptaban a la oscuridad, comprobó que el bar estaba casi vacío. Sólo había un ranchero solitario al fondo, con el sombrero sobre los ojos, ocultándole el rostro, y una prostituta rubia vestida de color granate, sentada en la barra, retorciéndose distraídamente un mechón de pelo alrededor del dedo.

El camarero estaba secando vasos. Miró a Shannon con cautela.

—¿Podría ponerme un brandy, por favor? ¿Y podría apuntarlo en la cuenta de mi marido?

El camarero se encogió de hombros con inseguridad. Tomó un vaso, sirvió un brandy y lo puso ante Shannon. Ella asintió para darle las gracias y se tomó el licor de un trago. Miró de nuevo a su alrededor. Malachi no estaba allí.

—¿Ha visto al señor... er... Gabriel? —le preguntó al camarero.

Respondió la mujer rubia, mirándola de arriba abajo y sonriendo dulcemente.

—Está durmiendo en la habitación de Iris, según tengo entendido.

Shannon se mareó. Fue como si toda la habitación quedara a oscuras, y después fuera cubierta por una niebla roja.

—Muchas gracias —dijo con amabilidad—. Cuando vuelva a verlo, por favor, dígale que se quede donde está, porque no será bienvenido en ningún otro sitio. Gracias.

—Espere... —intentó decir la mujer rubia.

Sin embargo, Shannon la interrumpió con la cabeza alta y una mirada cortante.

—Por favor, hágale llegar mi mensaje.

No tenía ni idea de cómo podía hablar con tanto autoritarismo, pero la mujer se quedó callada, y Shannon se dio la vuelta y se marchó del salón. En mitad de la calle se detuvo de repente, se inclinó hacia delante y emitió un grito de furia y de angustia.

Martha Haywood salió de la tetería y corrió hacia ella.

—Oh, querida, ¿qué le ocurre?

Shannon se irguió.

—Nada. Estoy bien, señora Haywood.

—¿Qué está bien! –exclamó la señora Haywood–. ¡A mí no me lo parece, después de oír ese grito!

—De veras, señora Haywood, estoy bien –repitió Shannon, sonriendo. Sabía que debía controlarse. No iba a perdonarlo nunca jamás. Irguió los hombros y añadió–: Perfectamente. Si me disculpa... Por favor, ¿podría ocuparse de que nadie me moleste hasta mañana?

Entonces, pasó por delante de Martha hacia la casa. Subió corriendo las escaleras y se encerró en su habitación, después de asegurarse de que tenía las dos llaves en su poder.

Gimió, temblando, al mirar a su alrededor.

¡Martha Haywood se había esmerado tanto en que todo fuera perfecto!

La bañera estaba llena de agua caliente, y había un jarrón con flores frescas junto a la cama. Había también una bandeja con fiambre y pastas, y sobre la cama estaba el camisón de satén blanco más bonito que ella hubiera visto en su vida. Había una nota encima, que decía: *Toda novia se merece una prenda de belleza. Con nuestros mejores deseos, Martha y Hank.*

Shannon soltó la nota y se dejó caer sobre la cama, sollozando. Todas las mujeres desearían tener un camisón como aquél en su noche de bodas, y todas las mujeres desearían tener un hombre magnífico, valiente y guapo. Un hombre que apoyara, que adorara a su esposa...

Ella tenía el camisón, y tenía al hombre. Sin embargo, el sueño se había desvanecido a la luz cruda de la realidad.

Malachi no la quería.

Se tumbó en la cama y se abandonó a una cascada de lágrimas que la abrumó, y después, cuando se le secó el llanto, se quedó mirando al techo y preguntándose cuánto tiempo llevaba enamorada de Malachi. Nunca habían tenido oportunidad de ser amigos. La guerra se había puesto entre ellos desde el principio.

Sin embargo, ella nunca le perdonaría aquello. Nunca. Pasara lo que pasara, no le permitiría que volviera a tocarla.

Después de un rato, las sombras del atardecer alcanzaron la ventana de la habitación. El baño se había quedado frío, pero Shannon decidió tomarlo de todos modos. Después se puso su precioso camisón blanco y se acostó. Cerró los ojos y recordó a Malachi la noche anterior, cuando había entrado en la habitación hecho una furia, y había terminado abrazándola.

Había reclamado sus derechos, cuando ni siquiera estaban casados.

Pero ahora era de verdad su esposa.

Al final, se le cerraron los ojos. Tenía el Colt a su lado, cargado. Si él intentaba volver, le diría que se fuera rápidamente, y reforzaría sus palabras.

No obstante, aquella noche, la del día de su boda, él no volvió.

Hacia la madrugada, ella volvió a llorar suavemente.

Malachi era su marido, y tenía ciertos derechos.

Pero no iba a volver. Aquella noche no.

CAPÍTULO 10

A las dos de la mañana, Malachi se despertó. La cabeza le estaba matando, y tenía un sabor a veneno en la boca, y le parecía que se le había hinchado la lengua en la garganta. El tictac del reloj de la repisa de la chimenea era como un tormento.

Se levantó, tambaleándose, y miró la hora. Al verla, soltó un gruñido y miró a su alrededor por la habitación. Iris se había ido. Era una buena chica. Se había ido a Sparks para intentar ayudarlo. Él estaba durmiendo en su habitación, mientras que Shannon... Oh, Dios.

Shannon también estaría dormida a aquellas horas. Y, si no estaba dormida, era peor. Estaría furiosa.

Volvió a tumbarse en la cama. Que se fuera al demonio. Iban a tener una pelea fabulosa, estaba seguro. No podía evitarse.

Se prometió a sí mismo que iba a ser un hombre racional. Conservaría la calma y no gritaría. Iba a ser un caballero, como el caballero yanqui a quien ella todavía lloraba.

El héroe...

Aunque, en aquel momento, era mucho más fácil ser

un héroe para un yanqui que para un rebelde. A los rebeldes no les iba muy bien. Tal y como le gustaba decir a Shannon, el Sur había perdido la guerra.

«Querida, el Sur va a levantarse de nuevo, resurgirá», se dijo. Entonces, recordó que acababa de prometerse que iba a ser razonable.

Estaban casados.

Su dolor de cabeza empeoró al pensarlo. Estaba casado con ella... de verdad. Y ella hubiera dejado que lo ahorcaran. Tenía todo el derecho a estar furioso. No pensaba ir con Shannon aquella noche.

Exhaló un suspiro, se levantó y fue hacia la jofaina, donde se lavó la cara y se aclaró la boca. Hizo gárgaras con el agua de rosas de Iris, y se sintió un poco mejor. No. Se sentía fatal. Tenía ganas de cruzar corriendo la calle, subir a su habitación y decirle a Shannon que era suya, y que no podía volver a cerrarle la puerta con llave, nunca...

Con un gruñido, se tapó la cara con las manos. Eran un par de enemigos que se habían visto atados el uno al otro por la más absurda de las circunstancias. Ella estaba enamorada de un muerto, y él no estaba enamorado en absoluto. O quizá sí estaba enamorado de... ciertas cosas de ella. Tal vez sí estaba enamorado. Tal vez existiera una delgadísima línea entre el amor y el odio, y tal vez ellos dos estuvieran recorriendo aquella línea.

Se acercó a la ventana y miró el cielo nocturno.

La luna iluminaba con un brillo blanco la calle vacía.

Malachi volvió a la cama y se tumbó, con las manos detrás de la nuca, mirando al techo. Iris volvería, y entonces se haría una idea más exacta de los siguientes pasos que debía dar. Cole debía de saber ya lo que había ocurrido, y Jamie también. Y, cuando se hubieran enterado de lo de Kristin, se habrían puesto en camino.

Shannon y él tenían que empezar a moverse de nuevo. Tenían que cesar la lucha y aceptar la tregua, y dejar sus problemas personales para más tarde.

Era lo más lógico, lo más razonable.

Apretó los dientes para reprimir el calor y los temblores que se apoderaron de él. Tuvo que apartarse de la cabeza los pensamientos sobre ella. La deseaba tanto... Podía verla. Veía sus ojos azules, bellísimos, mirándolo con pasión. Casi podía sentirla moviéndose contra él, con un ritmo dulce. Oía sus gemidos, sus susurros, que le causaban un deseo mayor, un hambre más grande...

Lógico, razonable. Aquello era una locura.

Él era un caballero. Lo habían educado para que fuera un caballero del Sur. Había luchado en la guerra para proteger el estilo de vida del Sur, y quizá el gran mito del Sur. No lo sabía. Sin embargo, había aprendido ciertas cosas: quería a sus hermanos, y siempre honraría a la mujer de su hermano. Creía en el honor.

Lógica... razón. Cuando amaneciera, él desafiaría al fuego que ardía en su interior. Ella no podría pedir un caballero más perfecto. Siempre y cuando Shannon no lo tocara, él estaría bien.

El caballero perfecto.

Aunque no fuera su héroe.

A las tres de la mañana, los últimos parroquianos tiraron las cartas sobre la mesa, terminaron sus cervezas y les dieron las buenas noches a Matey y a Reba, la rubia que tocaba el piano en el salón Haywood.

Reba comenzó a recoger los vasos, y Matey a lavarlos, después de decirle a su ayudante que se marchara. Sin embargo, Reba se dio cuenta de que quedaba alguien al fondo del local. Era el tipo extraño que se había sentado entre las sombras un buen rato antes. Era raro; ella creía que se había marchado ya.

Pero no era así; todavía estaba allí, mirándola. Ella lo sentía.

El tipo alzó la cabeza y se echó hacia atrás el sombrero.

Era un hombre atractivo, pensó Reba. Sexy, en cierto modo. Alto, delgado y fuerte, moreno y con unos ojos claros muy llamativos. Su mirada le produjo un escalofrío, porque tenía algo frío. Sin embargo, también la excitaba, y no había muchos hombres que pudieran excitarla ya. Aquél le ponía el vello de punta. También la atraía.

—Señor —le dijo—. Vamos a cerrar ya. ¿Va a tomar algo más?

Él sonrió, pero la sonrisa no le alcanzó los ojos.

—Claro, guapa. Voy a tomar un whisky. Un whisky y... a ti.

—¿Has oído, Matey? —le dijo Reba al camarero.

—Sí —dijo Matey, encogiéndose de hombros.

Las bebidas eran su responsabilidad. Si Reba quería quedarse con un extraño a aquellas horas, era cosa suya.

Reba le llevó la copa a la mesa. Él la agarró por la muñeca y la sentó en una silla con tanta fuerza que ella estuvo a punto de gritar. Cuando la soltó, Reba se frotó la muñeca. Sin embargo, no le había hecho demasiado daño. A muchos hombres les gustaban las cosas bruscas. Si él quería ser duro, bueno, tendría que pagar un poco más.

—¿Tienes habitación? —le preguntó el tipo.

—Eso depende.

—Tengo oro. ¿Depende de eso?

Oro. Así que no iba a intentar endosarle moneda sureña, que ya no tenía valor. Ni siquiera iba a intentar pagarle con dinero de la Unión. Tenía oro.

—De acuerdo —dijo Reba, por fin.

Y, sin saberlo, selló su futuro.

Él le acarició la mejilla con suavidad y miró hacia las escaleras. Sonrió, y Reba decidió al instante que quizá no fuera tan duro, y que podía fiarse. Y era guapo. No tan guapo como el amigo de Iris, Sloan, pero tenía todos los dientes y el pelo, y todos los miembros. Eso no era tan común en aquellos días.

A una chica de la calle como ella siempre le venían bien unos ingresos extra.

—¿Dónde está tu amiga? —le preguntó él.

—¿Quién?

—La pelirroja.

Era raro que preguntara por Iris. Reba iba a responder, pero hizo una pausa y le acarició el brazo.

—Iris está ocupada esta noche —dijo con una sonrisa.

El extraño levantó el vaso hacia las puertas de la taberna.

—El marido, ¿eh? Al que estaba mirando esa recién casada tan guapa.

Reba se rió.

—Es mejor que el marido esté ocupado. La doncella de los Haywood le dijo a Curly, el barbero, que la señora Gabriel le ha cerrado la puerta de la habitación. Sloan Gabriel necesitaría cuatro caballos para echar la puerta abajo.

—¿De verdad?

—Claro que Iris dice que él lo haría. Cuando... cuando haya terminado, irá y entrará directamente. Es un tipo decidido. No se deja amedrentar por ella.

—¿No?

—No, no Sloan Gabriel.

El extraño sonrió.

—Sloan Gabriel, ¿eh?

—Sí, así se llama el hombre. ¿Por qué?

—No importa. Es que me parece una buena historia. He visto a la mujer antes, y me parece que necesita que la domestiquen —dijo él. Tomó un poco de whisky y añadió—: ¿Crees que el señor Gabriel echará la puerta abajo con tal de entrar a su habitación?
—Para enseñarle una lección.
—Y ahora está aquí. En este refinado establecimiento.
—¿No te parece gracioso?
—Sí. Es hilarante. Pero, eh, ahora... —apuró el whisky de un trago y puso el vaso en la mesa de un golpe—, no importa nada. Lo que importa ahora somos tú y yo. Vamos a esa habitación tuya, ¿quieres?

Reba asintió rápidamente y se puso en pie. Tomó al extraño de la mano y le dio las buenas noches a Matey mientras subían las escaleras. Pasó por delante de la habitación de Iris y sonrió disimuladamente.

Sabía que Sloan Gabriel estaba allí. Todavía estaba durmiendo, después de haberse bebido una botella entera de whisky. Iris le había pedido a Reba que lo vigilara de vez en cuando, y ella lo había hecho con gusto. Él seguía durmiendo plácidamente, y su mujercita pensando que estaba disfrutando de lo lindo. No sabía por qué no se lo había contado al extraño. Era una historia divertida. Era estupenda.

Sin embargo, Iris se había comportado como si no quisiera que los demás supieran adónde iba.

Reba se encogió de hombros y se encaminó hacia su propia habitación.

Cuando entraron, el extraño cerró la puerta. Reba se volvió hacia él con una sonrisa.

—¿Quieres ayudarme con los botones, cariño? —preguntó.

Se sentó a los pies de la cama y se quitó los zapatos.

Cuando terminó, se deslizó lentamente las ligas por las piernas, y comenzó a quitarse las medias. Él la observó mientras continuaba de pie, junto a la puerta. Reba sonrió con satisfacción, segura de que lo tenía entre las manos.

—¿Cómo te llamas, cariño? —le preguntó ella.
—Justin.
—¿Justin qué?
—Justin es lo que importa.
—Muy bien, Justin, cariño.

Ella sonrió y siguió bajándose la media. Él se quedó en silencio, pero de repente volvió a hablar, alejándose de la puerta.

—Date la vuelta —le dijo.
—Vamos, cariño, nada de cosas raras —le dijo ella. Él no sonrió, y Reba añadió nerviosamente—: Cariño, cualquier cosa rara, por pequeña que sea, te costará una fortuna.

Sintió una punzada de miedo, pero no dejó de sonreír.

La sonrisa se le borró de repente de los labios cuando él atravesó la habitación de dos zancadas y la agarró del brazo. La tiró contra la cama, boca abajo, y le rasgó la combinación con rabia. Ella jadeó, forcejó, intentó levantarse.

—Cállate —le advirtió él.
—¡No! No, por favor...

Reba siguió incorporándose, pero él la abofeteó con tal fuerza que ella se golpeó la cabeza contra el poste de la cama. Aunque quedó aturdida, siguió resistiéndose. Pero no tenía fuerzas. Él volvió a tumbarla boca abajo.

A ella se le formó un grito en la garganta cuando el extraño se hundió en su cuerpo con sadismo. Sin embargo, aquel grito fue amortiguado por la almohada.

Con el tiempo, el dolor se mitigó, o ella se desmayó.

Cuando se despertó había amanecido. Notó que el sol entraba por la ventana.

Intentó moverse, pero le dolía todo el cuerpo. Tenía la mejilla y el ojo hinchados, y estaba muy dolorida por dentro. Tendría que ir al médico, y rezar para que no le hubiera roto nada. Dios, era un sufrimiento.

Tenía miedo de abrir los ojos. Tal vez él siguiera allí. Pero no sentía su presencia. Abrió los párpados ligeramente, y se atrevió a girarse.

Él había salido de la cama. Estaba vestido, mirando por la ventana hacia el almacén y el hotel de los Haywood.

De repente, se levantó y se irguió. Ella vio cómo se posaba la mano sobre la pistola, en la cadera.

—Allá va —murmuró.

Se dio la vuelta, como si hubiera sentido que Reba estaba despierta. Ella cerró los ojos, pero no con la suficiente rapidez. Él se acercó a ella y la levantó.

—¡Más vale que te calles, zorra!

—No he dicho...

Él la golpeó otra vez. Reba jadeó y gritó con todas sus fuerzas. Matey ya estaría en el bar, y la oiría. Alguien la oiría.

—Oh, no. ¡Eso sí que no!

Entonces, él le puso la almohada en la cara y apretó. Reba se retorció, intentó respirar, pero el dolor se apoderó de sus pulmones. Él siguió apretando y apretando.

Hasta que Reba dejó de luchar.

Él tiró la almohada a un lado.

—No habría tenido que matarte si hubieras tenido la boca cerrada, nena. Ahora ya la has cerrado. Lo siento. Es sólo que tú no puedes compararte con ella, nena. Voy a conseguir a esa chica, y voy a matar a ese hombre.

Miró de nuevo hacia la calle. Malachi Slater se dirigía

hacia el establo. Había llegado la hora de que él también diera un paseo.

—¡Shannon!

Ella se había despertado al oír que él la llamaba en tono de irritación.

—Shannon, abre la puerta.

—No.

—No me pongas las cosas difíciles, Shannon McCahy. Tengo que entrar.

—Ya no me apellido McCahy, ¿no te acuerdas? —le preguntó ella con amargura—. ¡Vete!

—Shannon, abre ahora mismo la puerta.

—¡Rebelde arrogante! ¡Márchate! No voy a abrir la puerta nunca.

—Shannon, voy a darte diez segundos. Uno...

Ella le dijo exactamente dónde podía irse, y Malachi no esperó más. Se arrojó contra la puerta. El ruido hizo que Shannon saltara de la cama muerta de miedo, en busca del Colt. La madera se astilló alrededor de la cerradura, y la puerta cedió.

Malachi estaba en el umbral con mal aspecto. Tenía la ropa arrugada, los ojos enrojecidos y muy mal genio.

Aunque tampoco la noche había sido estupenda para Shannon.

Ella lo encañonó con el Colt, apuntando directamente a su corazón.

—¿Qué te crees que estás haciendo aquí? —le preguntó con la voz entrecortada.

Él vio el Colt, pero lo ignoró. Entró en la habitación y cerró la puerta de una patada.

—Shannon, voy a intentar ser razonable y a hablar con calma. Yo...

—Malachi, sal de aquí o te disparo. No te voy a matar. Apuntaré a...

—¡Ni se te ocurra decirlo!

—¿Decir qué?

—¡Ya lo sabes!

—¡Muy bien! Apuntaré a...

—¡Shannon!

—Malachi, no quiero que estés aquí. Me casé contigo para salvarte el pellejo y ni siquiera eres capaz de quedarte conmigo dos segundos.

—Tuve que rogarte que...

—Tu me obligaste a decir esas palabras.

—¿Sabes? Ahora me estoy acordando de lo horrible que fue. Tuve que arrodillarme y rogarte que...

—¡Rogarme! ¡Márchate ahora mismo, o te meto una bala en donde más puede dolerte!

—Mira, querida mía, ahora eres mi fiel esposa, y puedo estar contigo cuando me apetezca.

—Y un cuerno.

—Lo dice la ley.

—La ley ha dicho que hay que colgarte, querido mío. Creo que no deberías tentar al destino.

—Pues yo creo que sí puedo, señora Slater —insistió Malachi. Se cruzó de brazos y se apoyó en la puerta. Entrecerró los ojos, pero ella podía ver la rendija azul que había entre sus párpados, mirándola con dureza y con cautela.

Shannon estaba temblando. No podía dejar que él se diera cuenta, así que intentó mantener inmóvil la mano con la que sujetaba el Colt.

—Ya ha elegido su cama, capitán. Vuelva a ella.

—Querida, estoy harto de que me espíes, y estoy harto de que seas una mocosa. No he venido a pelear.

—¡No deberías haber venido a nada!

—Baja el arma, Shannon. ¡Bájala! Te lo estoy diciendo con toda la amabilidad que puedo, pero lo digo en serio, te lo advierto.

—Malachi, como yo soy la que tiene el revólver, las advertencias las hago yo.

—Has jurado que me obedecerías.

—Y tú has jurado que me honrarías. Todo han sido mentiras. Así que puedes volver con tu prostituta. No vas a tocarme.

—Sí, voy a tocarte, amor mío.

—No tienes ningún derecho a hacerlo, así que si lo intentas, te voy a disparar.

Él dio un paso hacia ella. Entonces, Shannon disparó con una precisión mortífera. La bala pasó tan cerca de la cara de Malachi que le cortó unos pelos de la barba antes de incrustarse en la gruesa puerta de madera. Él se detuvo, mirándola fijamente, apretando la mandíbula. Se sorprendió, pero no se asustó.

—¡Me has disparado! —dijo con la voz ronca—. ¡Me has disparado de verdad!

Sin embargo, Malachi dio otro paso hacia ella.

—¡Idiota! —le dijo Shannon, y volvió a disparar, y en aquella ocasión le rozó la oreja y le hizo sangrar.

No sirvió de nada. Él se abalanzó sobre ella y le arrebató el revólver. Temblando, la agarró por los brazos y la tiró en la cama. Ella luchó por levantarse, pero él se colocó a horcajadas sobre ella y se lo impidió.

—¡Bruja! ¡Estabas dispuesta a matarme!

Ella forcejeó y pataleó con fiereza.

—¡Si hubiera querido matarte estarías muerto, y lo sabes!

Entonces él la soltó para tocarse la oreja. Sintió el goteo de la sangre. Ella aprovechó la oportunidad para zafarse de él y liberarse las manos. Le dio un buen puñetazo en la mandíbula, y él soltó un juramento salvaje y volvió a agarrarla. El precioso camisón de satén blanco se le estaba subiendo a Shannon, cada vez más, hacia las caderas.

—Suéltame, Malachi.

—Oh, no, Shannon, tú eras la que querías hacerlo por las malas. Pues vamos a jugar por las malas, ¿te parece?

Entonces, él tiró del camisón hacia arriba con una mano. La soltó para desabrocharse los pantalones, y ella gritó y dio un salto. Él la agarró por el brazo y se lo retorció para volver a tumbarla en la cama.

—¡Me has disparado!

—¡Y tú te has acostado con la pelirroja, así que déjame en paz!

—No me he acostado con ella.

—¡Oh, no! ¡No me tomes por tonta, Malachi!

—No me he acostado con Iris. Es una buena amiga, una vieja amiga. Debería acostarme con ella, porque es buena y considerada. Pero no estaba con ella anoche. He dormido en su cama, pero no con ella.

—¡Mentiroso!

—¡No!

La empujó contra la cama, y vio que ella tenía los ojos llenos de lágrimas.

—¡Mentiroso! —volvió a gritar ella.

Pero Malachi la besó, y ella no entendió en absoluto lo que pasaba.

—¡No estoy mintiendo! —dijo él con furia.

—Por favor...

Él siguió besándola con dureza, pero ella respondió con toda su ira. Los labios de Malachi la obligaron a abrir la boca... pero ella recibió el envite de su lengua con una furia apasionada. Cuando sus labios se separaron, Shannon gritó su nombre. No sabía si era una súplica para que la dejara en paz... o una plegaria para que se quedara con ella.

Fuera lo que fuera, la actitud de Malachi cambió. Se quedó inmóvil y le soltó las manos, y ella lo abrazó, le acarició el pelo, y notó el roce de sus dedos en el pecho, sobre el satén del camisón.

—¡No estoy mintiendo! —le dijo de nuevo, suavemente.

Le frotó el pezón y notó cómo se endurecía. Ella sintió la suavidad de su barba cuando él le dio un beso tierno, ardiente. Él asaltó su cuerpo quieto, pero con cuidado, con pasión, con tanta delicadeza que ella se retorció y se arqueó hacia él, enloquecida por sentir más y más...

Entonces Malachi se hundió en su cuerpo, profundamente, completamente. Mantuvo los ojos clavados en los de ella hasta que la llevó al éxtasis y ardió con ella, como si fuera parte de su mente, de su corazón, de su alma y de su cuerpo.

La satisfacción los envolvió, tan volátil como una bala de cañón. Cuando todo terminó, él se apartó y se tumbó a su lado, mirando al techo.

—¿Qué nos estamos haciendo el uno al otro? —preguntó suavemente.

Sin embargo, no la miró. Se levantó. Shannon no podía moverse, ni siquiera para bajarse el camisón por las caderas. Oyó que él se ponía la ropa, pero siguió sin moverse.

Al final, Malachi la miró.

—Tenemos que irnos. Levántate. Vístete. Te explicaré lo que ocurre cuando estemos de camino, pero tengo buenas noticias con respecto a Kristin. Date prisa. Tenemos que movernos.

Se marchó hacia la puerta. Desde allí, se dio la vuelta y dijo:

—Lo siento, Shannon. De veras, lo siento. No volverá a ocurrir.

Y se marchó. Ella escuchó sus pasos, alejándose por la escalera. Se encogió y se acurrucó en la cama. Tenía que levantarse para ir a buscar a Kristin. Tenía que hacerlo...

Con esfuerzo, consiguió incorporarse. Después saltó de la cama, ansiosamente, porque se dio cuenta de que todavía oía sus pasos. Tenía que decirle que ella también lo sentía... mucho...

—¡Malachi!

Él subía las escaleras, volvía con ella. Shannon corrió hacia la puerta.

Había un hombre subiendo las escaleras, sí. Llevaba un sombrero con una pluma, y tenía la cabeza agachada. El ala le cubría el rostro. No era Malachi, y ella notó una punzada de aprensión en el estómago.

Cuando él llegó al último escalón, elevó la cabeza y la miró con una expresión de maldad.

—Hola, Shannon. Vaya, vaya, estaba impaciente por verte. Y esta mañana estás especialmente guapa.

—¡Tú! —gritó ella, y se dio la vuelta para entrar en la habitación en busca del Colt.

—¡Sí, yo! ¡Justin Waller, señora Gabriel! Sí, he vuelto, y estoy impaciente.

El Colt estaba en el suelo, en algún lugar. Ella lo buscó frenéticamente y abrió la boca para gritar. El sonido que emitió fue un jadeo, porque él la agarró con fuerza por la cintura. Después le tapó la boca con la mano.

—No, no, querida —le dijo, con la cara pegada a la de ella, con una sonrisa de satisfacción—. ¡Tienes que estar callada! Aunque el capitán haya ido por los caballos, los Haywood están abajo y no quiero que se enteren. Prefiero que nos marchemos tranquilamente. Ya me ocuparé de Malachi Slater más tarde, pero aquí no. Ahora no. Tienes que estar muy calladita...

Shannon intentó desesperadamente morderle la mano, pero él le puso un pañuelo empapado, maloliente, en la nariz. Ella tomó aire para gritar e inhaló la droga que impregnaba el pañuelo.

La habitación comenzó a dar vueltas y se volvió opaca, y después desapareció completamente de su visión.

Justin Weller esperó. Ella cerró los ojos y se desmayó en sus brazos. Entonces, él le quitó el pañuelo de la cara y se la colocó sobre el hombro.

En la escalera, vaciló. Oyó a Slater hablando en la cocina.

Rápida y silenciosamente, bajó las escaleras y salió por la puerta principal. La calle estaba vacía. Sonrió. Caminó con calma hacia el caballo, arrojó a Shannon sobre la grupa del animal y montó tras ella.

Y salió serenamente del pueblo.

CAPÍTULO 11

Cuando Malachi volvió con los caballos, Iris lo estaba esperando sentada en una pequeña calesa. Llevaba un vestido verde de brocado y un sombrerito de plumas. El verde conjuntaba muy bien con el color rojizo de su pelo.

Malachi ató los caballos y la miró.

—Eres una mujer muy bella, Iris —le dijo.

Ella sonrió.

—Gracias, Malachi. No tienes por qué decir eso.

—Y tú no tienes por qué venir.

—Claro que sí —respondió ella—. Tú no sabes dónde está la puerta trasera de la casa de Cindy. Y no podrás andar tranquilamente por Sparks, te lo prometo. No le servirás de nada a tu hermano si te arrestan a ti también.

—No me gusta que corras peligro.

—Yo no voy a correr ningún riesgo. Cindy es amiga mía. Voy a menudo a Sparks. Allí me conocen.

—De todos modos...

—Malachi, de veras, no será un riesgo para mí.

A Malachi no le gustaba la idea, de todos modos, pero

sabía que no tenía derecho a darle órdenes a Iris. Y el viaje que había hecho a Sparks había sido muy importante.

Había encontrado a Cole en la taberna, con el sombrero inclinado sobre la cara. Al principio, ella no lo había reconocido, hasta que había visto sus ojos grises. Él llevaba ropa de ranchero y un sarape mexicano, y tenía barba y bigote incipientes. No parecía Cole en absoluto.

Sin embargo, él había reconocido a Iris. Antes de que ella pudiera dirigirse a él por su nombre verdadero, Cole se había acercado a invitarla a un whisky y le había dicho que estaba usando el nombre de Jake Egan.

Iris lo llevó a casa de Cindy, a las afueras de la ciudad. Era un prostíbulo, y seguro que Shannon iba a detestarlo, pero allí era donde se dirigían en aquel momento.

Cole le dijo a Iris que Jamie estaba cerca de la frontera, y que él le había mandado un mensaje. Los tres habían decidido reunirse en Sparks y ocuparse desde allí del asunto. Gracias a Iris y a sus amigas, iban a tener un buen lugar en el que planear y trabajar.

Iris miró hacia la casa de los Haywood.

—Tu esposa no está muy contenta, ¿verdad?

Él se encogió de hombros.

—Todavía no se lo he dicho.

—Pero...

—Hemos tenido otra discusión. No he podido llegar tan lejos —dijo brevemente Malachi.

Iris sonrió.

—Espero que le dijeras que no estaba contigo.

—Iris, no tiene importancia.

—¡A mí sí me importa! Preferiría que no me pegara un tiro.

—No te va a disparar, Iris. Ese asunto ya está resuelto.

—A mí no me lo parece, Malachi.

—¿Por qué?

—Bueno, como habrás notado, la señora Slater todavía no ha bajado.

Malachi soltó un suave juramento y comenzó a subir las escaleras del porche.

—¡Malachi! —le dijo Iris—. Voy a la taberna un momento. Reba ya se habrá levantado, y quiero darle las gracias por vigilar las cosas anoche.

Malachi asintió, y después entró en la casa. La señora Haywood estaba saliendo de la cocina con un paquete grande entre las manos.

—Aquí tiene, capitán Slater. Salchichas y galletas. Y, cuando vuelvan de Sparks, pasen a vernos.

Malachi asintió.

—Por supuesto, señora —dijo, y miró hacia arriba—. ¿Ha bajado ya?

La señora Haywood negó con la cabeza.

—Tal vez debiera usted subir y apresurarla.

Malachi asintió y subió las escaleras. Se fijó en las astillas que había alrededor de la cerradura. Ya le había pagado los daños a la señora Haywood, pero al ver la puerta se sintió muy mal. Había prometido que no iba a perder los estribos, y que no iba a mostrarle su furia a Shannon, pero lo había hecho. Quería marcharse rápidamente de aquel lugar. En realidad, las cosas entre Shannon y él no podrían solucionarse hasta que rescataran a Kristin, o...

Hasta que murieran en el intento.

—¡Shannon! —dijo, y entró en la habitación. Sin embargo, no la vio por ningún sitio—. ¿Shannon?

Se acercó a los pies de la cama y se dejó caer con un suspiro de cansancio. ¿Adónde había ido? La señora Haywood decía que no la había visto abajo. Y...

Miró el perchero de la habitación. La camisa y el pantalón de Shannon seguían colgados allí.

Se levantó con el ceño fruncido. Se acercó a las alforjas y abrió las de Shannon. Su vestido también estaba allí. ¿Se había marchado en camisón? No, eso no era posible...

Malachi bajó de dos en dos los peldaños, y justo cuando llegaba a la puerta del salón, oyó un grito que provenía de fuera. Salió y vio a Iris en mitad de la calle, abrazando a Reba, la mujer rubia de la taberna.

Reba estaba tendida en el polvo, envuelta en una manta, e Iris la sujetaba con ternura. Reba tenía los ojos cerrados y estaba muy pálida. La manta tenía manchas de sangre.

Los Haywood estaban allí, a su lado.

—¿Qué ha ocurrido? —preguntó Malachi.

—No debería haberse movido. Quería alcanzarte. Dice que quiere que lo mates —le dijo Iris con histerismo.

—¿A quién?

Malachi miró a Reba. Ella siguió con los ojos cerrados. Se inclinó y la tomó en brazos. Miró a Martha Haywood para pedirle permiso, pero la mujer ya los estaba guiando hacia la casa.

—Al salón, Malachi. Déjala en el sofá. Enviaré a mi marido en busca del médico.

Él entró corriendo en el salón con Reba, y la depositó con delicadeza en el sofá. Se arrodilló junto a ella, e Iris lo imitó y le acarició el pelo a su amiga. Le habían pegado. Tenía los labios hinchados, y uno de los ojos amoratado.

Abrió el ojo sano lentamente. Casi sonrió.

—Quería a su mujer, señor Gabriel. Quería a su mujer.

—¿Cómo?

A Malachi se le aceleró el corazón. Sintió un nudo de miedo frío en el estómago. Tomó a Reba de la mano.

—Por favor, sabemos que tiene muchos dolores... —dijo. Por el modo en que sangraba, seguramente se estaba muriendo. Tal vez ella lo supiera. Tal vez no–. Intente explicármelo.

Ella se humedeció los labios, asintiendo.

–Mátelo. Tiene que matarlo. Lo estaba vigilando a usted, esperando a que se fuera para atrapar a su mujer. Subió a mi habitación conmigo para esperar... –Reba hizo una pausa, y se le derramaron las lágrimas por las mejillas–. Tiene a su esposa, señor Gabriel. Piensa que yo estoy muerta. Piensa que está seguro. Mátelo. Dijo que... dijo que se llamaba Justin.

Malachi se puso en pie de un salto. Iris y la señora Haywood se quedaron mirándolo fijamente.

–Es Justin Waller –dijo él–. Nos ha seguido. Lo he subestimado. Pensaba que le habíamos dado esquinazo.

Salió de la tetería y montó en su yegua. Ni siquiera sabía qué camino tomar.

Este. Era de donde habían llegado.

Justin Waller no se atrevería a adentrarse más en Kansas. Había matado a muchos hombres en aquel estado. Los había mutilado y torturado. Alguien podría reconocerlo.

Así pues, tenía que volver al este.

Se puso al galope, y un segundo después se dio cuenta de que alguien lo seguía. Se dio la vuelta y vio a Iris, montando el alazán negro de Shannon, con las faldas y la combinación volando al viento, con el vestido manchado de sangre, galopando a toda velocidad tras él.

Malachi detuvo a la yegua.

–¡Iris, vuelve! ¿Qué te crees...?

–Malachi, ha muerto. Reba acaba de morir.

–¡Pues date la vuelta! ¡Ya ves que ese hombre es un animal! Estoy mejor solo.

–Puede que tu esposa me necesite –dijo Iris en voz baja.

Malachi apretó la mandíbula. Estaba temblando violentamente. No podía soportar el pensar que aquel loco le hiciera daño a Shannon.

—De acuerdo, vamos —dijo.

Siguieron galopando sin pausa. ¿Cuánta ventaja les llevaba Justin Waller? ¿Cuánto tiempo necesitaba?

Malachi no se atrevía a pensarlo.

Shannon se despertó por fin, debido al malestar que sentía. No sabía qué había puesto él en el pañuelo para dejarla inconsciente, pero el olor había invadido su organismo y le había dejado un horrible sabor de boca, y estaba segura de que iba a vomitar en cualquier momento. No le importaba vomitar; seguramente, habría hecho que se sintiera mejor. Sin embargo, tenía una mordaza en la boca, y temía ahogarse con su propio vómito.

Abrió los ojos lentamente. La luz del sol entró por ellos con la afilada intensidad de un cuchillo. Pensaba que se estaba moviendo, pero no era así. Le dolían las muñecas porque estaba atada a un árbol. El sol estaba sobre su cabeza y se filtraba entre las hojas de los árboles. Estaba en un bosquecillo, rodeada de rocas y árboles. No podía moverse en absoluto, porque estaba atada fuertemente al tronco de un árbol, y tenía los brazos estirados alrededor de su circunferencia.

Cerró de nuevo los ojos. Las náuseas volvieron a asaltarla, y trató de controlarlas.

Hubo un sonido en el bosque. Abrió los ojos rápidamente y vio a Justin Waller, que se acercaba a ella desde los árboles. Ella no podía hacer nada salvo mirarlo y odiarlo con todas sus fuerzas.

—Hola, querida —canturreó él.

Se agachó junto a ella y, sonriendo, dejó el rifle en el

suelo. Le acarició el muslo, levantándole el satén del camisón hasta la cadera. Ella pataleó e intentó golpearlo, y el movimiento estuvo a punto de hacer que vomitara. Él se echó a reír, porque en realidad Shannon no podía hacer nada, nada en absoluto.

—Me encantaría quitarte esa mordaza, cariño, para oír todo lo que tienes que decirle al bueno de Justin. Vas a disculparte, ¿sabes? Vas a decirme que sientes mucho todo lo que me has hecho. Y después vas a decirme que no me vas a dejar nunca más. Y me vas a decir que me deseas mucho, y me vas a pedir que sea bueno contigo.

Entonces, le acarició la mejilla y deslizó un dedo por su cuello, y le acarició perezosamente la elevación de los pechos, y volvió a reírse al ver la rabia que se reflejaba en sus ojos azules cuando le tomó uno de ellos con la mano.

—Estás pensando que Slater va a venir a matarme, ¿verdad? Pues sí, va a venir. Para eso te he puesto aquí. Yo voy a encontrarme con él en la carretera y le voy a pegar un tiro. Y después voy a volver por ti. Pero, ¿sabes por qué estás en este precioso bosque? Porque si yo muero, tú también morirás. Él nunca podrá encontrarte. Sólo te encontrarán las serpientes y los buitres. Te cocerás bajo el sol y morirás de sed. Después bajarán los pájaros, ¿y sabes qué es lo que les gusta hacer primero? Les gusta sacar los ojos...

Suspiró y dejó caer la mano.

—Me gustaría quedarme, pero...

Se interrumpió y escuchó atentamente. Shannon oyó, desde algún sitio, el ruido de los cascos de unos caballos.

Justin se enfureció.

—¿Cómo demonios lo ha sabido tan rápidamente? —murmuró—. No he debido de acabar con esa zorra... No importa, querida. No te preocupes. No me eches demasiado de menos. Volveré.

Se levantó, tomó el arma y se abrió paso entre los arbustos. Los caballos se acercaban. Shannon cerró los ojos.

Malachi.

Él nunca la abandonaría. Aunque la odiara, aunque se pelearan, él nunca la abandonaría.

Sin embargo, ¿sabría que Justin le había tendido una emboscada? Intentó no dejarse llevar por el pánico y comenzó a morder la mordaza. Al principio no notó nada, pero tras unos segundos, la tela comenzó a soltarse.

La velocidad de los caballos se había aminorado porque los jinetes habían entrado en el camino que atravesaba el bosque. Shannon siguió mordiendo la tela desesperadamente. Consiguió rasgarla, y la mordaza cedió lo suficiente como para que pudiera tomar aire y gritar.

—¡Es una trampa, Malachi! ¡No te acerques más! ¡Es una emboscada! ¡Ten cuidado, por el amor de Dios!

Mientras ella gritaba, Justin Waller apareció repentinamente a su lado y la fulminó con una mirada de odio.

—¡Zorra estúpida! —le dijo, y la abofeteó con tanta fuerza que Shannon estuvo a punto de perder el conocimiento.

Ella notó que le sangraba el labio, pero él no se detuvo. Volvió a apretarle la mordaza, con tanta fuerza que apenas le dejaba respirar, y menos gritar.

Waller sonrió, satisfecho con su obra.

—Ya llega nuestra hora, cariño —le prometió.

Entonces se puso en pie de un salto y recogió su rifle de repetición. El sonido de cascos había cesado. Parecía que el bosque estaba en calma.

—¡Slater! —gritó Justin.

Shannon sintió algo de placer al darse cuenta de que le había estropeado el plan inicial. Ya no podía tenderle una emboscada a nadie. Más bien, ahora los recién llegados conocían perfectamente su situación.

—Slater, voy a pegarle un tiro a la mujer. En la cabeza.

Shannon se estremeció. Sabía que Justin Waller no tendría ningún reparo en hacerlo. De hecho, él apuntó el rifle hacia la cabeza de Shannon. Ella tomó aire; tuvo la sensación de que se le paraba el corazón en el pecho. Quería rezar, pero no tuvo tiempo. Estalló un disparo que hizo saltar el polvo y cegó a Shannon. Pero ella no recibió ningún balazo. Él había disparado contra el suelo, junto a sus pies. Volvió a disparar, y ella tuvo que cerrar los ojos porque del tronco del árbol saltaron astillas y trozos de corteza, debido a la explosión. Shannon se tragó un grito de terror, mientras Waller seguía disparándole al árbol, junto a ella. Shannon casi deseaba que la matara para acabar con aquella tortura.

—¡Vamos, sal, Slater! Uno de estos tiros la va a alcanzar. ¡O quizá ya la haya alcanzado! ¡Tal vez está gritando y tú no puedes oírla! Vamos, cobarde, ¡sal!

Justin se agachó, mirando ansiosamente a su alrededor. El silencio era horrible, y parecía eterno.

Shannon tuvo la sensación de que se desmayaba de nuevo. Se le cerraron los ojos, y cuando volvió a abrirlos, el sol se estaba poniendo, y el cielo estaba lleno de colores bellos, oscuros. Se acercaba el anochecer.

Y ella seguía atada al árbol. Justin estaba a cinco metros de ella, con el rifle en la rodilla, mirando hacia la maleza.

—Creo que lo he matado. Creía que estaba por ahí, pero creo que lo he matado —murmuró para sí.

Se dio la vuelta y vio que Shannon había abierto los ojos. Se arrastró hacia ella y le acercó un cuchillo a la cabeza. Horrorizada, ella se encogió e intentó apartarse. Él sonrió, disfrutando de su miedo.

Pero no la cortó a ella. Cortó la mordaza y dejó que cayera al suelo. Ella respiró profundamente varias bocanadas de aire fresco.

—¿No tienes nada que decir, bonita? —le preguntó él, susurrando contra su carne. Le acarició la mejilla y le pasó las manos por el pecho otra vez—. Ha llegado nuestra hora. Tu amante está muerto, y tenemos toda la noche por delante. Te he quitado la mordaza, así que puedes gritar, y gritar, y gritar...

—Eres patético —respondió ella.

Entonces él le agarró el muslo y se lo pellizcó salvajemente. Ella no quería gritar para no darle aquella satisfacción, pero sintió un dolor tan espantoso que no pudo contenerse.

—Háblame bien, pequeña. Háblame bien. Dime que no vas a volver a escaparte. Nada de trucos. Y tal vez, sólo tal vez, si eres muy buena, te deje vivir.

Ella alzó la barbilla. Hizo caso omiso de cómo le subía el camisón.

—La muerte sería mucho mejor, Justin.

Él comenzó a reírse otra vez.

—Sí, tal vez. Pero tú no vas a morir hasta que no acabe contigo.

Le tomó la barbilla con crueldad y acercó su cara a la de ella.

Shannon intentó apartarse.

—Voy a vomitarte encima —le amenazó—. Te juro que te vomitaré encima. Esa droga me está dando náuseas todo el tiempo.

Él se apartó como si se hubiera quemado. La miró fijamente, y después se rió y le acarició la barbilla.

—Eres única, Shannon McCahy. Llevaba mucho tiempo intentando conocer a una mujer como tú. Mucho tiempo.

Volvió a inclinarse hacia ella. Shannon rezó, pidió que la tierra se abriera y se los tragara a los dos.

La tierra no se abrió, pero de repente hubo un ruido

muy sonoro. Los arbustos que había junto al camino crujieron y se movieron. Justin se apartó de ella y se incorporó, con el rifle preparado. Shannon lo miró con miedo.

—¡Desgraciado! Espérame aquí, cariño —dijo él—. Volveré pronto y no perderemos más el tiempo.

Saltó hacia un árbol y después desapareció entre la maleza.

Shannon luchó frenéticamente por zafarse de las ataduras.

—¡Cuidado! —gritó—. ¡Malachi! Si estás ahí, ¡ten cuidado!

Justin no volvió para acallarla. Ella se mordió el labio, mirando hacia los arbustos. Estaba empezando a oscurecer.

De repente, desde el otro lado del tronco del árbol, alguien le tapó la boca con la mano. De nuevo, el miedo la atenazó. Se dio la vuelta con los ojos muy abiertos.

Era Malachi. Había encontrado su sombrero. Lo llevaba puesto, con el ala baja sobre los ojos. Se llevó un dedo a los labios, y ella exhaló. Sintió tanto alivio que estuvo a punto de caerse. Él esbozó aquella sonrisa que le había robado el corazón.

—¿Estás bien? —le preguntó Malachi.

Shannon asintió.

—¿No te ha... No te ha hecho daño?

—No le ha dado tiempo. Lleva todo el día vigilando por si llegas. ¡Oh, Malachi! ¡Ten cuidado! Por favor, sácame de aquí. Está loco. Está...

—¡Shhh! ¿Puedes aguantar unos minutos más?

—Sí, claro, pero...

—¡Shhh!

Él no la desató. De repente, volvió a esconderse entre los arbustos, muy cerca del árbol. Justin Waller estaba regresando, y Malachi la había dejado allí...

—No era nada —dijo Justin—. No era nada más que un

conejo o una ardilla. Tengo los nervios alterados, nena, pero tú vas a arreglar eso...

Se rió y dejó caer el rifle. Se arrodilló a su lado y le acarició la pantorrilla. Ella pataleó de rabia. Entonces él se apoyó en ella, la cubrió con todo su cuerpo y comenzó a manosearla. Shannon empezó a gritar y a retorcerse, y Justin sonrió.

—El momento de la verdad, preciosa mía...

Se interrumpió al oír el sonido del percutor de un arma junto al oído.

—El momento de la verdad, sí —dijo Malachi—. Levántate. Apártate de mi mujer.

Shannon vio cómo Waller se quedaba completamente rígido y comenzaba a levantarse muy despacio. Malachi mantuvo el cañón del Colt junto a la cabeza del hombre.

—No es su mujer de verdad, señor Gabriel.

—Sí es mi mujer de verdad, señor Waller. Y no me gusta nada que la toque. De hecho, no me gusta nada de lo que ha pasado.

Hubo más ruido entre los arbustos. Malachi no se movió. Justin los miró con desprecio, y Shannon se puso rígida. Iris Andre se acercó con un cuchillo pequeño en la mano. Corrió hacia Shannon y cortó las ataduras para liberarla.

—¿Cuántas mujeres necesitas, Slater? —preguntó Justin provocativamente.

Malachi le apuntó con el Colt al corazón. Shannon miró con agradecimiento a Iris mientras se frotaba las muñecas. Tal vez fuera una prostituta, y tal vez se hubiera acostado con Malachi, pero los dos habían ido juntos a rescatarla, y por eso ella le daba las gracias.

Iris sonrió para darle ánimos.

—¿Puedes ponerte en pie, cariño? —le preguntó a Shannon.

—Sí... creo que sí.

Pero no podía. Cuando intentó incorporarse, volvió a desplomarse contra el tronco del árbol. Estaba sedienta; hacía horas que no bebía agua. Y el sabor nauseabundo de la droga permanecía en su boca.

Iris le ofreció el brazo.

—Vaya, capitán, qué suerte tiene. Una prostituta y una esposa, apoyándose la una en la otra. Es precioso, señorita McCahy.

—Es señora Slater —le dijo Shannon.

—Pobre tonta. ¿Es que no ves lo que te está haciendo?

—Iris, átale las manos —le dijo Malachi.

Iris asintió y dejó a Shannon apoyada en el árbol. Se dirigió hacia Waller con decisión, y Malachi le lanzó un trozo de cuerda.

Sin embargo, antes de que Iris pudiera llegar hasta él, Justin se abalanzó sobre ella y la agarró. Se sacó un cuchillo de la pernera del pantalón y se lo puso en el cuello a Iris.

—Malachi, ¡dispárale! —gritó Iris.

Malachi no se atrevía a hacerlo. Justin le cortaría el cuello a Iris rápidamente.

—Tira el arma, Slater —le ordenó Justin.

Malachi estiró el brazo y dejó caer el Colt, pero al hacerlo, se tiró hacia delante.

Justin apartó a Iris de un empujón justo cuando Malachi lo embistió. Justin tenía el cuchillo; Malachi estaba desarmado. Rodaron por el suelo. Malachi se puso en pie de un salto. Justin le lanzó una cuchillada, y Malachi saltó de nuevo. El cuchillo rasgó el aire.

Malachi le dio un puñetazo a Justin en la barbilla, pero Justin volvió a lanzar una cuchillada. Malachi era bueno y rápido, pero Justin tenía un arma. A menos que alguien lo desarmara.

Shannon apenas podía moverse. Agitó la cabeza para aclararse la mente. Iris estaba en el suelo, a su lado, intentando levantarse.

—¡Iris!

La mujer se volvió a mirarla.

—¡El Colt! ¡Dame el Colt!

—Vas a herir a Malachi.

Shannon negó con la cabeza, e Iris le lanzó el Colt, y ella agarró con fuerza la culata.

Los hombres todavía estaban enzarzados en aquel combate a muerte; Malachi estaba sujetando en el aire el brazo de Justin, para poder escapar de la cuchilla afilada. Shannon parpadeó contra la oscuridad y contra los efectos secundarios del narcótico.

Apuntó cuidadosamente y disparó.

Se oyó el restallido del tiro, y la bala dio en la mano de Justin. El cuchillo salió volando y él gritó de dolor. Se le habían destrozado los dedos.

Malachi lo empujó y tomó el cuchillo del suelo. Asombrado, miró a Shannon. Sonrió lentamente mientras se apartaba el pelo de los ojos.

—Gracias... querida —murmuró.

Comenzó a sacudirse el polvo de los pantalones, mientras Justin Waller rodaba por el suelo, gritando.

—¡Zorra! Te voy a matar, te lo juro, te voy a matar...

—No vas a matar a nadie más, Waller —le dijo Malachi—. Vamos a llevarte a Haywood, y allí te ahorcarán.

—No hay carteles con mi cara, Slater.

—Te van a colgar por asesino. Reba ha muerto esta mañana.

Justin aulló de rabia y siguió insultando a Shannon. Malachi lo ignoró y comenzó a caminar hacia ella.

—¡Te voy a matar, Slater! —continuó Justin.

Se levantó, sujetándose la mano herida bajo el brazo, y corrió hacia el rifle que estaba junto al árbol. Malachi se lanzó tras él.

Entonces sonó otro disparo, y Justin Waller cayó al suelo, muerto.

Malachi y Shannon se miraron, y después se volvieron hacia Iris. Ella tenía una pequeña pistola de marfil en la mano, de cuyo cañón surgía una voluta de humo.

Miró a Malachi y dijo:

—No podías matarlo tú, Malachi. Tenía que hacerlo yo.

Malachi asintió, recogió su sombrero del suelo y se acercó a Shannon.

—¿Puedes montar? —le preguntó.

Ella asintió.

—¿Y él? —preguntó Iris, refiriéndose a Waller.

—Lo pondremos en su caballo y lo llevaremos a Haywood. Allí sabrán qué hacer con él. Si averiguan que estuvo en Centralia, tal vez lo despedacen y se lo den a los cuervos. No sé. Aquí ya hemos terminado, y tenemos que irnos.

Iris asintió. Malachi le dio un beso en la frente a Shannon, y después asintió hacia Iris. Ésta se acercó y rodeó con un brazo a Shannon mientras Malachi recogía a Waller y se lo echaba al hombro.

Shannon miró a Iris.

—¿Ha matado a una mujer?

—A una amiga mía —respondió Iris.

—¿A la mujer rubia?

Iris asintió.

—Vamos, cariño. Salgamos del bosque. Ha sido un día muy largo, y va a ser una noche muy larga también.

Los tres se abrieron camino entre los arbustos y los árboles, hasta el camino iluminado por la luna. El caballo y la yegua estaban allí. Malachi puso el cadáver de Justin sobre el caballo y miró a las mujeres.

—Voy al bosque a buscar su caballo. ¿Estáis bien?

—Claro, cariño. Er... uh... quiero decir que sí, Malachi —dijo Iris.

—Estoy bien —dijo Shannon.

Sin embargo, no era del todo cierto. No se encontraba bien; estaba muy mareada y tenía mucho frío. No podía dejar de estremecerse. Pero Justin había muerto, y el peligro había terminado. Y Malachi se preocupaba lo suficiente por ella como para ir a rescatarla.

Ella había amado a Robert Ellsworth. Lo había querido mucho. Sin embargo, también amaba a Malachi ahora, fuera cual fuera su relación con Iris.

Ya ni siquiera podía odiar a Iris.

Malachi desapareció en el bosque. Shannon debió de tambalearse, porque Iris dijo:

—Vamos a sentarnos. Aquí no hay peligro. Si se acerca alguna serpiente de cascabel, la oiremos, seguro.

—Iris —dijo Shannon suavemente, mientras se sentaban.

—¿Qué? No te preocupes, no hay nada de lo que preocuparse...

—Iris, siento mucho lo del whisky...

Iris tomó aire bruscamente y miró a Shannon.

—No te preocupes —dijo con una sonrisa conciliadora—. Muchas señoras sienten eso hacia las prostitutas...

—Oh, Iris, yo no me comporté como una señora —dijo Shannon—. Me gustaría que hubieras conocido a mi padre, Iris. Él habría dicho, sin duda, que una señora no hace cosas como ésas. Mi padre habría dicho que tú eres toda una dama, Iris. Gracias por venir a rescatarme. No me debes nada. Aunque... aunque te acuestes con mi marido.

Iris le apretó la mano.

—No me he acostado con tu marido. Bueno, no ahora. En el pasado, hace años, tuvimos algo juntos. Fue en Springfield, antes de la guerra. Fue... bueno, no importa. Ya se terminó.

—Sabes que no estamos casados de verdad —dijo Shannon.

—Yo creo que sí, si no he entendido mal.

Shannon se ruborizó.

—Tuvo que casarse conmigo obligatoriamente. Si no, lo habrían ahorcado.

Iris negó con la cabeza.

—No conoces bien a ese hombre, Shannon. Nadie obliga a Malachi a hacer una cosa que no quisiera hacer de antemano, aunque sea en lo más profundo de su ser —dijo. Después se puso un dedo sobre los labios—. ¡Shh! Ya viene. Y los hombres son muy raros. Odian que las mujeres hablen sobre ellos.

Shannon sonrió. Malachi se acercó con el caballo de Justin Waller.

—Shannon, ¿puedes cabalgar conmigo?

—Sí.

—¿Iris? ¿Vas bien en el caballo de Shannon?

—Sí, Malachi.

Las dos estaban muy dóciles, pensó Malachi. Endemoniadamente dóciles, para ser un par de fieras.

Se acercó a Shannon y la tomó por la cintura. No dejaban de temblarle las manos. Había sido el día más largo de su vida. Había tenido que esperar y observar, y obligarse a ser paciente para que Justin Waller no los matara a los dos. Apenas había podido quedarse quieto cuando Waller había empezado a disparar al árbol y al suelo.

Subió a Shannon a la yegua. El camisón de satén se le había roto, y estaba lleno de barro.

—En cuanto lleguemos a casa de los Haywood, te darás un buen baño caliente y te vestirás —dijo, con la voz ronca.

Ella sonrió temblorosamente y lo miró con los ojos radiantes. Malachi no podía apartar la vista de ella. En su mirada había inocencia y sabiduría, y nunca había sido tan tierna.

Montó tras ella y la apoyó contra su pecho, y en silencio, los tres se pusieron en marcha hacia Haywood.

CAPÍTULO 12

Una vez en Haywood, Shannon estaba segura de que nunca la habían mimado más en toda su vida.

Martha y el señor Haywood los recibieron a las puertas del pueblo, con la mitad de sus habitantes. Cuando llegaron, todo el mundo estalló en vítores. Malachi depositó a Shannon en brazos de Matey, y rápidamente, una mujer llevó una manta para envolverla. Martha Haywood le llevó agua, y Shannon bebió hasta que Malachi le advirtió que debía ir más despacio. Ésa fue la última vez que vio a Malachi. Los hombres lo arrastraron al salón.

También fue la última vez que vio a Iris, pero decidió no obsesionarse con aquello.

Martha cloqueó como una gallina con sus polluelos, y la protegió rápidamente bajo su ala. Le dio de comer carne asada con salsa, patatas y zanahorias, y té con brandy. Después, hizo llenar la bañera de agua caliente y puso jabón de burbujas francés.

Shannon se bañó a conciencia para quitarse del cuerpo todo rastro de Justin. Marta la ayudó a lavarse y secarse el pelo, y después, le entregó un camisón nuevo.

Aquél no era como el de su noche de bodas. Era un camisón de franela suave, con florecitas, que se abotonaba hasta el cuello. Era abrigado y cómodo, y a Shannon le encantó.

Después de ahuecarle las almohadas, Martha la dejó acostada y se despidió con una sonrisa. Al poco rato, alguien llamó a la puerta, y Shannon se incorporó y se apoyó en la almohada, mordiéndose el labio inferior con nerviosismo. La puerta se abrió, e Iris Andre entró en el dormitorio.

Shannon intentó que no se le notara la desilusión. Sonrió cuando Iris se acercó a la cama y tomó una silla.

—¿Cómo te encuentras? —le preguntó.

Shannon sintió unos celos momentáneos, e intentó tragarse aquel sentimiento. Iris tenía un pelo rojizo maravilloso, y los ojos verdes y brillantes. Se había puesto un vestido azul claro, de algodón, decorado con tiras de encaje. Estaba bella y sofisticada. Y en el pasado, Malachi había tenido una aventura con ella. Iris decía que en esta ocasión no se había acostado con ella, pero él había pasado más tiempo con Iris que con Shannon.

—Estoy muy bien, Iris, muchas gracias. Ya no tengo náuseas. La comida me ha sentado muy bien.

—Entonces, ¿no te ha quedado ninguna secuela?

Shannon se levantó las mangas del camisón y le mostró las magulladuras de las muñecas. Se estremeció, y la sonrisa se le borró de los labios.

—Mató a tu amiga. Lo siento muchísimo.

—Yo también. Nadie merece morir así. Ni siquiera una... prostituta.

—¡Oh, Iris! —exclamó Shannon. Se incorporó y le tomó la mano.

Iris sonrió.

—Eres muy dulce, ¿lo sabías?

Shannon se ruborizó.

—No tengo ni un solo hueso dulce en todo el cuerpo. Pregúntale a Malachi. Él te lo dirá.

—¡Malachi! —dijo Iris, entre carcajadas, con una chispa en los ojos.

—¿Por qué te ríes? —preguntó Shannon.

—Porque esto me hace gracia —respondió Iris, y suspiró—. Él dice que tú tienes mucho genio, y he visto que eres muy buena con un Colt. Me alegro de no haberte tentado a que dispararas.

—Me sentí muy tentada a hacerlo la primera vez que te vi —admitió Shannon.

—Me alegro de que no lo hicieras —dijo Iris, y se puso en pie—. Bueno, será mejor que me vaya. Malachi está impaciente por verte y...

—¿Iris?

—¿Sí?

—No lo entiendo —dijo Shannon—. Él no vino anoche y...

—Yo no estaba aquí, cariño. Me fui a Sparks.

—¡Oh!

—Es una larga historia. Seguro que él te lo explicará todo. Nosotras nos veremos mañana. Malachi quiere ponerse en camino esta misma noche...

—¿Se marcha?

—Él te lo va a contar.

—¿Me va a dejar aquí?

—No, no exactamente. Por favor, deja que te lo explique él mismo.

Iris no le dio a Shannon más ocasiones para preguntar. Con una sonrisa, se despidió y salió de la habitación. La mente de Shannon comenzó a trabajar febrilmente. Había ocurrido algo, algo que ella no sabía. Se estaban acercando cada vez más a Kristin, y Malachi pensaba marcharse dejándola allí.

Empezó a salir de la cama. Si él se iba aquella noche, ella también.

Sin embargo, en aquel momento llamaron de nuevo a la puerta, y Malachi no esperó para entrar. Shannon lo miró; él había estado en la taberna, pero no había estado bebiendo. No mucho, al menos. Todavía llevaba su sombrero de caballería. Se estaba arriesgando al ponérselo en Kansas. Aunque tal vez no importara mucho en Haywood. Tal vez la guerra hubiera terminado de veras allí.

A ella le encantaba con aquel sombrero. La sombra del ala le ocultaba los ojos y le daba un aire de misterio. Y Shannon adoraba la pluma garbosa que flotaba en el aire con fervor de rebelde.

Quería a Malachi...

Él tenía la camisa rasgada y sucia a causa de la pelea con Justin Waller. Se le veía el hombro a través de una de las rasgaduras, bronceado y musculoso. Era tan atractivo que a ella le dolía el corazón al mirarlo, desarreglado y roto por haberla defendido, erguido, alto, delgado y fuerte. Pensó que llevaba mucho tiempo mirándolo, pero debían de haber sido sólo unos segundos. Él frunció el ceño al darse cuenta de que ella estaba a punto de levantarse de la cama.

—¿Qué haces?

—Voy a vestirme. Si nos vamos a marchar...

—Yo me voy a marchar.

—Pero...

—Shannon, sólo voy a llevarte un día de ventaja. Tengo que irme esta noche.

Malachi sonrió, y en su expresión se reflejó algo de diversión, en vez de enfado. Atravesó la habitación hasta ella y, tomándola por los hombros, hizo que volviera a tumbarse. Después se sentó junto a su pierna. Shannon abrió la boca para decir algo, pero no pudo emitir un solo sonido.

No le apetecía pelear con él en aquel momento. No le apetecía pelear en absoluto.

Le acarició la barba, y él le agarró la mano y le besó los dedos.

—He pasado tanto miedo hoy... —susurró Malachi.

Shannon sonrió.

—Yo también.

—¿De verdad estás bien?

Ella asintió.

—Llegaste a tiempo.

Malachi asintió. Después le preguntó:

—¿Te ha contado Iris que ha encontrado a Cole?

—¿Qué? —Shannon se incorporó con un respingo de alegría—. Oh, Malachi, ¡qué contenta estoy! ¿Dónde? ¿Es allí donde vas?

—Cole está en Sparks.

—¡Oh, no!

—No pasa nada. Está seguro. Iris tiene una amiga llamada Cindy que vive en un... una casa a las afueras del pueblo. Cole está allí. Está a salvo y ha avisado a Jamie. Por eso debo marcharme esta noche.

Shannon quiso levantarse de nuevo.

—¡Eh! —dijo él, agarrándola del brazo—. No vas a venir esta noche.

—Pero, Malachi...

Él le tomó la barbilla e hizo que lo mirara.

—No voy a dejarte, Shannon. Es demasiado difícil intentarlo. Pero quiero que te quedes aquí esta noche, por favor. Quiero que descanses bien. Iris y tú saldréis para Sparks mañana por la mañana, en la calesa. ¿De acuerdo?

—Pero, Malachi...

—Shannon, tenemos que encontrar la manera de liberar

a Kristin. No vas a poder hacer nada hasta que tengamos un plan. Por favor, descansa un poco esta noche. Por mí.

Aquellas últimas palabras fueron muy suaves, y pareció que la rozaban con ternura.

Si Malachi le hubiera gritado o le hubiera dado órdenes, ella habría peleado. Sin embargo, no estaba gritando. No estaba enfadado. Notaba su mano cálida en la piel, y deseaba agarrársela y besarla.

—¿Te vas a quedar? —preguntó él.

Shannon asintió. Entonces, él le acarició la mejilla; después se dio la vuelta y dejó el sombrero sobre una silla.

—¿Podrías cuidármelo bien? Llévamelo mañana en la calesa. Envuélvelo. Seguramente, no les gustaría mucho en Sparks.

—Lo envolveré con esmero.

—Gracias.

Malachi comenzó a desabotonarse la camisa, y entonces se dio cuenta de que estaba demasiado rota como para conservarla. Sonriendo a Shannon, tiró de ella y arrancó todos los botones.

—Ésta ha mordido el polvo, ¿no crees?

Ella asintió. No le importaba nada la camisa. Sólo le importaban sus hombros, bronceados, duros y brillantes a la luz de las velas. Y la sangre seca que tenía en un corte del brazo.

Shannon se levantó de un salto. Él frunció el ceño de nuevo.

—El brazo —dijo ella suavemente, y tomó una toalla limpia que había al borde de la bañera. La humedeció y se acercó a él. De repente, vaciló a la hora de tocarlo. Miró hacia arriba, a los ojos de Malachi, y se ruborizó.

—No es nada —dijo él.

Ella asintió, y después, con delicadeza, comenzó a limpiarle la herida. No era profunda. Le limpió la sangre, y después le besó la espalda, junto al hombro. Él se dio la vuelta para mirarla. Shannon mantuvo los ojos fijos en los de Malachi, y volvió a besarle el brazo, dibujando una espiral con la punta de la lengua sobre su piel.

Entonces, él la agarró y la estrechó contra sí. Contra la franela del camisón, a través de la tela gruesa de los pantalones de Malachi, Shannon notó la excitación latiente de su cuerpo. Apoyó la cabeza en su pecho y le acarició, y le besó el pulso del cuello.

Él soltó un suave gruñido y metió los dedos entre su pelo rubio.

—Has tenido un día muy duro —le dijo con la respiración entrecortada—. Deberías estar en la cama.

Ella sonrió con picardía.

—Estoy intentando meterme a la cama.

Fue toda la invitación que él necesitaba. Malachi sonrió y la tomó en brazos para tenderla sobre el colchón. Se inclinó sobre ella y le desabotonó el camisón, y ella se arqueó hacia atrás para dar paso a sus besos, que descendieron más y más, hasta sus pechos.

Nunca habría otra noche así para ella. La luz tenue de la luna entraba por la ventana, y una brisa suave le acariciaba la piel. Sin embargo, Malachi hizo que sintiera calor, pese a todo. Le hizo el amor lentamente, recreándose en las caricias y los besos. Ella perdió la noción del tiempo mientras oía sus susurros ardientes y llenos de ternura.

Al final, Shannon cayó sobre la almohada, y vencida por el agotamiento, se quedó dormida. Se despertó, no obstante, cuando él se movió para levantarse.

Ella lo observó mientras se vestía a la luz de la luna, enamorada de su cuerpo. Sonrió mientras recorría con la mirada sus músculos fuertes, pero después aquella sonrisa se le borró de los labios, porque él se marchaba, y de repente sintió mucho miedo.

—Malachi.

Él se sobresaltó y la miró. Se puso los pantalones y volvió a acercarse a la cama.

—Me alegro de que te hayas despertado —le dijo, y la besó en los labios—. ¿Te importa ir con Iris?

Ella negó con la cabeza.

—Me importa no ir contigo.

—Estarás más segura con Iris —dijo Malachi. Se levantó y se puso una camisa. Se la abotonó rápidamente y se metió el bajo por la cintura del pantalón—. Shannon, estoy en busca y captura. Tú no, ni ella tampoco. Es mejor que vayáis por vuestro lado, por si hay problemas.

—Malachi...

—Shannon, vamos a alojarnos en un burdel, ¿sabes?

—¿Y ahí es adonde tú vas ahora?

Malachi asintió.

Ella no dijo nada. Vio cómo terminaba de vestirse, y cuando Malachi se hubo puesto las botas, se acercó a ella con su Colt.

—Si alguien os molesta por el camino, dispárale. No vaciles, no hagas preguntas, sólo dispara. ¿Entendido?

Shannon asintió. Entonces, él la abrazó y la acarició, como si quisiera memorizar sus curvas. Después la besó otra vez, y la soltó lentamente. Shannon lo miró mientras se alejaba hacia la puerta.

—Pórtate bien —le susurró.

Él se volvió hacia ella con una sonrisa.

—Por supuesto, señora. Soy un hombre casado. Tengo intención de ser un ángel.

Ella también sonrió.

—Ten cuidado —le dijo Malachi.

—Y tú.

—Tendré cuidado –prometió él.

Entonces volvió a besarla rápidamente en los labios, y se marchó.

Shannon intentó convencerse de que muy pronto estaría con él. Intentó cerrar los ojos para dormir, pero no pudo. Se quedó mirando al techo, mordiéndose el labio, preocupándose y arrepintiéndose de todas las cosas que no había dicho. Estaba enamorada de él. Habría sido fácil susurrarle la verdad. Decirle que creía en él...

Estaba de camino a un burdel, y había pasado dos días en una taberna. Sin embargo, Shannon creía a Iris, y creía a Malachi, aunque pudiera ser una tonta por ello.

Eso no era lo importante. Lo importante era lo que había entre ellos. Malachi se había casado con ella porque lo habían obligado, y se había puesto furioso por ello. Shannon no podía decirle que lo quería, porque él no la quería a ella. No podía obligarle a que aceptara aquel matrimonio.

Intentó dormir, pero empezó a temblar. De repente, tenía mucho miedo. No quería perderlo de vista.

Malachi estaba seguro, se dijo.

Pero, por mucho que se repitiera aquellas palabras, no pudo convencerse, y casi había amanecido cuando se quedó dormida.

La señora Haywood se quedó perpleja al verla por la mañana.

—No tienes por qué salir corriendo, jovencita. Que los hombres arreglen las cosas. Tú deberías quedarte aquí, en Haywood.

Iris ya estaba en la calesa, esperándola. Chapperel, el caballo negro de Shannon, estaba atado en la parte trasera del vehículo. Además, llevaban una cesta de comida y cantimploras de agua, e incluso un odre de vino para el camino.

—Estaremos bien, señora Haywood —le aseguró Shannon—. Iris y yo sabemos cuidarnos.

—¡Pfff! —refunfuñó Martha, y se enjugó una lágrima repentina—. Volverás cuando las cosas se hayan solucionado, ¿verdad?

Shannon asintió y le dio un abrazo.

—Volveremos, Martha, se lo prometo.

Después, bajó los escalones del porche rápidamente y subió a la calesa. Antes de ponerse en marcha, se despidió de la señora Haywood agitando la mano.

—¡Avisadnos si necesitáis algo! —dijo Martha.

—Gracias, ¡gracias por todo! —respondió Shannon. ¿Qué más podían hacer por ella? Nadie hubiera dado cobijo a un hombre en busca y captura.

—¿Lista? —le preguntó Iris.

—Lista —dijo Shannon.

Iris agitó las riendas y comenzaron el viaje. Shannon siguió despidiéndose hasta que dejaron el pueblecito atrás, y después se dio la vuelta e inclinó la cabeza hacia atrás para sentir el sol de la mañana en el rostro.

—¿De verdad estás bien? —le preguntó Iris.

—Perfectamente. Nunca me había sentido más sana, de veras.

—Es que es un camino largo, eso es todo.

—He recorrido ya un camino muy largo —dijo Shannon.

Prosiguieron en silencio un buen rato. Después, Iris le preguntó por su casa, y por la guerra, y Shannon intentó explicarle los sucesos que la habían llevado a vivir en el Sur y convertirse en una simpatizante del Norte.

Siguieron hablando de la guerra, de sus vidas y de su

infancia durante buena parte del trayecto. Después encontraron un riachuelo y pararon para comer y descansar, y continuaron poco después. No encontraron una sola alma por la carretera. Cerca de la puesta de sol llegaron a una colina que daba a un valle. Shannon bajó de la calesa para observar el pueblo de Sparks.

Era un lugar próspero. Había casas nuevas y nuevos negocios. Los ranchos se extendían a las afueras de la población, y los campos estaban verdes y amarillos, ricos bajo el sol. En la distancia se veían las vías del tren, y una estación grande pintada de rojo. Iris le dijo que aquella localidad también era un punto de cruce de diligencias.

Shannon volvió hacia la calesa y miró a Iris.

—Es un pueblo muy grande —dijo con inseguridad—. Un pueblo muy grande. ¿Y Hayden Fitz es el dueño de todo?

Iris asintió.

—Es el propietario de la mayor parte de los terrenos, y también de dos de las líneas de diligencias. Y del salón y de la barbería. Y del sheriff y de los ayudantes del sheriff. Vamos. Sube —dijo. Le señaló hacia el valle, a una gran casa junto a un establo y un granero. Estaba a cierta distancia del pueblo—. Aquélla es la casa de Cindy.

—La casa de Cindy —dijo Shannon. Se encogió de hombros y sonrió—. Vamos.

En treinta minutos, habían llegado a la casa de la llanura.

Era un lugar bonito y elegante con numerosas ventanas y un gran porche. Parecía el hogar de una familia próspera.

Sin embargo, cuando Iris detuvo la calesa, de la puerta principal salió una mujer que bajó corriendo las escaleras y terminó con cualquier visión familiar.

Llevaba unos tacones altos y medias con liguero, y se cubría con una bata rosa, muy corta. Tenía el pelo negro y un rostro de muchacho, y hasta que se acercó, Shannon no se dio cuenta de que no era ninguna jovencita, sino una mujer de unos cincuenta años. Era muy guapa y tenía un aspecto escandaloso con aquella vestimenta, y cuando se rió, el sonido de sus carcajadas fue profundo y atractivo.

—¡Iris! Por fin habéis llegado. Ésta debe de ser la pequeña y flamante mujercita de Malachi.

—No soy pequeña —protestó Shannon, y saltó de la calesa. Le tendió la mano a Cindy. Tal vez Shannon fuera delgada, pero era más alta que Cindy, al menos cinco centímetros más.

—Ya lo veo —comentó la mujer—. Baja de ahí, Iris. Entra antes de que alguien se dé cuenta de que la señora Slater es una recién llegada.

—Tienes razón. Entremos —dijo Iris.

Subieron los escalones de la entrada y pasaron a un vestíbulo muy elegante. Shannon oyó risas y el sonido del cristal de los vasos. Cindy miró hacia la derecha.

—Es la sala de juego, señora Slater. No creo que quiera entrar. Y allí —dijo, y señaló hacia la izquierda—, está el bar. Tampoco creo que deba ir allí. No es que no sea bienvenida, sino que los hombres que hay allí pueden hacerse una idea equivocada sobre usted, y no quiero tener que responder ante Malachi. Vamos, le enseñaré su habitación. Después le mostraré la cocina. Allí estará a salvo. Son los dominios de Jeremiah, y ningún hombre se atreve a entrar allí.

Cindy iba a subir las escaleras cuando Shannon la tomó suavemente del brazo.

—Disculpe, pero, ¿dónde está Malachi?

—Eh... en este momento ha salido —dijo Cindy—. Vamos, la acompañaré a su habitación...

—Pero, ¿dónde ha ido? —insistió Shannon—. Y, ¿ya han llegado Cole y Jamie?

—Cole está perfectamente, y Jamie tiene el mismo buen aspecto de siempre —dijo Cindy.

Subió rápidamente y, cuando llegó al segundo descansillo, abrió una puerta.

—Ésta es una de las mejores habitaciones de la casa. Aquí estará muy cómoda, señora Slater.

Shannon se quedó en el centro de la habitación. Era un dormitorio muy bonito, con una cama enorme, una chimenea de mármol, sillas y un alféizar muy ancho, para sentarse, en la ventana. Sólo faltaba su marido.

—Muchas gracias por la habitación y por su hospitalidad, Cindy, y discúlpeme por ser tan insistente, ¿pero dónde está mi marido, por favor?

Cindy miró con inseguridad a Iris y a Shannon.

—Está...

—Será mejor que se lo digas —le recomendó Iris—. No va a dejar de preguntártelo.

—No, es cierto —confirmó Shannon.

—Está secuestrando un tren.

—¿Qué?

—Un momento, lo he dicho muy mal, ¿no?

—¿Es que hay alguna forma buena de decirle a una mujer que su marido está secuestrando un tren? —preguntó Iris.

—Bueno, en realidad no lo está secuestrando.

—¿Cómo? —volvió a preguntar Shannon, que no daba crédito a lo que estaba oyendo.

—Cindy, explícate —le dijo Iris.

—Está bien, está bien. Kristin está en casa de Haywood. Todas las ventanas tienen barrotes, y hay como mínimo veinte guardias vigilando el perímetro. No había manera de que tres hombres pudieran entrar y llevársela. Jamie se enteró de que unos bushwhackers estaban planeando secuestrar y robar el tren. Y en ese tren iba un juez federal. Van a echar a los bushwhackers del tren y van a intentar explicarle al juez su historia.

—¡Oh, qué idiotas! —gritó Shannon—. ¡Los van a matar!

Iris le pasó el brazo por los hombros.

—¡Vamos, cariño! No son tontos. Saben lo que hacen.

—Si no los matan los bushwhackers, los matará el juez.

—Bueno —dijo Cindy—, hay una cosa de la que puedes estar segura.

—¿De qué?

—Si matan a Cole Slater, Hayden Fitz ya no necesitará más a tu hermana. La soltará.

—No sé —murmuró Iris con tristeza—. Conociendo las perversiones de Fitz, me imagino que...

—¡Iris! —exclamó Cindy.

Iris miró a Shannon y se ruborizó.

—Oh, cariño, lo siento. De veras...

—No pasa nada, Iris. No tienes por qué ocultarme la verdad —dijo Shannon. Se dejó caer sobre la cama—. ¡Oh, Dios! Me dijo que estaríamos juntos esta noche. Me dijo que volveríamos a estar juntos.

Iris y Cindy se miraron. Entonces, Shannon se levantó de un salto.

—Iris, no puedo quedarme aquí sentada. Vamos al pueblo.

—¿Qué?

—Iris, tú puedes entrar a esa casa, ¿no? Puedes ver a Kristin. Yo me sentiría mucho mejor si la veo.

—Shannon... no sé...

—No puedo quedarme aquí sentada. Y si... ¿Y si Cole y Malachi no lo consiguen? Tengo que hallar otra manera de rescatarla...

—Si te pasa algo, Malachi me va a matar...

—Iris, voy a ir contigo o sin ti.

Cindy se encogió de hombros.

—Las dos tenéis un aspecto muy respetable en este momento. No sé por qué iba a pasaros algo malo si vais al pueblo. Además, si Hayden está en casa, seguramente te dejará entrar a ver a Kristin, Iris.

—Iris, por favor. ¡Me voy a volver loca preguntándome qué están haciendo Malachi, Cole y Jamie en ese maldito tren!

Iris suspiró.

—Está bien —dijo—. Está bien. Shannon, ¡espero que esto funcione! Malachi me va a despellejar si sale mal.

—Saldrá perfectamente —le aseguró Shannon.

Iba a tener bastantes días para arrepentirse de haber pronunciado aquellas palabras.

Tal vez, si Shannon hubiera podido ver a Malachi, que estaba cómodamente sentado en el vagón cafetería del tren con sus dos hermanos, se habría sentido un poco mejor.

Los tres hermanos Slater estaban sentados en asientos tapizados de terciopelo, alrededor de una preciosa mesa de madera, tomando whisky en vasos de cristal, por cortesía del juez. Cole estaba hablando, Malachi estaba recostado en el respaldo del asiento, escuchando a su hermano, y Jamie, pese a su actitud despreocupada, entornaba los ojos de vez en cuando. Malachi sabía por aquel gesto que su hermano pequeño sentía tanta cautela como Cole y él.

Había dos amigos de Jamie, de Texas, haciendo la vigilancia mientras los hermanos hablaban con el juez Sherman Woods. Cole estaba sentado a la izquierda de Malachi, explicándole con intensidad lo que había ocurrido al principio de la guerra, cómo los Red Legs habían asesinado a su esposa embarazada y habían quemado su rancho, y cómo, enfermo de tristeza y rabia, él se había unido a los bushwhackers en busca de venganza.

—Sin embargo, nunca he disparado a nadie a sangre fría, juez. Nunca. Siempre he jugado limpio. Sólo pasé con Quantrill unos meses, y después me uní a la caballería del ejército. Me asignaron el puesto de explorador, y recibía mis órdenes directamente de Lee. Estuve en Kansas, y maté a Henry Fitz, pero fue justo. Cualquier hombre de los que estaban allí podría decírselo.

El juez Woods encendió un puro y se apoyó en el respaldo. A Malachi le gustaba aquel hombre. No había sucumbido al pánico cuando los bushwhackers enmascarados habían secuestrado el tren, y apenas había pestañeado cuando los Slater habían echado a los ladrones a punta de pistola. Era un hombre alto, delgado, de pelo cano, e iba elegantemente vestido. Parecía que estaba escuchando en serio a Cole. Cuando éste terminó de hablar, miró a los otros hermanos.

—¿Y usted? —le preguntó a Jamie.

—Es la primera vez que vengo a Kansas desde 1856. Me quedé estupefacto al saber que se ofrecía una recompensa por mí. Y asombrado por el hecho de que alguien pueda pensar que mi hermano es un asesino.

El juez arqueó una ceja y miró a Malachi.

—¿Y usted, capitán?

Malachi se encogió de hombros.

—Yo no estaba en Kansas. Pasé la mayor parte de la guerra en Kentucky, y después en Misuri. De todas formas, habría venido a Kansas si mi hermano me hubiera necesitado. Fitz era un asesino. Mató a mi cuñada, y mató a mucha otra gente. Y a mí me parece, señor, que si de verdad ha terminado esta guerra, tenemos que perseguir a todos los asesinos, a los del Norte y a los del Sur. Ahora Hayden

Fitz tiene prisionera a una mujer inocente. Sólo Dios sabe lo que puede querer de ella, así que ayúdeme, porque no entiendo qué ley está usando para hacer esto legalmente.

El juez alzó ambas manos.

—Pero ustedes saben que lo que están haciendo ahora mismo también es ilegal, ¿verdad?

—Sí —admitió Cole.

—Sin embargo, hemos impedido que esos tipos robaran a todo el tren —le recordó Malachi.

—Por supuesto. Muy bien, ya he oído su historia. Y Dios sabe que soy el primero que quiere ver el final de la guerra. Me temo que no viviré para disfrutarlo, pero tengo cuatro hijos y rezo para que la siguiente generación tenga una buena vida en esta tierra. Será mejor que bajen del tren y desaparezcan. Les doy mi palabra de honor de que me pondré a investigar este asunto inmediatamente. Si tiene paciencia, verá a su mujer libre, señor Slater. Pero les sugiero a los tres que se escondan por el momento, ¿entendido? Y no se acerquen a Fitz. No debe encontrarlos.

Malachi miró a Cole, y Cole miró a Jamie. Todos se encogieron de hombros. Ya estaban escondiéndose, en realidad, aunque lo hicieran ante las narices de Fitz.

Se estrecharon las manos con el juez. Los tres bajaron del tren, acompañados por los amigos de Jamie. Fueron apresuradamente por los caballos y galoparon hacia la oscuridad de la noche.

A un kilómetro del tren se despidieron de los amigos de Jamie. Cole y Malachi les dieron las gracias con sinceridad. Los dos habían servido en la guerra junto a Jamie.

—No me importa ayudar a un Slater —dijo el mayor de los dos—. Jamie me sacó de un cráter en diciembre del sesenta y cuatro. Le debo la vida.

—Gracias de todos modos —dijo Jamie, saludándolos con el sombrero. Malachi y Cole repitieron las palabras.

Después, los tres hermanos cabalgaron solos.

Malachi sonrió a Jamie.

—Bueno, tengo que admitir que al principio me pareció un plan descabellado, pero ha salido bastante bien.

—En realidad, no hemos ganado nada —dijo Jamie.

—Tampoco hemos perdido nada —respondió Cole, suspirando—. Y nos hemos acercado. Si Fitz amenaza a Kristin...

—Entonces estamos cerca, y sólo tendríamos que actuar de una manera un poco más temeraria —dijo Malachi.

Entonces, espoleó a la yegua.

—¡Eh! —le dijo Jamie—. ¿Qué prisa tienes ahora? No nos persigue nadie.

Malachi tiró de las riendas.

—Yo... Se supone que Shannon llega esta noche.

Jamie se echó a reír.

—¿La fierecilla en un burdel? Tienes razón. Vamos a darnos prisa.

Cole sonrió.

—Tengo ganas de verla —dijo—. He echado de menos a la señorita McCahy.

Malachi vaciló, pero después murmuró:

—La señora Slater.

—¿Qué? —preguntaron al unísono sus dos hermanos.

—La señora Slater —repitió, y los miró.

Ellos también lo estaban mirando, pero con incredulidad.

—Iban a ahorcarme —les explicó Malachi torpemente—. Yo... eh... me vi obligado a hacerlo.

—¿Se ha casado con un rebelde? —preguntó Jamie.

—¿Se ha casado contigo? —preguntó Cole.

—Ya os he dicho que iban a colgarme si no lo hacía. ¡Dejad de mirarme así! —exclamó con irritación, y apremió a la yegua—. Es una historia muy larga, y no estoy de humor para contárosla esta noche.

—¡Cole, date prisa! —gritó Jamie entre carcajadas—. Estoy impaciente por enterarme de todo. ¡La fierecilla casada con mi hermano! ¡Y alojada en un burdel! ¡Vamos!

Malachi ignoró a su hermano y espoleó a la yegua. Quería ver a Shannon. Tenía el corazón acelerado. Iban a poder estar solos un rato. Ella querría ver y abrazar a Cole y a Jamie, pero después estarían a solas.

Y Malachi se daba cuenta, cada vez más, que esperaba con ansia los ratos que pudiera estar a solas con ella.

Shannon era su esposa...

Y él estaba impaciente por tumbarse a su lado aquella noche.

Hasta que no llegó al patio de la casa, en mitad de la noche, no supo que no iba a poder disfrutar de aquel sencillo placer.

CAPÍTULO 13

Shannon exhaló un suspiro de alivio cuando llegaron al pueblo. A nadie se le ocurriría importunar a dos mujeres que iban en una calesa, y cuando Iris frenó justo enfrente de la enorme casa de Hayden Fitz, con sus ventanas enrejadas y sus guardias de vigilancia, tampoco las molestó nadie. El hombre que estaba ante la puerta alzó una mano para saludar a Iris, y sonrió.

–Vaya, señorita Andre. Me alegro de verla.

–Herb Tanner –le susurró Iris a Shannon con un pequeño resoplido. Después, tomó la cesta de comida que habían llevado–. Creo que deberías quedarte aquí...

–¿A quién has traído de compañía? –preguntó el hombre.

–No importa –susurró Iris–. Tú no digas nada. Deja que hable yo. Una guapa rubia de ojos azules. Puedes meterte en problemas sólo por estar aquí. Ojalá pudiera ponerte una sábana por la cabeza. No abras la boca, ¿de acuerdo?

–La tendré bien cerrada –prometió Shannon.

Ambas se dirigieron hacia la puerta. Herb Tanner tenía un rifle de repetición entre las manos, pero parecía que consideraba que sus deberes de guardia eran una broma. Bajó el arma y se quitó el sombrero para saludar a Iris.

—Hola, Herb —dijo Iris amablemente.

—¡Hola, Iris! —respondió Herb—. El jefe está ocupado esta noche, si es que has venido a verlo —le dijo, aunque estaba mirando a Shannon con una sonrisa de dientes rotos y lascivia.

—Bueno, Herb, en realidad hemos venido por una cuestión de curiosidad.

—¿Curiosidad por mí, Iris?

Iris se echó a reír y le dio unos golpecitos en el pecho mientras se acercaba a él.

—Bueno, Herbie, tú harías que una mujer se sintiera tan curiosa como un gato. Pero no era eso lo que quería decir en este momento —añadió, y se movió contra él—. Quiero ver a la mujer que tiene el bueno de Fitz encerrada en casa. Me he apostado con mi amiga Sara que podemos entrar a verla. Dicen que es la mujer de un forajido horrible, Cole Slater. ¿Tú qué crees, Herbie? ¿Podemos entrar? Sólo para darle un poco de pollo y de tarta de manzana de casa de Cindy.

—No sé, Iris —dijo Herbie.

—¡Oh, vamos, Herbie! ¿No crees que es divertido? Un par de chicas de Cindy trayéndole vituallas a la mujer del bushwhacker? A mí me parece irónico. Fitz se reiría mucho, estoy segura.

—Iris, Fitz está reunido con sus lugartenientes...

—Herbie, podría prometerte un buen rato... digamos el viernes por la noche. ¿Qué te parece, Herbie?

Herb abrió unos ojos como platos.

—Vaya, Iris, yo pensaba que nunca iba a poder permitirme pagarte. ¡Ni en cien años!

—Bueno, la curiosidad, ¿sabes?

Herb entornó los ojos calculadoramente.

—Trato hecho, Iris. Pero os quiero a las dos —dijo, y miró a Shannon con una expresión satisfecha.

—¿Cómo? —jadeó ella.

Iris le dio un codazo en las costillas.

—Claro, Herbie. Déjanos entrar.

—Enséñame lo que llevas en la cesta —dijo Herb.

Iris obedeció. Herb la registró. Después se hizo a un lado y abrió la puerta.

Había otro hombre armado en el interior.

—Déjalas entrar, Joshua. Sólo van a llevarle un poco de comida a la prisionera.

—De acuerdo, Herb.

Joshua les hizo un gesto. Iris le lanzó una sonrisa resplandeciente, y él les señaló las escaleras.

Shannon no se separó de Iris. En el primer descansillo había un hombre sentado en una silla, leyendo el periódico. Joshua lo avisó desde abajo.

—Fulton, un par de... eh... señoritas, que van a ver a la prisionera.

Fulton alzó la vista y escupió el tabaco de la boca en una escupidera.

—¿Herb ha dado permiso?

—Cariñito, Herb es quien nos ha dejado pasar —le dijo Iris dulcemente.

Fulton se puso en pie y se acercó a ella.

—¿Y no hay nada que puedas ofrecerme a mí? —preguntó, con una sonrisa que mostraba sus dientes amarillos.

—Ya veremos, querido —le prometió Iris—. Déjanos ver a la mujer del bushwhacker...

Fulton se encogió de hombros y sacó unas llaves. Recorrió el pasillo y abrió una puerta.

—Estás muy guapa, Iris. Y tu amiga también —dijo, e

hizo una pausa para mirar fijamente a Shannon–. ¿Acabas de llegar al pueblo, chica?

Shannon asintió.

–Está aprendiendo el negocio –le dijo Iris.

Fulton volvió a mirar a Shannon.

–Bueno, pues ahorraré, señorita. De eso puede estar segura.

–Fulton, para ti habrá un buen descuento –le prometió Iris.

Fulton sonrió y abrió la puerta.

–¡Visita! –dijo hacia el interior. Iris entró rápidamente, pero Fulton agarró del brazo a Shannon–. Espero ese descuento, señorita.

Shannon tiró del brazo, e inmediatamente recordó que debía sonreír. Lo abanicó con las pestañas y dijo:

–Claro, guapo.

Entonces, Iris la agarró y la empujó hacia la habitación.

–Ya está bien, Shannon. ¿Es que quieres cumplir tu promesa aquí mismo?

Pero Shannon no la estaba escuchando. Mientras Iris cerraba la puerta, Shannon miró al otro lado de la habitación.

Kristin estaba junto a la cama, alta, erguida y orgullosa, toda una dama. Su fachada se desmoronó en cuanto vio a Shannon. Ambas gritaron y se echaron una en brazos de la otra.

–¡Shhh! –les dijo Iris–. ¡Os van a oír!

Shannon y Kristin se quedaron calladas, pero siguieron abrazadas. Finalmente, Kristin se apartó. Shannon estudió a su hermana con tanta ansiedad como Kristin la observó a ella.

Parecía que Kristin estaba bien. Alguien le había dado ropa nueva; llevaba un vestido de algodón de día, de un color granate suave, con un ribete de encaje crema. Estaba delgada y pálida, pero sonreía, y no tenía ninguna marca.

Kristin tomó a Shannon de las manos y la llevó consigo hasta los pies de la cama, donde ambas se sentaron. Después, susurró:

—¿Qué estás haciendo aquí? ¡Shannon, me moría de preocupación! Vi que los bushwhackers te raptaban...

—Malachi me rescató —dijo Shannon rápidamente, sin mencionarle su experiencia con Justin Waller.

—Oh, Shannon, ¿lo ves? Tiene buen corazón...

—Sí, Kristin...

—Shannon, no deberías haber venido —le dijo su hermana ansiosamente.

—Kristin, si no hubiera seguido a Malachi, él habría podido rescatarte de manos de los Red Legs. Así que tengo que compensar eso. ¡Iris y yo teníamos que venir!

Kristin miró a Iris, sonriendo. Se puso en pie y le tendió la mano.

—¿Cómo está? Soy Kristin Slater —dijo—. Sea quien sea usted, gracias.

—Iris Andre —respondió Iris.

—¿Y cómo habéis entrado aquí? —le preguntó Kristin a Shannon.

Shannon e Iris se miraron.

—Hemos hecho unos cuantos tratos —dijo Shannon.

—¿Cómo? Oh —dijo Kristin. Sus ojos, muy grandes y muy azules, se fijaron en Iris.

—Lo lamento, señora Slater, pero debe saber que soy prostituta. Y sus maridos se alojan en casa de Cindy. Tal vez no sea lo adecuado para ustedes, siendo damas, pero nosotras queríamos ayudar y...

—¡Shhh! —dijo Kristin, y se acercó a Iris con una sonrisa—. No me importa lo que haga para vivir, señorita Andre. Le doy las gracias por preocuparse por mí. ¿Ha dicho mi marido? ¿Cole? ¿Está aquí? ¡No puede ser! Ni tampoco Malachi. Ellos no hubieran permitido que Shannon hiciera algo tan peligroso como venir aquí.

Iris sonrió.

—Señora Slater, creo que Cole y Malachi saben que no sirve de nada intentar detener a su hermana cuando tiene un propósito. Pero sí, señora Slater, su marido ha estado en el pueblo. Y el de Shannon también, y su cuñado, Jamie. Esta noche han ido a secuestrar un tren.

—¿Cómo?

—Kristin, tenía que venir. Tenía que verte. ¡Tenemos que encontrar una salida a esta situación tan horrible! —dijo Shannon.

Kristin estaba mirando fijamente a Iris, con el ceño fruncido.

—Mi marido. Y su marido —dijo, volviéndose hacia Shannon—. Señorita Andre, ¿qué marido?

—Pues Malachi.

—¡Malachi!

—¡Shh! —dijo Shannon.

Kristin se sentó de golpe a los pies de la cama, mirando a Shannon con incredulidad.

—¡Malachi! Shannon, ¡eso es imposible! Vosotros dos no podéis estar en la misma habitación durante diez minutos sin pelearos. ¿Tú y Malachi?

Shannon sonrió con inseguridad.

—Eh... era lo mejor que podíamos hacer.

—Dijeron que lo ahorcarían —intervino Iris, encogiéndose de hombros.

—Pero...

—Te lo contaré en otro momento —dijo Shannon rápidamente—. Kristin, ¿te tratan bien?

—Más o menos.

—Nadie te ha...

—Nadie me ha tocado —dijo Kristin—. Fitz piensa que puede atraer a Cole usándome de cebo, ofreciéndole un trato —añadió, y titubeó—. Así que Cole está aquí. ¡Oh, Shannon, no le permitas cometer una locura! ¿Qué es eso del tren? Por favor, habla con él. Convéncelo de que no puede ganar. Dile que vuelva a casa, que tome al bebé y que se vaya del país. Dile que...

—¡Kristin! Sabes perfectamente que él no va a hacer eso.

—Tengo el plan perfecto —dijo Iris.

Kristin y Shannon la miraron. Ella sonrió.

—Será muy fácil averiguar qué otra noche está ocupado Fitz. Y si no, yo sé cómo mantenerlo ocupado. Entonces, podemos venir con algunas chicas más. Traeremos algunos chales y abrigos, y nos marcharemos todas juntas, como si nada. Os garantizo que a ninguno de los hombres le apetecerá moverse.

Kristin la miró en silencio, y de repente se echó a reír.

—Oh, Iris, es maravilloso. Sin embargo, no puedo permitir que hagáis eso. Fitz se vengaría de vosotras...

—¿De todas? ¿Y qué podría hacernos?

—Fitz encontraría algo.

—No. Nunca podrá demostrar que fuimos nosotras. No se daría cuenta de lo sucedido hasta el día siguiente, y tú ya estarías de camino a Texas para entonces. No sabría cuáles hemos estado involucradas, y sería difícil colgar a un burdel entero. Creo que algunos de los hombres de este pueblo se rebelarían por fin.

—Ni Cole, ni Malachi ni Jamie os permitirán que lo hagáis —le advirtió Kristin.

—¡No lo sabrán! —dijo Shannon.

—Pero... —protestó Kristin.

—¡Shh! Volveremos pronto —le dijo Shannon.

—Prepárate —le advirtió Iris a Kristin. Tomó a Shannon del brazo y la puso en pie—. Tenemos que irnos ya, o sospecharán de nosotras, cosa que no queremos que suceda.

—¡Cuídate! —le advirtió Shannon a su hermana, y la abrazó de nuevo—. Volveremos.

Salieron de la habitación y bajaron las escaleras apresuradamente. Cuando llegaron al piso bajo, Fulton les estaba bloqueando el paso. Iris le sonrió.

—Gracias, Fulton. Nos veremos pronto.

—Eso tenlo por seguro, Iris.

—Vaya, Fulton, ¿qué te pasa, cariño?

Fulton se hizo a un lado. Shannon soltó una exclamación de horror.

Allí estaba Bear. Era el enorme jayhawker que había secuestrado a Kristin, y estaba claro que se acordaba de Shannon.

—¿Qué ocurre? —preguntó Iris.

Shannon no dijo nada. El hombretón se acercó a ella con una sonrisa.

—Es ella —dijo, y se cruzó de brazos—. Te he visto en la calle, guapa. Me sonaba tu cara —de repente, se volvió y le dio un golpe a Fulton en la cabeza con el sombrero—. ¿Es que no te has dado cuenta de que es igual que su hermana, tonto?

—¡No me des golpes, Bear! —protestó Fulton—. Herbie me dijo que las mujeres podían entrar.

—Bueno, pues Herbie va a tener que darle algunas explicaciones al jefe —dijo Bear. Después, sonrió a Iris y a Shannon—. Vamos a ver al jefe, guapas.

Bear tomó a Shannon del brazo, pero Shannon lo mordió con fuerza en los dedos. Él gritó, e Iris aprovechó el momento para sacar su pequeña pistola.

—Suéltala, Bear —le dijo.

Bear alzó ambas manos. Shannon le quitó el Colt que llevaba en el bolsillo de la camisa y apuntó a Fulton.

—Nos marchamos. Voy a buscar a mi hermana, y nos vamos a ir.

—Me parece que no, señora —dijo alguien de voz grave.

Shannon se dio la vuelta y miró hacia arriba, por las escaleras.

Kristin estaba en el rellano, mordiéndose el labio.

Tras ella había un hombre alto y delgado de pelo blanco y ojos grises, fríos. Llevaba un traje elegante y le estaba apuntando a Kristin con una pistola a la cabeza.

—Tira el arma —le dijo a Shannon.

—¡No lo hagas! —gritó Kristin—. ¡Márchate, Shannon, márchate...! ¡Oh!

El hombre golpeó a Kristin en la cabeza, y ella cayó a sus pies. Entonces, él sonrió a Shannon y apuntó a la espalda de su hermana.

—Tírala.

—Hazlo, Shannon —le advirtió Iris—. Es Fitz. Le pegará un tiro sin dudarlo.

—Vaya, gracias, Iris —dijo Fitz—, por tan buen consejo. Chica, tira el arma.

Shannon obedeció. Fitz le hizo una señal a Bear.

—Llévala a mi despacho.

—Fitz, no puedes retener a esta chica... —dijo Iris, pero él la interrumpió.

—¡Iris, me has decepcionado! —la interrumpió Fitz, agitando la cabeza con una media sonrisa—. Fulton, lleva a nuestra amiga Iris a mi habitación. Iris, no sé qué promesas has hecho para conseguir entrar aquí. Ya hablaremos después de ellas. Y las cumplirás.

Fulton agarró a Iris, le quitó la pistola de las manos y tiró de ella.

—Vamos, Iris. Ya has oído al jefe.

—Fitz, ¡no puedes retenerla! Fitz, tú...

—Puedo y voy a hacerlo —respondió Fitz. Pasó por encima de Kristin y comenzó a bajar las escaleras—. Llévatela, Fulton. Será mejor que empieces a preocuparte de ti misma, Iris. Dar refugio a una criminal como ésta. Podríamos pegarte un tiro aquí mismo y ningún tribunal del país diría nada en contra. Fulton, llévatela.

—¡Fitz, lo pagarás! —le juró Iris, mientras Fulton le retorcía el brazo detrás de la espalda.

Iris gritó de dolor. Shannon no podía ver sufrir a Iris por su culpa. Se abalanzó contra Fitz para clavarle las uñas.

—¡Déjala en paz, canalla! —le gritó.

Ella no esperaba que aquel hombre tuviera tanta fuerza. La agarró de las manos y la empujó contra la barandilla. Cuando ella intentó darle patadas, él la abofeteó con tanta dureza que ella se derrumbó. Él tiró de ella para que no se cayera y la empujó hacia una de las puertas que había en el vestíbulo. En aquella habitación Shannon se cayó al suelo.

Fitz la siguió al despacho, y pasó por encima de su falda. Cerró la puerta y se sentó en su escritorio, y después la observó tranquilamente durante varios minutos.

Shannon no se atrevió a moverse. Miró al hombre y esperó.

—Bueno, bueno, bueno —dijo él por fin—. En mis redes están cayendo muchos peces.

—No sé a qué se refiere —dijo Shannon.

—¿De veras? Yo creo que sí. Después de todo, querida, estás aquí, ¿no? Yo me entero de todo. Por estos territorios no pasa nada sin que yo lo sepa. El capitán Malachi Slater estaba contigo en Haywood.

Shannon se encogió de hombros.

—Yo he venido aquí sola.

—Vamos, vamos, querida. Malachi Slater mató a balazos a la mitad de mis hombres en el bosque con sus amigos los bushwhackers. Uno nunca puede fiarse de ellos. Incluso he sabido que Malachi Slater le pegó un tiro a un compañero suyo rebelde el otro día.

—Él no le pegó un tiro a nadie —dijo Shannon.

—¡Ah, así que está cerca! —dijo Hayden Fitz. Sonrió—. Y tú te llamas Shannon, y ahora también eres una Slater. ¿Es eso cierto?

—Malachi me desprecia. Si ha oído algo de verdad, sabrá que somos enemigos. Éramos de bandos diferentes durante la guerra, señor Fitz. Tal vez también deba saber que mi hermano es un alto oficial de la Unión, muy respetado. Cuando le ponga las manos encima, usted lo va a lamentar.

Fitz se echó a reír, encantado.

—No te preocupes, muchacha. Tu hermano llegará demasiado tarde para ayudarte. Me alegro mucho de tenerte aquí, Shannon Slater. Eres más guapa incluso que tu hermana, y yo no lo creía posible. Mis hombres disfrutarían mucho contigo. Y tal vez lo hagan, ¿sabes? Incluso yo podría disfrutar de una noche contigo. Pero antes quiero a los Slater. Quiero que mueran todos.

—No lo conseguirá. Ellos lo matarán antes, y usted lo sabe. ¡Les tiene tanto miedo que no lo puede soportar!

—¡Esos Slater son asesinos!

—¡Ellos no! ¡Su hermano mataba a mujeres inocentes! Él sí era un asesino.

—Los bushwhackers merecen la muerte.

—¡No había ningún bushwhacker cerca cuando murió la esposa de Cole! ¡Sólo canallas como su hermano!

Fitz apretó los dientes y le dio una patada con la bota. Ella gritó de dolor.

La puerta se abrió de repente, y aparecieron Bear y Fulton.

—¿Algún problema, jefe? —preguntó Bear. Fulton miró a Shannon con el ceño fruncido.

—Jefe, no puede retener a otra mujer aquí. Van a protestar...

—Cállate, Fulton.

—Pero jefe, si esto se sabe, también...

—A Mary Surratt la colgaron por ser cómplice del asesinato de Lincoln. Estoy seguro de que yo encontraré la complicidad de estas preciosas señoras.

—Pero jefe, ¿qué pasa con Iris?

—Fulton, ¿me estás cuestionando?

—Señor, es que...

—Bear, sal. Comprueba que no hay nadie en la calle, que no tenemos más visitantes.

—Sí, señor.

Bear se marchó, y Fulton preguntó:

—Señor, ¿voy con él?

Shannon vio el brillo frío y extraño que Fitz tenía en los ojos, pero no esperaba lo que ocurrió después.

—No, Fulton, tú quédate aquí —dijo Fitz—. Te necesito.

Entonces, sacó su pistola y lo encañonó.

—¡No! —exclamó Fulton, abriendo los ojos desorbitadamente por el terror.

Fitz disparó, y Fulton se desplomó.

Y Hayden Fitz se tiró sobre Shannon, fingiendo que luchaba contra ella.

La puerta se abrió de nuevo. Bear había vuelto.

—¡Le ha pegado un tiro! —gritó Fitz—. ¡Esta salvaje se me ha tirado encima, me quitó la pistola y mató a Fulton a sangre fría!

—¡Embustero! —gritó Shannon, intentando zafarse de él. Fitz la agarró con fuerza.

—¡Asesina! —dijo él. Se puso en pie y la levantó también, y prosiguió—: ¡Maldita asesina bushwhacker. Haré que te ahorquen por esto —prometió, y la empujó hacia Bear—. Enciérrala con su hermana. Las colgaré a las dos, por asesinato y por conspiración para asesinar.

—¡No se saldrá con la suya! —gritó Shannon.

—Ya lo verá, señora Slater. Ya lo verá. Sentirá la soga alrededor del cuello y lo verá.

Entonces, Shannon se le escapó a Bear y se lanzó contra Fitz, y consiguió arañarle la cara y hacerle sangrar en las mejillas. Él gritó algo, y Bear se acercó y golpeó a Shannon en la cabeza con la culata de su pistola.

Hayden Fitz se volvió borroso ante ella. Después, todo se volvió negro.

—Enciérralas a las dos —dijo Fitz—, y encárgate de que lleven al pobre Fulton a la funeraria. Que lo preparen bien para el entierro. Zorra asesina.

—Sí, señor, sí, señor —dijo Bear. Tomó a Shannon en brazos y la sacó del despacho.

Hayden Fitz saltó el cadáver de Fulton y subió las escaleras con una sonrisa.

Iris todavía tenía que pagar por su participación en lo que había ocurrido aquella noche. Todavía tenía que pagar... e iba a pagarlo caro.

—Eso es lo que sé —dijo Cindy con angustia, mirando a los tres hermanos Slater—. Ha venido un amigo de Bear a la medianoche, y le ha contado a todo el mundo lo que ha pasado. Vosotros tres tenéis que trasladaros a otro escondite, porque van a venir a buscaros aquí. Yo voy a fingir que no sé nada. Yo...

Malachi se puso en pie.

—Cindy, tú no tienes que hacer nada. Voy a entrar esta noche —dijo.

—¡No! ¡Eso es precisamente lo que quiere Fitz, Malachi! —protestó Cindy—. Si entras allí como una furia...

—Tiene a mi mujer —dijo Malachi.

Cole se puso en pie y le dio un golpe en el brazo a su hermano.

—Y también tiene a la mía, no lo olvides. Admito que a mí se me ha ocurrido lo mismo en primer lugar. Pero Fitz las matará, Malachi.

Malachi se hundió en la silla y miró al otro extremo de la habitación.

—Tenemos que esperar nuestra oportunidad —dijo Jamie.

—Habrá un juicio —dijo Cindy—, pero Hayden le ha dicho a todo el mundo que Shannon McCahy Slater mató a uno de sus hombres a sangre fría. El juicio estará amañado, y la condenarán a muerte. Las colgará a las dos.

Malachi se puso en pie de nuevo y se acercó a Cole.

—Un ahorcamiento. Una gran multitud, cuerdas. Confusión.

Cole sonrió lentamente.

—Unos cuantos tiradores pueden provocar un caos en una muchedumbre así.

Malachi sonrió también. Cole se echó a reír, e incluso en los labios de Jamie se dibujó una sonrisa de placer.

—¡Estáis locos los tres! —dijo Cindy.

—No, cariño —dijo Malachi—. Creo que hemos encontrado la manera de salir de este lío.

—¿Qué estás...?

Cindy se interrumpió. Estaban llamando a la puerta, y alguien dijo:

—¡Cindy! Soy Gretchen. Tengo que hablar contigo.

Los Slater se pusieron en pie rápidamente. Malachi se escondió detrás de la barra, y Cole y Jamie detrás de sendas columnas. Gretchen abrió la puerta, seguida por un hombre alto que llevaba el uniforme azul oscuro de la caballería de la Unión.

—Cindy, ¡este hombre está empeñado en verte! —dijo Gretchen, frotándose las muñecas y mirando al extraño—. Dice que sabe que los Slater están aquí, y quiere que Cole sepa que el niño está bien. Dijo algo de que una familia no debe dividirse y que los Slater saben de qué está hablando.

Malachi salió de su escondite y miró al hombre. Entonces empezó a reírse.

—¡Matthew! ¡Matthew McCahy! ¿Cómo estás?

Matthew se adelantó.

—¡Muy bien, Malachi! —dijo, mientras le estrechaba la mano con firmeza—. ¿Qué ocurre, en el nombre de Dios? He tenido que seguir un rastro de historias absurdas para llegar hasta aquí. Red Legs y bushwhackers, y cadáveres por todas partes. Tengo a amigos investigando a Fitz, pero no consigo encontrar a mis hermanas. ¿Qué pasa? He oído que hoy han arrestado a Shannon por asesinato.

—No te preocupes —dijo Malachi—. Tenemos un plan.

Cole y Jamie salieron de sus escondites. Cindy suspiró de alivio.

—Bueno, creo que esto se merece unos tragos —murmuró.

—Un trago, y después tenemos que marcharnos, antes de causarle a Cindy más problemas —dijo Cole.

Se sentó a la mesa, y los demás hombres lo siguieron. Matthew McCahy miró a Malachi.

—Muy bien, ¿y cuál es el plan?

—Es peligroso, Matthew. Puede que nos peguen un tiro.

—Son mis hermanas —dijo Matthew—. De mi carne y mi

sangre. Estoy dispuesto a que me peguen un tiro por ellas si es necesario —dijo, y entrecerró los ojos—. Kristin es la mujer de Cole. Pero yo tengo en juego mucho más que ninguno de vosotros dos, Malachi y Jamie.

Malachi negó con la cabeza.

—Shannon es mi mujer —dijo, y se dio cuenta de que, con la práctica, era más fácil dar la noticia.

—¿Qué? —preguntó Malachi con incredulidad.

—Malachi se ha casado con Shannon —respondió Jamie, con una sonrisa de diversión.

—¡Sí, me he casado con Shannon! —afirmó Malachi secamente—. Y ahora, si no os importa, ¿podemos seguir con esto?

—Claro —dijo Matthew.

Malachi se inclinó hacia la mesa y comenzó a hablar. Matthew lo escuchó gravemente. Cuando Malachi terminó, se apoyó contra el respaldo de la silla, asintiendo.

—¿Creéis que tendremos alguna ayuda? —preguntó.

—Jamie tiene un par de amigos de Texas —dijo Malachi.

—Y yo he conocido a algunas personas por la zona —añadió Cole—. Tal vez no quieran enfrentarse a Fitz solos, pero si les damos la oportunidad, nos ayudarán.

—No importa lo que tengamos o no tengamos —dijo Malachi—. En mi opinión, es nuestra única opción. ¿Estamos de acuerdo?

Todos asintieron. Jamie levantó su vaso de whisky.

—Qué demonios. Todo hombre tiene que morir de algún modo u otro —dijo alegremente.

Malachi se puso en pie.

—Salgamos de aquí. Cindy, avísanos de todo lo que ocurra. De todo.

—Por supuesto, Malachi.

Una hora después, los Slater y Matthew McCahy se perdieron en la noche.

Cuando los hombres de Fitz fueron al burdel, no había ni rastro de que alguna vez hubieran estado allí.

La única ventaja de que la tuvieran encerrada era que estaba con su hermana.

Durante el primer día, Shannon se paseó nerviosamente por la habitación, pero agradecía que las hubieran dejado juntas. En realidad, no tenía pensado hablar mucho sobre su tensa relación con Malachi, pero a medida que pasaron las horas, Shannon comenzó a hablar y terminó contándoselo todo a su hermana.

Casi todo...

No le habló de lo fácilmente que había caído en brazos de su enemigo, ni de lo mucho que lo echaba de menos.

Sin embargo, al ver la sonrisa de Kristin, pensó que su hermana le leía el pensamiento, y el corazón, y que lo sabía.

—De hecho —dijo Kristin—, creo que sois perfectos el uno para el otro.

Shannon negó con la cabeza.

—Kristin, no lo sé. Debería deshacer este matrimonio. Sin embargo, también pienso que sería tonta si no luchara por él.

—Estoy de acuerdo —dijo Kristin, y le tomó las manos—. Nunca olvidaré lo que sufrí por Cole. Estaba hecha un lío, odiándolo y queriéndolo a la vez. Pero para nosotros funcionó, Shannon. Yo pensaba que él nunca podría olvidar a su primera esposa, pero se enamoró de mí. Shannon, incluso cuando tuve a Gabe pensé que nunca iba a quererme. Pero algunas veces hay que luchar por las cosas buenas de la vida. Míranos a nosotros ahora. Las cosas han funcionado...

Se interrumpió, y Shannon se mordió el labio mientras miraba a su hermana. No había nada que hubiera funcionado para ellas. Estaban en mitad del desastre.

—Estoy muy asustada —dijo Kristin.

Shannon la abrazó.

—Todo va a salir bien. ¡Todo va a salir bien!

Se aferraron la una a la otra, temblando. No sabían si las cosas iban a salir bien.

Al día siguiente se celebró el juicio falso en el juzgado del pueblo. Hayden Fitz ofició de juez, y los miembros del jurado habían sido seleccionados de entre sus hombres. Shannon fue acusada de asesinato. Subió al estrado de los testigos y escuchó la acusación en silencio, y después se volvió despreciativamente hacia Fitz.

—Yo no he matado a nadie. Usted disparó a su amigo, señor Fitz. Lo hizo a sangre fría, porque él estaba cuestionando su crueldad hacia mí. Puede que sea el dueño de este pueblo, señor Fitz, pero no creo que sea el dueño de todos sus habitantes. Alguien le plantará cara algún día. La guerra ha terminado, Hayden Fitz. ¡No le van a permitir que siga asesinando indefinidamente!

Hubo un murmullo entre la multitud. Fitz se puso en pie y la señaló con la maza.

—Mató a Fulton. Yo lo vi con mis propios ojos. Lo mató para poder liberar a su hermana, la forajida. Y también mató a hombres en Misuri. Está compinchada con su marido, y ustedes dos recorrieron el país en la banda de Cole Slater, asesinando a personas inocentes de la Unión.

—¡Mentira! —dijo Shannon.

Fitz dio un golpe con la maza en el estrado.

—Puede retirarse, señora Slater.

Ella no bajó; tuvieron que obligarla. Kristin subió entonces al estrado, y lo negó todo, y además rebatió a Fitz con las actividades de jayhawker de su hermano. Describió con detalle cómo había muerto la primera esposa de Cole.

El público comenzó a murmurar, pero Fitz lo ignoró también. Kristin fue llevada junto a Shannon. Las dos volvieron a la habitación de la casa de Fitz, mientras el jurado llegaba a un veredicto.

Por la noche, les dieron a conocer aquel veredicto: habían sido condenadas por asesinato y conspiración contra la Unión.

Iban a ser ejecutadas en la horca en una semana.

—Una semana —dijo Kristin amargamente—. Quieren asegurarse de que Cole, Malachi y Jamie tengan ocasión de aparecer.

Shannon asintió. Una semana. Miró a su hermana. Ya habían pasado tres días desde que la habían capturado.

—¿Kristin?

—¿Sí?

—¿Tú dónde crees que están? Yo también estoy asustada, Kristin. Estaban en el pueblo. ¡Y ahora todo está tan silencioso! ¿Y si ya los han atrapado y...?

—No los han atrapado —dijo Kristin—. Fitz habría paseado sus cabezas por todas las calles del pueblo si los hubiera atrapado.

Eso era cierto.

Sin embargo, a medida que pasaban los días, ellas no recibieron ninguna noticia. En el pueblo se había hecho un silencio ominoso. Era como si la tierra y el aire estuvieran esperando...

Y rezando.

La semana pasó lentamente. Por fin llegó la noche prevía al ahorcamiento. Kristin estaba sentada en una silla, y Shannon estaba junto a la ventana.

El patíbulo se había erigido bajo aquella ventana, en mitad de la calle, porque Fitz quería que ellas vieran cómo se construía. Shannon lo miró con espanto.

Fue una noche muy larga, pero el amanecer llegó inexorablemente.

—¡No puedo creer que no hayan intentado rescatarnos! —exclamó Shannon.

Kristin miró al techo.

—Me equivoqué. Deben de haber muerto —dijo suavemente.

Cuando Bear fue a buscarlas, les ató las manos a la espalda y las sacó de la habitación. Kristin sonrió a su hermana mientras salían de la casa. Iba a ser un precioso día de verano.

—Papá estará allí, estoy segura —dijo—. No será tan duro morir. Mamá también estará allí. Y Robert Ellsworth. ¡Oh, Shannon! ¿Qué será de Gabe?

—Delilah lo quiere con toda su alma. Matthew volverá a casa y lo criará como si fuera suyo.

—Shannon, te quiero.

—¡Valor! —le susurró Shannon.

Sin embargo, ella estaba a punto de echarse a llorar. Tener valor era fácil en una situación de seguridad, pero subiendo las escaleras del patíbulo, era algo mucho más difícil.

Fitz estaba frente a la horca, a caballo.

—¿Quieren decir unas palabras finales, señoras? —les preguntó.

Shannon miró a la gente.

—¡Sí! —dijo—. ¡Somos inocentes! Su odio y su venganza han manchado la justicia, Hayden Fitz. ¡Y si no paga por ello en esta vida, señor, estoy segura de que lo pagará en la siguiente, para siempre en lo más profundo del infierno!

Fitz entrecerró los ojos.

—¡Colgadlas! —ordenó.

Entonces, les pusieron la soga al cuello. Shannon tuvo que contener las lágrimas al notar la cuerda apretándole la carne; en un segundo estaría tensa.

Hayden Fitz hizo un gesto, y el verdugo se acercó a la palanca con la que iba a dejar caer la trampilla.

Hayden Fitz leyó los cargos y la orden de que Kristin y Shannon fueran ahorcadas.

Entonces, elevó la mano y la dejó caer.

El verdugo accionó la palanca y el suelo se abrió bajó sus pies.

De repente, la calle estalló.

Shannon estaba cayendo, pero la cuerda no le apretó el cuello. Alguien la había cortado. Siguió cayendo y se desplomó en el suelo. Cindy estaba allí, y le cortó las ataduras de las manos. Shannon se giró en el suelo polvoriento.

—¡Levántate! —le gritó Cindy—. ¡Sal de aquí!

—Kristin...

—Yo voy a liberar a Kristin. ¡Levantaos las dos!

Kristin no hizo ninguna pregunta. Tomó a Shannon de la mano, y juntas salieron de la parte inferior del patíbulo. Shannon miró a su alrededor. Había una lluvia de balas en la calle. Todo el mundo se había vuelto loco, y la gente corría de un lado a otro, gritando.

Y un grupo de jinetes cabalgaba hacia ellas.

Shannon se puso la mano sobre los ojos para protegerse de la luz del sol.

Malachi avanzaba hacia ella a toda velocidad en su yegua, con la espada de la caballería desenvainada y brillante bajo el sol, con un grito rebelde en los labios y con su sombrero de plumas. Llevaba el uniforme gris completo de la caballería confederada.

Iba hacia ella, abriéndose paso por la calle. Cualquier hombre tan tonto como para intentar impedírselo fue derribado. Mientras se acercaba, ella vio sus ojos azules y brillantes.

—¡Shannon! ¡Prepárate! —le gritó, mientras golpeaba a los hombres de Fitz que se interponían entre ellos. Era un héroe dorado que iba directamente a salvarla.

La yegua se detuvo ante ella. Malachi se inclinó, la agarró por la cintura y la subió a la silla, delante de él, y la yegua partió a todo galope, alejándose del patíbulo.

CAPÍTULO 14

La mañana se había convertido en un caos mientras ellos huían de la ciudad. Había tiros, gritos, golpes. Shannon, que iba fuertemente agarrada a Malachi sobre la yegua, se dio cuenta de que a su lado cabalgaban varios caballos más. Tenía el pelo suelto y el viento se lo echaba sobre los ojos, pero al final consiguió ver. Cole iba a su izquierda con Kristin, su hermano Matthew iba a la derecha, y había numerosos hombres a quienes no conocía cabalgando por detrás de ellos. Algunos llevaban uniformes hechos jirones, tanto azules como grises. Otros llevaban ropa de rancheros.

Todos cabalgaban con brío, y no se detuvieron hasta que estaban a varios kilómetros del pueblo. Entonces, Malachi tiró de las riendas y se dirigió a su hermano.

—Vamos a reventar los caballos si seguimos a este ritmo. ¿No crees que ya estamos lo suficientemente lejos?

Cole se encogió de hombros, con los brazos bien ceñidos alrededor de Kristin, y miró hacia atrás, hacia el camino que habían recorrido.

—Aquí viene Jamie —dijo.

Jamie Slater, sobre un gran alazán gris, corría tras ellos.

Agitó el sombrero al aire con una expresión de triunfo en el rostro.

—Fitz ha muerto, y nadie nos persigue. Creo que podemos ir con más tranquilidad.

—¡No tanto! —dijo una mujer.

Shannon se volvió y vio a Iris montada en un caballo castaño oscuro, junto a Jamie.

—Puede que Fitz no fuera muy querido, pero tal vez alguien quiera vengarlo.

—¡Iris! —exclamó Shannon.

La pelirroja iba, como siempre, vestida impecablemente, y tenía el pelo muy bien arreglado. No parecía que tuviera marcas de su encarcelamiento, salvo por un gran círculo azul alrededor del ojo derecho.

—Estoy bien, cariño —dijo Iris suavemente—. Gracias a Jamie. Él me rescató de Fitz.

—Jamie, ¡que Dios te bendiga! —dijo Kristin.

—A su servicio, señora —respondió Jamie suavemente.

Shannon saltó al suelo y corrió hacia él, que también bajó de su caballo para saludarla.

—¡Hola, mocosa! —le dijo, riéndose, mientras la abrazaba.

Matthew y Kristin también desmontaron y todos se abrazaron entre risa y alivio.

—¡Shannon, ven aquí ahora mismo! —le ordenó Malachi con aspereza.

Ella lo miró, y se dio cuenta de que su expresión se había oscurecido como una tormenta de invierno. Se puso tensa. Cole no estaba gritando de aquel modo. Ella miró a Malachi desafiante y dolida a la vez. Cuando estaba segura entre sus brazos, había tenido la sensación de que la guerra entre ellos estaba terminada. Sin embargo, en aquel momento le parecía que las cosas no habían cambiado en absoluto. ¿Acaso todavía la odiaba?

—Tenemos que seguir avanzando —dijo.

Kristin se dio la vuelta y montó de nuevo con Cole, que la subió a la silla, delante de él. Jamie y Matthew montaron también.

Shannon se volvió hacia los hombres desconocidos que los rodeaban.

—No sé quiénes son, pero gracias a todos. Les doy las gracias con todo mi corazón.

—Todos les damos las gracias —dijo Kristin.

Malachi miró a los hombres.

—Shannon tiene razón. Les estamos muy agradecidos a todos —dijo, y señaló a la derecha—. Ellos son Sam Greenhow, Frank Bujold, Lennie Peterson y Ronnie Gordon, amigos de Jamie que lucharon con él bajo el mando del general Edmund Kirby-Smith, en Texas. Y aquellos chicos —añadió, señalando hacia la derecha—, son de Haywood.

—Cómo están —dijo uno de los confederados a Shannon, y elevó el ala del sombrero hacia Kristin—. No quiero deciros lo que tenéis que hacer, pero tienes razón, Malachi. Debéis seguir alejándoos de Sparks.

Malachi asintió. Cole, Matthew y él les dieron las gracias a los hombres. Después, llamó a Shannon otra vez.

—Shannon, ven aquí.

A ella no le gustó su tono de voz, pero sabía que él tenía razón. Alzó la barbilla y caminó hacia Malachi. Él la subió a la montura, le rodeó la cintura con el brazo y la estrechó contra sí. Después, se despidieron de los hombres que habían arriesgado su vida para ayudarlos y para terminar con la tiranía y la corrupción que imperaban en Sparks.

En silencio, el pequeño grupo se puso en camino de nuevo: Cole y Kristin, Matthew, Iris, Malachi y Shannon. Jamie iba en cabeza, guiándolos hacia el sur.

Shannon esperó mientras discurría la mañana, con ganas

de hablar, pero sin saber qué decir. Él miró la mano de Malachi, apoyada en su rodilla, y pensó en lo mucho que había llegado a adorar aquella mano, la piel bronceada y los dedos largos que ya lo significaban todo para ella en el mundo.

Pensó en el calor que le transmitía el hombre que iba tras ella, y pensó en los peligros a los que se habían enfrentado juntos una y otra vez. Cuando se acordaba del pasado, le entraban ganas de llorar por sus miedos y tristezas, pero aquellos recuerdos también hacían que pensara en el futuro.

La vida era un milagro, algo precioso. Malachi y ella tenían vida. Aquella mañana, con el sol radiante en el cielo azul, cabalgaban con sus seres queridos. Dios había sido generoso con ellos aquel día.

Sin embargo, Malachi estaba frío y rígido tras ella. Tal vez creyera que ya había completado todos sus deberes hacia ella. Estaba enfadado, pero tal vez también estuviera ansioso por liberarse.

Ella quería luchar por él. ¿Sería capaz de hacerlo? Posó los dedos, suavemente, sobre su mano.

—Gracias —le dijo en voz baja.

Él respondió con un gruñido. Ella creyó que no iba a haber nada más, pero entonces Malachi le dijo al oído:

—Debería darte una buena azotaina, ¿sabes?

—¿Cómo?

—Te dije que fueras a casa de Cindy. Pero no, oh, eso no era suficiente para ti. Tenías que ponerte a ti misma, y a Iris también, en peligro...

—¡Yo! ¿Y vosotros tres, secuestrando un tren?

—Yo fui a liberar un tren, que no es lo mismo.

—Eso no es cierto, Malachi Slater. Si hubierais muerto, Kristin se habría quedado sola. Yo habría tenido que hacer algo...

—Pues lo hiciste muy bien —respondió él con sarcasmo.

Shannon apretó los dientes, intentando contener las lágrimas.

—Lo estaba haciendo perfectamente. Pregúntaselo a Iris. Hasta que ese horrible Bear me reconoció.

—Podrían haberte matado.

—Y a ti también, ¡liberando ese tren!

—¡Yo sé lo que hago, y tú no!

—Baja la voz. Nos está oyendo todo el mundo.

—¿De verdad?

—Me estás humillando, Malachi Slater.

—¿Que te estoy humillando? Debería darte una azotaina.

—Tú eres el que te la mereces. Déjame bajar.

—¿Que te deje bajar? ¿Vas a ir andando a Texas?

—Voy a montar con mi hermano.

—Usted va a ir con su marido, señora Slater —replicó él.

Aunque aquellas palabras fueron pronunciadas con dureza, a Shannon le produjeron un sentimiento de ternura. Había un matiz posesivo en su tono de voz, que la cautivó y la emocionó. A Shannon no le importó en absoluto el autoritarismo.

Jamie se detuvo de repente ante ellos y extendió el brazo.

—Por allí hay un río y una pequeña playa natural. ¿Queréis que hagamos un descanso y tomemos un poco de aire fresco?

—¡Sí, por favor! —dijo Kristin. Llevaban horas cabalgando.

—¿Qué os parece, Matt? ¿Malachi? —preguntó Cole.

Malachi asintió. Shannon bajó del caballo rápidamente. Malachi la siguió.

—Que alguien encienda una hoguera —dijo Jamie—. Yo voy a ver si encuentro algo de comer en el bosque.

—Voy contigo —le dijo Matthew. Después se volvió hacia Iris y la miró de pies a cabeza—. Enciende la hoguera.

—Yo no sé hacer fuego.

—Aprende —respondió él con aspereza. Después siguió a Jamie.

Iris dio una patada en el suelo polvoriento.

—¡Aprende! —murmuró—. ¡Maldito yanqui!

Shannon se dirigió hacia Iris para asegurarse de que su amiga estaba bien y para ayudarla a encender la hoguera, pero no llegó lejos. Malachi la tomó del brazo. Ella lo miró con indignación.

—Vamos a dar un paseo —le dijo él.

—No quiero pasear.

Entonces, dejó escapar un grito de asombro cuando él la tomó en brazos.

—He dicho que vamos a dar un paseo.

Asombrada, Shannon permaneció en silencio y lo miró a los ojos. Por detrás de ellos, Kristin se echó a reír. Era evidente que había oído la conversación.

A Shannon le irritó la risita de su hermana, e iba a protestar, pero Malachi ya se la estaba llevando. A zancadas, siguió la orilla del río, bajo la sombra de unos enormes robles. El sol brillaba en el cielo azul, y el agua tintineaba con una melodía deliciosa.

Shannon había rodeado el cuello de Malachi con los brazos, para agarrarse a él y no caer, y lo miró mientras él caminaba decididamente.

—¡Malachi, déjame bajar! —le pidió con suavidad.

Ya se habían alejado del campamento, y habían tomado una curva del río. No debía de haber un alma en kilómetros a la redonda, y no se oía nada salvo el murmullo del agua, el canto de los pájaros y el sonido de las hojas de los árboles.

—¡Malachi, bájame!

En aquella ocasión, él obedeció. La depositó sobre la hierba, en el terraplén de la orilla, y se tendió a su lado.

Posó la rodilla sobre sus piernas, se apoyó sobre un codo y le acarició la mejilla.

—Debería darte unos azotes —le dijo suavemente.

Deslizó los dedos por su rostro y su garganta. Se inclinó hacia ella y le besó primero la frente, y después la punta de la nariz. Metió la cabeza en su cuello y le mordisqueó el lóbulo de la oreja.

Ella se abrazó a él.

—Malachi...

—Debería... realmente, debería darte una azotaina.

Malachi la miró a los ojos y ella sonrió lentamente mientras estudiaba sus rasgos, la barba, el bigote, la carnosidad de sus labios, su mirada fuerte.

—Malachi...

Shannon lo besó apasionadamente, y con la intimidad de sus caricias, ella notó que se despertaba su deseo y que crecía hasta lo incontrolable. Malachi comenzó a desabrocharle los diminutos botones del corsé del vestido.

Shannon le agarró la mano y lo miró seductoramente.

—Malachi, tú también eres de guardar, ¿sabes? Siempre me estás gritando.

—No es cierto. No te grito siempre —respondió él, y le apartó la mano a Shannon.

Ella no protestó más y permitió que Malachi le abriera el corpiño y le besara los pechos por encima de la tela fina de la camisa. Shannon le acarició los hombros mientras respiraba profundamente, disfrutando de los estremecimientos de gozo que le recorrían la espalda.

—Siempre me estás gritando —insistió Shannon.

Le tomó la cara con ambas manos y lo obligó a que la mirara.

—Y tú siempre estás haciendo tonterías —le dijo él suavemente—. Y si te grito...

—¿Sí?

Malachi sonrió lentamente.

—¿Qué quieres? ¿Una confesión firmada?

Shannon asintió.

—Si te grito...

Shannon contuvo la respiración, esperando.

—Es porque te quiero.

—¡Oh, Malachi! —exclamó Shannon. Lo abrazó con fuerza, y ambos rodaron por la hierba, riéndose—. ¡Malachi, dilo otra vez!

Él la atrapó bajo su cuerpo y le puso la mano sobre el pecho, y le acarició el pezón hasta que se volvió un pico duro de coral, y ella gimió.

—Malachi...

—¡Estabas dispuesta a permitir que me ahorcaran antes de casarte conmigo! —le reprochó él.

—¡No quería que te obligaran a casarte conmigo!

—Tú eras la que no querías casarte conmigo.

—Claro que sí quería.

—Estabas enamorada de un fantasma. ¿Sigues estándolo?

Ella negó con la cabeza, mordiéndose el labio mientras lo miraba a los ojos. Él seguía acariciándole sensualmente el cuerpo.

—Lo quería. Sin embargo, incluso aquel horrible día en que nos casamos... quería casarme contigo.

—¿De veras?

Malachi apoyó la cabeza contra su pecho y la acarició suavemente con la lengua, a través de la fina tela. A Shannon se le olvidó la pregunta. A Malachi no.

—¿De veras?

—¿Qué?

—Que si me querías. Tú no lo has dicho, ¿sabes?

Ella sonrió.

—Te quiero, capitán Slater. Creo que siempre te he querido.
—¿Desde la primera vez que intentaste pegarme un tiro?
—Tal vez. Malachi...
—¿Qué?
—Ámame.
—Hace una eternidad —dijo él con la voz ronca, entrelazando los dedos con los de ella, tendiéndose encima.
—Una semana.
—Una semana eterna —corrigió Malachi. Y, cuando atrapó los labios de Shannon con los suyos, ella se dio cuenta de que decía la verdad.
—Ámame —repitió ella.
Y él lo hizo. El sonido del río fue la melodía más dulce de todas las que hubieran podido escuchar, y la hierba les proporcionó el más suave de los lechos. Él extendió el abrigo por el suelo y fue desnudando a Shannon, quitándole prenda tras prenda. Ella no se atrevió apenas a moverse mientras él la acariciaba; tenía la sensación de que en aquella ocasión, había un punto de encuentro entre ellos, y que podría romper algún hechizo fantástico si respiraba. Esperó. Esperó a que él terminara con ella, y a que se quitara la ropa y se tendiera a su lado.
Shannon se preguntó si alguna vez volvería a ver algo tan bello como aquel día, como aquel momento. Sentía el sol caliente en el cuerpo, y la brisa fresca, y las caricias llenas de ternura de Malachi, y su pasión abrasadora. Él la llevó hasta los límites del éxtasis.
No hubo ninguna otra cosa mientras ascendía. El clímax se apoderó de Shannon, y ella sintió también que Malachi alcanzaba el placer máximo con una urgencia dulce.
Una vez más, la realidad volvió a existir. El cielo, el río, la tierra bajo ellos.

Shannon miró a su lado, y vio el sombrero de capitán de la caballería sureña junto a ellos. Sonrió, preguntándose por qué había permitido que la guerra se interpusiera entre ellos. Se dio cuenta de que lo amaba por todo lo que era: un hombre, un rebelde, un caballero de brillante armadura.

Un héroe.

Por muchas veces que él la hubiera necesitado, él siempre había acudido a socorrerla. Nunca había fallado.

Shannon le acarició la mejilla.

–Te quiero. Te quiero, Malachi Slater.

–Capitán Slater.

Ella sonrió.

–No puedo cambiar mi papel en la guerra, Shannon. Tampoco quiero hacerlo. Luché por aquello en lo que creía.

–Lo sé.

Él titubeó y la abrazó.

–La lucha no ha terminado, Shannon. Fitz ha muerto, pero de todos modos van a perseguirnos. Matthew va a volver a casa mañana, y yo voy a mandarte con él.

–¡No! –protestó ella, incorporándose de golpe.

–Shannon, mis hermanos y yo tenemos que salir del país. No sé adónde vamos a ir. No...

–Kristin va a ir con Cole.

Él negó con la cabeza.

–Kristin va a volver a casa con el bebé, Shannon.

–Malachi...

–¡No! –exclamó él. Se puso en pie y empezó a vestirse, y le lanzó las medias–. Shannon, necesito saber que estás a salvo. ¿No lo entiendes? Vístete. Tenemos que volver con los demás.

–¿Y qué se supone que tenemos que hacer? –preguntó Shannon amargamente–. ¿Volver a casa y esperaros durante años?

—Encontraremos el modo de volver.

—¿Cuándo? —preguntó Shannon mientras se metía el cuello del vestido por la cabeza—. Malachi, a mí no me importa...

Él la abrazó y la besó. Después se separó de ella con una sonrisa.

—Éste es el único modo de mantenerte callada, ¿sabes?

—Malachi...

—No —dijo él, y la besó de nuevo. Después la tomó de la mano y tiró de ella para volver.

—¡Espera! —exclamó Shannon, y se zafó de él, para terminar de abrocharse los botones del vestido.

Entonces, él se detuvo. Miró a su alrededor y se puso muy tenso. Shannon iba a protestar de nuevo, pero él le indicó que se mantuviera en silencio y sacó la pistola. Después colocó a Shannon tras él y se acercó a los árboles.

Minutos después, Shannon también comenzó a oír los sonidos. Por el bosque se acercaban hombres y caballos. Malachi y ella avanzaron silenciosamente hasta que se acercaron a un pequeño campamento.

Había unos quince soldados jóvenes de la Unión, con uniformes azules y nuevos. Eran una unidad de caballería. Dos de ellos estaban limpiando las carabinas; uno estaba apoyado contra un árbol, leyendo, y los demás estaban comiendo, riéndose y charlando.

—¡Demonios! —murmuró Malachi—. Tenemos que avisar a los demás.

Shannon asintió. Se dio la vuelta para seguir a su marido, que había avanzado bastante porque casi corría por entre los arbustos. De repente, ella gritó al chocar con un soldado vestido de azul que apareció detrás de un árbol.

Él jadeó del susto. Estaba tan sorprendido como ella.

Shannon se dio cuenta de que acababa de hacer sus necesidades detrás del árbol.

—¡Discúlpeme! —dijo Shannon.

—Discúlpeme usted a mí, señora —se disculpó el soldado. Entonces, entornó los ojos—. Eh, espere un segundo —dijo, y la tomó por el hombro.

—Suéltala, muchacho —dijo Malachi, y apareció ante ellos, apuntando al soldado, calmadamente, con su arma.

Sin embargo, para entonces, los demás soldados ya estaban sobre aviso, buscando sus armas por el campamento, y los más preparados se acercaron.

—¡Suéltala! —insistió Malachi.

—¡Slater! —gritó alguien de repente.

Shannon se dio cuenta de que era el oficial al mando. Y debía de conocer a Malachi, porque elevó las manos para demostrarle que no iba armado. Dio unos pasos hacia delante.

—Capitán Slater —dijo—, yo lo conozco.

—Yo a usted no.

—Conozco a su hermano Cole. Soy el mayor Kurt Taylor. Estudiamos juntos en West Point antes de que empezara la guerra —dijo—. Lo vi en Kansas, antes de que se enfrentara a Henry Fitz.

—Qué bien —dijo Malachi—. No quiero hacerle daño a nadie, mayor. Dígale que suelte a mi esposa.

—Capitán Slater, sé que podría pegarles un tiro a la mitad de mis soldados en unos segundos.

—Exacto. Así pues, suéltela.

—Capitán, nos han enviado a buscarlo.

—¿Quién?

—El juez Sherman Woods. No puedo hacerle promesas...

—De todos modos, yo no me fiaría de la promesa de un yanqui —lo interrumpió Malachi.

—Tiene una esposa muy bella, capitán. ¿De verdad quiere pasarse el resto de la vida huyendo? ¿O prefiere concederme un minuto y escucharme?

—Comience a hablar.

—No puedo marcharme, capitán. Así que, para poder librarse de mí, tendrá que matar a estos hombres. Si viene conmigo, le prometo que sus hermanos y usted tendrán un juicio justo.

—¿Y por qué voy a creer que la Unión va a cumplir sus promesas?

—Tendrá que confiar en el juez Sherman Woods, capitán Slater. Usted le pidió ayuda, y él quiere ayudar. Pero tiene que darle la oportunidad de hacerlo.

—Lo siento... —dijo Malachi.

—¡Malachi! —exclamó Shannon con angustia—. ¡Por favor! Danos esa oportunidad.

Él se quedó callado, quieto durante unos largos instantes. Alto, orgulloso, con el abrigo confederado sobre los hombros, con la pluma de su sombrero danzando en la brisa. Tenía los dientes apretados, la mirada fría, la barbilla alta.

Después, exhaló un suspiro y tiró el arma.

—De todos modos no sería capaz de matar a esos soldados —dijo—. Ya no puedo matar más niños. Dicen que la guerra ha terminado. Mayor, tendremos que comprobarlo.

El mayor Taylor asintió.

—Capitán, ¿podría hacerme un favor?

—¿Cuál?

—Vaya a hablar con sus hermanos. De ser posible, preferiría no convertirme en el blanco de un Slater.

Malachi asintió. Le tendió la mano a Shannon y ella corrió a su lado. Juntos salieron del bosque, seguidos por el mayor Taylor.

Cuando se acercaron a los demás, Jamie sacó su arma. Cole y Matthew lo imitaron.

—¡Kurt! —exclamó Cole, bajando lentamente el Colt—. ¿Qué ocurre? —le preguntó a Malachi.

—¿Conoces a este tipo? —le preguntó Malachi a Cole.

Cole asintió.

—¿Qué...?

—El juez Woods me ha mandado a buscarlos. Se celebrará un juicio justo en Misuri. Será justo, lo juro por mi honor.

Cole miró a Malachi.

—Estoy harto de huir —dijo Malachi—. Y el honor es el honor, azul o gris. Creo que este hombre lo tiene. Yo ya me he rendido.

—Bueno —dijo Cole—. Es lo que queríamos cuando fuimos a hablar con el juez, ¿no? ¿Jamie?

Jamie se encogió de hombros.

—No me fío mucho del honor de los yanquis, pero iré contigo y con Malachi, Cole.

Los dos hombres tiraron sus armas al suelo.

—Espero que no terminemos ahorcados —murmuró Jamie.

—¡Eso no va a suceder! —exclamó Shannon, y tomó a Malachi de la mano. Ella no permitiría que los colgaran. No podía.

Malachi se volvió hacia ella, se quitó el sombrero y la tomó entre sus brazos. Cuando terminó de besarla, se separó de ella y se puso el sombrero de nuevo. Después, se cuadró y dijo:

—Cuando quiera, mayor. Su prisionero, señor.

El mayor Taylor le devolvió el saludo.

Cole besó a Kristin, y Jamie y él siguieron el ejemplo de Malachi. Después se alejaron, sin mirar atrás.

Kristin comenzó a llorar. Matthew se acercó a ella y la abrazó, y después abrazó también a Shannon.

—Todo saldrá bien, os lo prometo.

—¡Tiene que salir bien! —dijo Shannon.

Iris carraspeó.

—He conseguido encender el fuego, y Jamie cazó unos conejos. Vamos a comer algo. Después podemos volver y pensar en un plan.

—Aprende muy rápido —dijo Matthew con una sonrisa—. Vamos a comer.

Shannon intentó sonreír también, pero no pudo. Sin embargo, le pasó el brazo por la cintura a Kristin y la guió hacia la hoguera.

Comieron. Cuando terminaron, Kristin montó con Matthew y Shannon detrás de Iris, y emprendieron su viaje frío y solitario de vuelta a Misuri.

CAPÍTULO 15

El juicio se celebró en Springfield. El juzgado estaba abarrotado de público, y de artistas de *Harpers* y de todos los periódicos y revistas importantes.

Shannon había visto a Malachi en la cárcel, y la experiencia le había resultado odiosa. Allí, él se había mostrado distante. Shannon sabía que él la quería, y que estaba en la cárcel por ella. Sin embargo, ni siquiera por ella estaba dispuesto a negar a sus hermanos, y le explicó que los tres habían decidido que permanecerían unidos en aquello. No iban a contratar representación legal separada, y Malachi y Jamie no iban a intentar que sus cargos fueran diferentes a los de Cole.

Malachi sonrió a Shannon a través de los barrotes de la celda.

—Somos inocentes.

—Pero Cole no querrá que a ti te cuelguen por haber pertenecido a la banda de Quantrill.

—Dime, Shannon, ¿podrías soportar que ahorcaran a Cole por haber vengado la muerte de su primera esposa? Ella era mi cuñada. Yo me habría unido a Cole sin dudarlo, pero ya estaba en la caballería sureña.

—Malachi...

—Shannon, si me quieres, debes quererme tal y como soy. Mis hermanos y yo estamos juntos en esto.

Shannon se dio la vuelta con los ojos llenos de lágrimas. Cole ya había intentado convencer a Malachi y a Jamie de que se salvaran. Los Slater eran un grupo muy terco.

Y no... ¡Ella no podría soportar que ahorcaran a Cole! Todos habían pagado lo suficiente... la guerra había terminado ya. Shannon no podía aceptar más horrores. Tenían que ganar.

El primer día de juicio fue angustioso, pese a que su abogado, el señor Abernathy, era un abogado defensor de gran experiencia y prestigio, y además, creía firmemente en la inocencia de los Slater. Shannon estaba satisfecha con él, aunque no presionara a los hermanos para que se sometieran a juicio por separado. Sin embargo, Taylor Green, el fiscal, la asustaba. Parecía que tenía algo personal contra los Slater y que quería que los ejecutaran a los tres.

Cuando comenzó el juicio, Green se centró inmediatamente en la asociación de Cole Slater con William Quantrill. Había docenas de testigos que confirmaron aquella asociación. No obstante, eran innecesarios, porque el mismo Cole lo admitió todo. Con serenidad, narró lo ocurrido en su rancho al comienzo de la guerra, cuando los jayhawkers habían asesinado a su mujer. Shannon lo escuchó y sufrió por él. Él no vaciló, no se desmoronó, pero ella lo vio todo a través de sus ojos. Vio a su joven esposa, la vio gritar, correr, intentar llegar hasta su marido. Él hizo que sintiera lo que él sintió al tomarla en brazos y mancharse las manos con su sangre...

Toda la concurrencia estaba silenciosa cuando Cole terminó de hablar. Ni siquiera el señor Taylor pudo hablar durante algunos instantes.

Después, hubo un descanso.

Kristin subió al estrado al día siguiente, y contó con detalle cómo habían asesinado a su padre, y cómo Cole Slater había aparecido para rescatarlas de la muerte.

—¿Contra los bushwhackers? —preguntó el fiscal—. ¿Quiere que nos creamos, señora Slater, que su marido se volvió en contra de sus antiguos camaradas de armas? ¿No será que hicieron un trato allí mismo?

—No, señor, eso no es posible —respondió Kristin—. Él nos salvó la vida. Después volvió con Malachi y Jamie Slater para salvar la vida de media compañía de la Unión, cuando Zeke Moreau volvió de nuevo a la carga.

Kristin defendió su posición con fiereza. Era bella y firme, y Green no quiso tenerla mucho más tiempo en el estrado de los testigos.

Después fue llamado Malachi.

Él se acercó al estrado vestido de uniforme, y a Shannon se le rompió el corazón. Alto, erguido, distinguido, indomable, tal y como había conquistado su corazón...

—Capitán Slater... aunque bueno, usted es ahora un civil, ¿verdad?

—La guerra ha terminado.

—Pero usted ha vestido su uniforme.

—Luchamos con honor.

—¿Sigue negando a la Unión?

—La guerra ha terminado —repitió Malachi.

—¿Le gustaría a usted que continuara? Sigue pensando que el Sur todavía puede levantarse y vencer al Norte, ¿eh capitán?

—No, señor. Creo que la guerra ha terminado, y me alegro de que termine para siempre.

Hubo un murmullo en la sala, y Shannon sonrió. Aquél

parecía el primer rayo de esperanza. La gente estaba a favor de su marido.

—¿Formó parte de la banda de Quantrill?

—No.

—¿Nunca?

—No, nunca. Sin embargo, habría acompañado a mi hermano. Y si hubiera usted visto a su esposa, yaciendo en un charco de sangre inocente, usted también lo habría hecho.

—Capitán, parece que tiene usted muy mal genio.

—Estoy diciendo la verdad, eso es todo. Esto es un tribunal, y hemos jurado que diríamos la verdad, ¿no es así?

—Está muy seguro de su verdad.

—Tengo que estarlo. Y tengo que creer que todavía queda justicia en este país. Si la justicia no se ha perdido, entonces, mi hermano Cole es inocente, y James y yo también.

—Usted era de la caballería del ejército.

—Sí, de la caballería sureña. Luché a las órdenes de John Hunt Morgan.

—Parece que evitó la guerra de guerrillas de la frontera, capitán. ¿Por qué no es franco y nos dice la verdad acerca de Cole Slater?

—La verdad, señor Green, es que Cole Slater es uno de los mejores hombres que he conocido en mi vida. Del Norte y del Sur. Y si Cole es culpable por querer dar caza al hombre que había matado a su esposa, yo también soy culpable. Habría ido con él si hubiera podido.

—¡Una admisión, señores del jurado, ahí la tienen! ¡Puede bajar del estrado, capitán Slater!

—¡Admisión! —gritó Shannon—. ¿Admisión, bastardo yanqui?

Hubo un revuelo general. Algunos se reían, y otros, los

simpatizantes del Norte, se ofendieron. El juez golpeó con la maza en su estrado.

—Joven, si se repite ese exabrupto, ordenaré que la arresten —dijo—. ¿Entendido?

Ella se hundió en su asiento. Entonces se dio cuenta de que Malachi la estaba mirando con una sonrisa. Bajó los ojos, y después volvió a mirarlo, y su sonrisa le dio calor y coraje.

Malachi bajó del estrado, y Jamie fue llamado a declarar. Él no era un civil, pero Taylor Green no pudo conseguir una sola salida de tono por su parte. Jamie era tan terco y orgulloso como sus hermanos.

Shannon se quedó en la sala con Kristin, Matthew e Iris, escuchándolo todo. Cuando terminó la sesión, le permitieron ver unos minutos a Malachi.

—¿Bastardo yanqui? —le preguntó burlonamente él, con los ojos bailando de alegría—. ¿Te he oído decir eso? ¿Tú, Shannon McCahy Slater, le has llamado a un hombre bastardo yanqui?

—¡Malachi!

—Podría morir feliz después de haber oído esas palabras en tus labios.

—¡No se te ocurra hablar de morir!

—Disculpa.

—¡Maldito sea tu orgullo! —le dijo ella con ferocidad, y con los ojos llenos de lágrimas—. ¡Eres inocente, y parece que estás intentando parecer culpable!

Él sonrió y la besó.

—Sólo puedo decir la verdad, Shannon.

Ella quería hablar más. Quería discutir y conseguir que entrara en razón, pero un oficial de sala fue en busca de Malachi y se lo llevó, y Shannon no puedo decirle nada más.

Los días pasaron, y la situación comenzó a ser más y más funesta.

No porque el juicio no fuera justo, que sí lo era. En realidad, lo que ocurría era que Taylor Green podía convertir la más inocente de las frases en una confesión completa. Y el hecho era que Cole sí había formado parte de la banda de Quantrill. Aunque hubiera sido brevemente, eso era bastante como para condenarlo en muchos corazones. Sin embargo, Shannon sabía que su primera declaración había conmovido a muchas otras personas. El asesinato brutal de una mujer joven era un acto deplorable por parte de un hombre, fuera yanqui o rebelde.

La cuarta noche del juicio, Shannon fue a visitar al señor Abernathy. El abogado estaba cenando, y su ama de llaves estuvo a punto de despedir a Shannon, pero ella se abrió paso a la casa y entró al comedor. Él estaba a punto de empezar a comer, una chuleta de cordero, guisantes y una patata asada.

—¿Qué está haciendo? —le preguntó Shannon.

Estaba tan alterada que agarró el plato y lo estrelló contra la pared.

Él arqueó las cejas, blancas y pobladas, se limpió los dedos con la servilleta y sonrió.

—Señora Slater, ¡esto es una agresión! ¡Como mínimo, es un caso de agresión a una estupenda chuleta de cordero!

—Lo siento —murmuró Shannon. Lo sentía de veras. Tomó una silla y se sentó junto al abogado—. Estoy tan preocupada...

El señor Abernathy sonrió de nuevo, le tomó la mano y le dio unas palmaditas en el dorso.

—Confíe en mí, señora Slater. Debe confiar en mí.

—¡Pueden ahorcarlos, señor!

—Eso no voy a permitirlo. Ya lo verá, jovencita, ya lo verá.

—¿Cuándo?

—Creo que mañana. Parece que el fiscal ha terminado su turno, y mañana yo empezaré la defensa. ¡Y le apuesto dos chuletas de cordero a que sólo necesitaré un día!

Shannon no podía creer que el abogado pudiera restañar en un día el daño que había hecho el fiscal. Sin embargo, el señor Abernathy le dio una copita de jerez y, después, la acompañó a la puerta.

Shannon volvió al hotel. Allí encontró a Kristin con los ojos y la nariz hinchados, rojos, de llorar. Shannon la abrazó y mintió:

—Todo va a salir bien. El señor Abernathy lo tiene todo bajo control. ¡Dice que los habrán liberado mañana mismo!

—¿De veras? —preguntó Kristin.

A la mañana siguiente, el señor Abernathy se puso en pie ante la sala y se dirigió al juez.

—Mi defensa es simple. Voy a demostrar que no tenemos cargos contra estos hombres, que no hay ningún fundamento para acusarlos de asesinato. Y, Señoría, pediré que se desestime el caso.

El juez invitó al señor Abernathy a que comenzara. El señor Taylor protestó, pero el señor Abernathy le hizo una amable reverencia y abrió los brazos hacia el público.

Entonces, Shannon se dio cuenta de que los bancos estaban llenos de hombres, de oficiales vestidos de gris y de azul.

El juez fue llamando a declarar a todos ellos.

—Señor, soy el cabo Rad Higgins de la caballería de los Estados Unidos. He venido a declarar que cabalgué junto a Malachi Slater en abril, para enfrentarnos a una horda de bushwhackers. También cabalgué junto a Cole y Jamie Slater. Quisiera decir que son hombres buenos, Señoría.

—Señor, soy Samuel Smith. Primer sargento de la Brigada Darton, del ejército de la Unión. Me habían dado por muerto cuando uno de estos hombres llegó y me salvó. Lucharon contra Quantrill y lo vencieron, y después me ofrecieron los mejores cuidados médicos. Su doctor me salvó el brazo, en el que yo había recibido un disparo grave.

De un hombre que tenía las rayas amarillas del sargento de artillería en el uniforme:

—Conocí a Cole Slater en Kansas, antes de la guerra. Nunca he conocido a un oficial mejor que él.

Uno por uno, los hombres fueron poniéndose en pie. Soldados de azul, y soldados de gris.

Poco después se incorporó una mujer, regordeta, digna, de pelo gris.

—Soy Martha Haywood, y él es mi marido, el señor Haywood. Hemos venido a decir que nunca hemos conocido a unas personas más buenas que el capitán Malachi Slater y su esposa, y eso es cierto. Y mi esposo testificará lo mismo.

El señor Haywood estaba en pie, junto a ella.

Shannon no daba crédito a lo que estaba viendo. Todos estaban allí. Los amigos confederados de Jamie, la gente de Haywood, incluso los tahúres del salón. Uno por uno, fueron contando historias conmovedoras sobre la honestidad y el valor de los hermanos Slater.

Cuando las declaraciones terminaron, el juez se puso en pie y golpeó con la maza en su mesa.

—Caso desestimado —le dijo al fiscal—. Falta de pruebas —añadió.

Después se dio la vuelta y se marchó.

El silencio reinó durante unos instantes. Entonces se oyeron gritos de entusiasmo, y los sombreros volaron por los aires. La gente se acercó a saludar a los Slater.

Shannon se abrió paso hasta que llegó a Malachi. Él la tomó en sus brazos y la besó.

—Ya ha terminado —le dijo suavemente—. La guerra ha terminado de verdad.

—Todas nuestras guerras han terminado —le prometió ella.

Entonces lo tomó de la mano y lo llevó junto al señor Abernathy, a quien dio un tremendo beso en la mejilla.

—¡Que Dios lo bendiga! ¡Y le prometo una docena de chuletas de cordero todos los años, durante toda mi vida!

—Eso sería muy agradable, señora Slater, muy agradable.

—¿A qué se refiere? —preguntó Malachi mientras le estrechaba la mano al abogado.

—Es una mujer estupenda la suya, capitán —respondió el señor Abernathy—. Pero tiene genio, ¿eh?

—Un genio horroroso —respondió Malachi.

—¡Malachi! —protestó ella.

—Aunque a mí me encanta —le dijo Malachi al señor Abernathy—. Yo no la querría de otro modo. Está llena de fuego.

—Malachi...

—De hecho, me la voy a llevar a casa para ver si podemos hacer unas cuantas chispas —dijo, mirándola—. Me parece que llevamos separados mucho, mucho tiempo.

—¡Fuera de aquí! —les dijo el señor Abernathy.

Todavía tuvieron que abrirse paso entre la gente. Malachi besó a Kristin, y Shannon besó y abrazó a Jamie y a Cole, y los hermanos se abrazaron, y después Malachi y sus hermanos les dieron las gracias a todos los que habían acudido a defenderlos. Shannon abrazó a Martha Haywood, y Martha le dijo, con los ojos llenos de lágrimas, que debía irse.

—Sé muy feliz, cariño. ¡Muy feliz!

Por fin, salieron a la calle, a la luz del sol.

Entonces, Malachi la besó. Lentamente, completamente, con seguridad.

—Vamos. Vamos a casa. Ahora podemos volver a casa de verdad.

—¿Y hacer chispas? —le preguntó ella.

—No —susurró Malachi.

—¿No?

—Las chispas ya están volando por aquí.

Shannon sonrió lentamente, mirándolo a los ojos.

—¡Vamos a casa! —dijo con fervor.

Porque podían. Por fin podían volver de verdad a casa.

La vida y el amor eran suyos, y sólo estaban comenzando.

La guerra había terminado. La paz había comenzado realmente.

EPÍLOGO

18 de junio, 1866
Haywood, Kansas

Martha Haywood acababa de cerrar la casa para irse a dormir. No tenían huéspedes en el hotel, así que lo mejor sería cerrar temprano. Ojalá llegara alguien; era verano, y hacía un tiempo muy bueno, y sería agradable tener compañía y estar ocupada.

Sintió una punzada de nostalgia por el año anterior. Sonrió al recordar el barullo que se había formado con la llegada del capitán Slater y la señorita McCahy. Tal vez se hubieran equivocado; tal vez Hank y ella no hubieran debido obligarlos a que se casaran.

La gente tenía derecho a tomar sus decisiones.

Esperaba que las cosas hubieran funcionado. El capitán Slater y la señorita McCahy parecían la pareja perfecta. Un héroe guapo y gallardo y una damisela en apuros. Sin embargo, ella no había vuelto a tener noticias de ellos en una buena temporada, desde la carta que había recibido en Navidad...

Martha se sobresaltó al oír que alguien llamaba con firmeza a la puerta. Se apresuró todo lo que pudo hacia la entrada, murmurando.

—La gente debería tener más educación. Vaya, casi me dan ganas de no abrir. Llamar a estas horas de la noche...

Pero de todos modos abrió de par en par.

Y durante un instante, se quedó mirando a los recién llegados atónita.

—Martha, ¿podemos entrar? —le preguntó Shannon Slater.

Parecía un ángel en el porche, con un vestido de viaje de color azul claro y un hatillo entre los brazos, junto a su marido. Él estaba tan guapo como siempre. Ya no llevaba el abrigo confederado ni el sombrero, sino un traje elegante y un sombrero alto. Llevaba una maleta y otro hatillo.

Shannon no esperó a que Martha respondiera. Con una sonrisa, entró en la casa y le puso el hatillo a Martha en los brazos.

—Hemos llegado muy tarde, ¿verdad? Lo siento muchísimo. Es muy difícil viajar con los niños.

—¿Niños? —tartamudeó por fin Martha.

—Éste es Beau —dijo ella—. Y ésta —añadió, apartando la mantita del hatillo que llevaba Malachi—, es Nadine.

—¡Oh! —exclamó Martha—. ¡Oh! ¡Mellizos!

—Mellizos —asintió Malachi, y también le entregó a su hija a Martha.

—¡Mellizos! —repitió Martha, sin poder decir otra cosa.

Malachi le guiñó un ojo a Shannon, disfrutando del placer aturullado de la mujer.

—Hoy es nuestro aniversario de boda, ¿sabe, Martha?

—Sí —dijo Shannon, mientras se quitaba los guantes—. Así que hemos vuelto para ocupar nuestra suite nupcial.

—Vuestra suite nupcial, ¡pues claro!

Beau hizo un gorgorito. Martha se rió con placer.

—¡Oh, es precioso!

—Bueno, verá, el hermano de Shannon, Matthew, se casó con Iris la semana pasada...

—¡No! —exclamó Martha.

—Oh, sí. Todos estamos muy contentos. Pero ahora están organizando su casa.

—Y hemos hecho todo lo posible por poner en marcha el rancho McCahy —dijo Malachi.

—Así que —continuó Shannon—, Cole ha ido a Texas con Kristin y Gabe, y Jamie, Samson y Delilah.

—Y nosotros también vamos con ellos —dijo Malachi.

—A Malachi le han ofrecido un puesto de comisario en un pueblecito de Houston —dijo Shannon.

—Cole va a ser ranchero, y Jamie, lo creas o no, va a ser explorador de la caballería.

Malachi le dio un pellizquito a Martha en la mejilla.

—Estamos muy contentos de que le gusten los niños, Martha.

—¿Gustarme? ¡Vaya, capitán, los adoro!

Shannon sonrió dulcemente y le dio un beso en la mejilla a la señora Haywood.

—Muy bien —dijo con una sonrisa—. Porque nosotros nos vamos a escapar a nuestra suite.

—¡Oh, por supuesto! —dijo Martha con una risita—. Adelante.

Malachi tomó a Shannon en brazos y comenzó a subir las escaleras.

—Oh, y nos gustaría bautizarlos mañana, si podemos. Si al señor Haywood y a usted no les importa. Y nos gustaría que ustedes fueran los padrinos —dijo él.

—¡Oh!

Martha se habría puesto a dar palmadas de alegría, pero tenía los brazos llenos de bebés. Los miró con más detenimiento. Los dos tenían unos enormes ojos azules y el pelo rizado y rubio. Eran preciosos.

—¡Mis ahijados! —exclamó Martha, y miró a los padres—. No nos importa. ¡No nos importa en absoluto!

No estaba segura de que Malachi y Shannon la hubieran oído. Se estaban mirando el uno al otro, fijamente, mientras subían las escaleras. Era tan romántico...

—¡Por supuesto, por supuesto! —repitió Martha.

Shannon la había oído. Miró por encima del hombro de su marido y le guiñó un ojo. Martha asintió. Un segundo después la puerta, ya reparada, se cerró en el piso superior.

—¡Oh, Dios! —dijo Martha—. ¡Hank! Hank, despierta. ¡Esta noche tenemos responsabilidades!

Y se sentó con sus dos bebés.

Y sonrió. Había tenido razón un año antes. Eran la pareja perfecta, y todo era como un cuento de hadas...

¡Con un final feliz!

Títulos publicados en Top Novel

Intriga de amor – ROSEMARY ROGERS
Corazones irlandeses – NORA ROBERTS
La novia pirata – SHANNON DRAKE
Secretos entre los dos – DIANA PALMER
Amor peligroso – BRENDA JOYCE
Nuevos amores – DEBBIE MACOMBER
Dulce tentación – CANDACE CAMP
Corazón en peligro – SUZANNE BROCKMANN
Un puerto seguro – DEBBIE MACOMBER
Nora – DIANA PALMER
Demasiados secretos – NORA ROBERTS
Cartas del pasado – ROSEMARY ROGERS
Última apuesta – LINDA LAELL MILLER
Por orden del rey – SUSAN WIGGS
Entre tú y yo – NORA ROBERTS
El abrazo de la doncella – SUSAN WIGGS
Después del fuego – DEBBIE MACOMBER
Al caer la noche – HEATHER GRAHAM
Cuando llegues a mi lado – LINDA LAELL MILLER
La balada del irlandés – SUSAN WIGGS
Sólo un juego – NORA ROBERTS
Inocencia impetuosa/Una esposa a su medida – STEPHANIE LAURENS
Pensando en ti – DEBBIE MACOMBER
Una atracción imposible – BRENDA JOYCE
Para siempre – DIANA PALMER
Un día más – SUZANNE BROCKMANN

www.ingramcontent.com/pod-product-compliance
Lightning Source LLC
LaVergne TN
LVHW030342070526
838199LV00067B/6409